U0091049

古典文學研究輯刊

十一編

曾永義 主編

第28冊

中國民間故事及其技巧研究（上）

徐華龍 著

國家圖書館出版品預行編目資料

中國民間故事及其技巧研究(上)／徐華龍 著 -- 初版 -- 新北市：
花木蘭文化出版社，2015〔民 104〕
目 2+220 面；19×26 公分
(古典文學研究輯刊 十一編；第 28 冊)
ISBN 978-986-404-136-7（精裝）
1. 民間故事 2. 文學評論
820.8 103027562

古典文學研究輯刊
十一編 第二八冊 ISBN：978-986-404-136-7

中國民間故事及其技巧研究（上）

作　　者 徐華龍
主　　編 曾永義
總 編 輯 杜潔祥
副總編輯 楊嘉樂
編　　輯 許郁翎
出　　版 花木蘭文化出版社
社　　長 高小娟
聯絡地址 235 新北市中和區中安街七二號十三樓
電話：02-2923-1455 ／傳真：02-2923-1452
網　　址 http://www.huamulan.tw 信箱 hml 810518@gmail.com
印　　刷 普羅文化出版廣告事業
初　　版 2015 年 3 月
定　　價 十一編 29 冊（精裝）台幣 52,000 元

中國民間故事及其技巧研究（上）

徐華龍　著

作者簡介

徐華龍，1948年生，復旦大學研究生畢業。筆名有文彥生、曉園客、林新乃等，上海文藝出版社編審。上海非物質文化遺產保護中心評審專家、上海大學碩士生導師、上海筷箸文化促進會會長、（日本）世界鬼學會會員等。

學術著作：

《國風與民俗研究》（中國民間文藝出版社1986年）、《中國歌謠心理學》（新疆人民出版社1990年）、《中國神話文化》（遼寧人民出版社1993年）、《中國鬼文化》（上海文藝出版社1991年）、《泛民俗學》（黑龍江人民出版社2003年）、《鬼學》（北嶽文藝出版社2009年）、《上海服裝文化史》（東方出版中心2001年）、《非物質文化遺產與民俗》（杭州出版社2012年）、《中國民國服裝文化史》（臺灣花木蘭文化出版社2013年版）《山與山神》（與人合作）、《黃浦江畔的旅遊與民俗》（與人合作）等。

主編著作：《鬼學全書》、《中國鬼文化大辭典》、《上海風俗》等。

編選著作：《中國民間風俗傳說》、《中國鬼話》、《新民間故事》、《中國鬼故事》、《中國名將傳說》、《西方鬼話》、《水滸外傳》等。

獲獎：

《中國神話文化》獲2001年首屆中國民間文學山花獎學術著作二等獎。

《中國歌謠心理學》獲首屆全國通俗文藝優秀作品「皖廣絲綢杯」論著三等獎。

《泛民俗學》獲2004年「中國民間文藝山花獎・第二屆學術著作獎」三等獎。

《鬼學》獲2009年「中國民間文藝山花獎・第三屆學術著作獎」入圍獎。

提　要

民間故事是一個寬泛的概念，特別是老百姓的心目中，有頭有尾有情節就是故事，而這種故事也包括傳說、神話等教科書中所說的這些概念。

但從民間文學學科的角度來說，就會知道民間故事有嚴格的概念、定義。這種概念、定義，在不同的學校的專業教科書裏雖有不同的解釋，但都將民間故事作爲民間文學中的重要門類之一，都認爲這是普通民眾的口頭創作，是有虛構內容的散文形式的作品。

本書所研究的既有傳統的民間故事，也包含民間傳說。
主要有部分內容：一是民間故事、傳說本體的研究，二是民間故事技巧的研究。前者研究對象中有許多家喻戶曉的民間故事和民間傳說，如：螺女故事、蛇郎故事、灰姑娘故事、妖怪精故事、婚姻傳說、七夕傳說，乃至黃道婆傳說、白蛇傳、梁山伯與祝英臺傳說等。這些民間故事的研究是從人類學的角度來進行剖析，以發現未被破解的文化基因和文化內涵。後者是純粹的民間故事創作技巧的分析，從而發現民間故事創作技巧的人文價值。民間故事的創作技巧是在數千年的發展過程中逐漸形成的，這種創作模型被一代一代地繼承、模仿，而慢慢演變成爲一種民間口頭創作的套路。這樣不僅是爲了便於民眾口頭創作，也是因爲口耳相傳的需要，便於記憶，同時也便於講述、流傳。民間故事的三段式，就是這種創作技巧的典型例子。

目次

上冊

下　冊

故事篇

中國螺女型故事中「螺」與「蚌」的象徵意義

三十年代收集到的一則流傳於江蘇地區漢族的《田螺娘》故事，其情節如下：有一個農夫在一塊水田中犁地，他犁到東，犁到西，犁到南，犁到北，總看見有一個大田螺跟在他後面。他心裡有點奇怪，便將這個田螺拾起，帶了回家，養在灶下的水缸裡。他並沒有父母，也沒有兄弟姐妹，又沒有妻子，所以出去犁田的時候，老是把門兒鎖著。說也奇怪，這一天，他在早晨鎖著門兒出去，到午時回家來燒飯吃時，鍋子裡已熱騰騰地煮好了一鍋飯了。他非常地奇怪，因爲門是緊緊地鎖著，誰也不能走進他的家去。他吃了午飯，依舊鎖著門和出去犁田，不料晚上回家來時，夜飯又煮好了。他見了更覺奇怪，便去問問鄰人，有誰替他煮過飯沒有？都說不曾。第二天的午夜和夜飯又是這樣。到了第三天，他又假意鎖著門兒出去，卻暗中躲在窗隙裡偷看，只見催午飯的雞聲一啼，就有一個很美貌的姑娘，從水缸中跳出來替他煮飯。他想水缸中就只有一個大田螺養著，這一定是田螺姑娘了。他輕輕地開了鎖，突然推門進去，把水缸中的田螺殼撈起，放在衣袋內。田螺姑娘既沒有殼兒，就無法躲進去，只得做了他的妻子了。從此他們很和氣而快樂的過了一年，就生了一個兒子。兒子到三歲的時候，他才拿出這個田螺殼來給兒子做玩具，他教兒子敲著田螺殼唱道：咯！咯！咯！你的娘住田螺殼。登！登！登！你的娘是田螺精。殼被田螺娘看見了，便奪了過去，躲進田螺殼不見了。〔註1〕這個故事與其他同類故事的情節基本是一致的，其象徵性的文化原素仍然保

〔註1〕見《鬼哥哥》，北新書局1930年版。

留於文中，特別是螺的象徵意義亦表露無疑，反映出長期以來所積澱下來的民間文化的內涵。

一、螺象徵著女性

幾乎在所有的螺女型故事中，都有一個共同的現象，那就是田螺變幻成的是姑娘，而不是男子，這個姑娘還必定要成爲故事中男性主人公的妻子；或者說，螺的女性文化特徵表現得尤爲突出。在故事中，具體表現爲螺變化爲女子後，爲拾她回家的男子燒菜煮飯。這一情節值得重視，它反映了封建時代男女的主要社會特徵。在傳統的男性爲家庭主宰的時代裡，女子司煮飯之職，是理所當然的，亦是主要的操持家務的人。正因爲如此，燒菜煮飯就成爲女性重要的文化象徵。故事選擇這一最具文化特徵的舉動，亦在表明這種邏輯推理：即田螺→女子→燒飯，反之亦可成爲這樣一種邏輯推理：即燒飯→女子→田螺，三者緊密相連，互相有著必然的聯繫。這一聯繫，早在《搜神後記》卷五《白水素女》中就已顯現：謝端「後以雞鳴出去，平白潛歸，於籬外竊窺其家中，見一少女，從瓮中出，至灶下燃火。端便入門，徑至瓮所視螺，但見女」。從這一段中，可以得知螺、少女和「灶下燃火」煮飯，是三爲一體的，因此形成一個完整的象徵意義，那就是田螺象徵著女性。

在古老的飲食文化中，螺、蚌早見於江南先民的食譜。《史記・貨殖列傳》：「楚越之地，地廣人稀，飯稻羹魚。或火耕而水耘，果陏蠃蛤，不待賈而足。地勢饒食，無飢饉之患。」正義：「果陏，猶搖疊包裹也。今楚越之俗，尚有裹搖之語。楚越水鄉，足螺魚鱉，民多採捕積聚，搖疊包裹，煮而食之。」蠃，指螺螄。蛤，蚌類。《漢書・地理志》：「江南地廣，或火耕水耘，民食魚稻，以漁獵、山伐爲業。果蓏蠃蛤，食物常足。」民國《同正縣志》：清明日婦女「或到野塘取螺蚌等煮食，亦謂爲明眼云。」又，四月初八日，「插田之後，婦女多採田螺以佐食饗。」由此可見，這裡不僅顯示了女性與田螺、蚌之間的緊密關係，而且還表達了產生這一螺女型故事的客觀基礎，進而可以肯定地說，正是南方的稻作生產和稻作文化孕育了螺女型故事。

《越諺》卷中記載：田螺「鐵尾大頭，其面有靨……穴田泥，獲稻擱取。」此段文字說明田螺的習俗與水稻有關，主要生活在水田之中，亦即說明田螺與水有著密切的關係。

而水同樣是女性的象徵。

在很多民族中，他們認爲自己就是從水中生出來的。雲南哈尼族相傳：其祖先是在水中孕育的，經過七十七萬年才變成人。彝族史詩《六祖史詩》這樣唱道：「人祖來自水，我祖水中來。」拉祜族神話說：開始先有天地，後來才有樹木、禽獸，但沒有人類。不久，樹上的露水掉到地上，變成了拉祜族。這些神話傳說有一主旨，那就是水能生人，而事實上能生人的只有女性而已，除此非他。由於早期人類尚不懂這一生理現象，故將水說成是生育的主體，顯然是一種錯覺，也正是這種直覺上的錯誤，導致了有象徵文化的產生。

所謂象徵是指兩個不同事物之間內在聯繫。在外型方面，兩者既可有相似之處，亦可以毫不相干；或者用兩個根本不相干甚至對立的事物，統一在象徵的範圍之中。當然其中的演變，更有民俗文化和民眾心理做催化劑，只有這樣，才能使象徵成爲傳承文化中的一個組成部分。

螺女型故事中的「螺」，象徵女性，就是這種催化劑的結果，是江南地區性文化的重要表現形式。

二、蚌象徵著女陰

據何公超在浙江搜集的一則螺女型故事的異文，其結尾處，兒子所唱的歌與前面的有所不同，唱的是：「叮叮叮，叮那阿媽田螺精，篤篤篤，篤那阿媽田螺殼。」與前文所載的歌謠大同小異。這裡所說的「叮那阿媽田螺精」和「篤那阿媽田螺殼」，均有一種文化暗示，那就是將「螺」視爲女陰的象徵，反映了民間故事中的潛性意識。

特別是在江南地區，水中的介殼類動物如蚌、蛤蜊等都被作爲女性的象徵物，已不是個別的文化現象。這些水生動物的外形常常與女性生殖器聯繫在一起，成爲民間文化中被認同的一種事實，這種事實不僅表現在人們潛意識之中，而且還常流露在口語裡，或爲詈罵語，或爲比喻語。凡此，證明了一個文化現象，那就是在低層的民眾口語裡，蚌、螺等就象徵著女性生殖器，特別是蚌作爲女性生殖器的象徵，更具有典型的、普遍性的意義。

1929 年出版的《娃娃石》，有一螺女型故事異文《蛤蜊精》，其中變化成人的不是田螺，而是蛤蜊；也就是說，在這一異文中，蛤蜊已替代田螺，成了故事的主要文化要素。其尾，漁夫唱的一首歌謠是這樣的：「閣閣閣，這是你媽蛤蜊殼。」「孩子的媽媽，正坐在灶間燒火，聽到這話，便撩開火叉，闖出來，不問孩子哭不哭，奪過殼，向裡一鑽，嗚——嗚——嗚——，飛到波浪滔滔的東海去了。」這裡有個奇怪現象，那就是孩子他媽一聽到漁夫的歌，就鑽進蛤蜊殼中，離自己親生兒子而去，這是爲什麼？原因有二：其一是漁夫點破了蛤蜊女的魔法，從民俗學來說，破魔就表示精怪的原形畢露。蛤蜊女奪殼，飛進大海，象徵魔力已遭破壞。其二是漁夫的歌羞辱了蛤蜊女，觸及了女性最隱蔽處，因而使她羞愧難當，只有一逃了之。在封建時代，女人手腳尙不能隨便露出，女陰更被視爲女人的私寶，一旦讓人肆意凌辱、任意漫罵，當然會引起女性極大的反感和憤怒。同樣，產生於這個土壤中的螺女型故事，則反映了這種思想觀念。特別是流傳於民間的這一類型故事，更反映了強烈的性意識，與文人記錄的《白水素女》故事將螺女視爲神祇，有著迥然的差異，表現了不同的文化觀念。正是以上兩個原因，造成了螺女型故事最精彩的結局。不過，其中第二個原因要佔據很重要的地位，或者說這是促使故事推向高潮的最主要的一筆，換言之，也就是說蛤蜊與女性生殖器緊密相連的。這裡所說的蛤蜊，與蚌屬於同一種水生動物，其外形極爲形似，同樣被視作女性生殖器的象徵。

在湖北民間故事中，就有此類將蚌比作女性生殖器的。《肉蚌殼在爹嘴上》就較爲典型，其中講述了這樣一個情節：新婚的妻子爲了使丈夫與自己同床，就將自己的生殖器比作蚌，以此來引誘丈夫。〔註2〕在此，故事非常清楚地告訴人們這樣一個事實，那就是蚌與女性生殖器緊密相關的。像這樣的例證在民俗文化中，可以舉出不少。比如，在湖南，有些民族以蚌爲女陰，這與以貝紋爲女陰相似。在外國，同樣亦有以貝殼作爲女陰象徵的現象。「貝殼——尤其是子安貝殼，很早就被初民拿來與性聯結，故宗教學者柏里教授稱之爲『生命的賜予者』。它的形狀與女性器官相同」。據柏里說，在今天蘇丹及其附近的地方，「婦人仍佩帶子安貝殼穿成的腰帶，使她們由此獲得生殖力。」我國有些學者也有類似觀點，認爲西北地區遠古的彩陶上的貝紋，即是女陰形象。這種信仰與基諾族視子安貝爲女陰如出一轍。

黑格爾說：「在討論象徵型藝術時我們早已提到，東方所強調和崇拜的往往是自然界的普遍的生命力，不是思想意識的精神性和威力而是生殖方面的創造力。」〔註3〕

〔註2〕《中國民間故事》（內部資料）第215頁，中國民間文藝出版社1989年版。
〔註3〕《美學》第3卷上冊第40頁，朱光潛譯，商務印書館1979年版。

螺女型故事所表現出來的象徵文化，正符合黑格爾的論斷，特別是這一故事中的主要文化元素「螺」與「蚌」所表現出來的象徵意義，與民間所深藏的生殖觀念和潛性意識是緊密地聯繫在一起的，其中所表現出來的南方文化情結更是多一些，當是無疑的了。

蛇郎故事的人類學詮釋

蛇郎故事是中國十分普遍的一種民間故事類型，有著相當的文化積澱，反映了人類發展過程中的痕跡，至今仍可發現其中殘存的歷史現象。

其一，去災求平安的歷史表現。

蛇郎故事的開頭情節大多爲：父親耕作時，遇一蛇。蛇威脅父親，要將女兒嫁給他，否則將會遭到不幸。父親出於無奈，只好答應將女兒嫁給他。蛇，在中國人的心目中是一可怕的動物，爲不祥之物。《博物志》曰：「蝮蛇秋月毒盛，無所蜇螫，嚙草木以泄其氣，草木即死。人樵採，設爲此草木所傷刺者，亦殺人。」〔註1〕由於人們害怕蛇的作祟，只好向蛇妥協，以求得平安。蛇郎故事開始的基本情節，就反映對蛇的恐懼，因恐懼也就演義出父親將女兒嫁給蛇作妻子的故事來。

事實上，人蛇是不可能結婚的，爲什麼故事中會有這樣的情節呢？我們透過表層，可以看到以人祭蛇的人類宗教的早期形態。《李寄殺蛇》的故事就表現了這種以人祭蛇的原始宗教的痕跡。人們因爲相信蛇（或蟒）具有無窮的神力，害怕它與人爲敵，所以委曲求全，以人作供品來使它不再作祟。而人與蛇成婚正是基於這種心理之上的，人、蛇婚配則表示相安無事。

其二，表現了從夫居婚姻形態的開始。

蛇郎故事的核心是蛇與人的婚配。我們知道，早期的婚姻形態是從妻居形態，也就是婚後，丈夫要嫁到妻家，在妻子家裡幹活，地位屈從於妻家，隨著社會的進步與發展，這種早期從妻居才逐漸爲從夫居所替代。由於兩種

〔註1〕《太平御覽》卷九三四《鱗介部六・蛇下》。

婚姻形態有著不可調和的尖銳矛盾，往往會引起強烈的衝突和鬥爭，表現在民間口頭作品中，往往會醜化對方，以達到自己的目的。

在從妻居的觀念裡，丈夫只是醜鄙的形象，蛇郎形象則是一個代表。出現這種形象的原因就在於：一是母權制的從妻居還沒有承認丈夫的權威和作用，二是貶低男性，與動物相提並論，從根本上否定了男子的力量。因爲在這一期間，女性佔據絕對權威，沒有男子的地位，因此遭到來自女性的咒罵和棒喝，亦屬正常現象，特別是男子沒有經濟大權，吃、住完全受控於女方，因此，男子的形象無論如何也光輝不起來。

其次，大女兒、二女兒都不願意嫁給蛇郎，也從側面表示出從妻居到從夫居的艱難變化。最後還是小女兒捨身嫁蛇郎，得到了蛇郎的愛護和體貼，這也折射出從夫居的歷史影子。當然這種婚姻形態的確立，也經過多次反覆和鬥爭，最後才得以確立。大女兒害死小女兒，小女兒則以各種變化形象來進行抗爭，故事結尾時，小女兒終於恢復人形，與脫去蛇皮的英俊小伙子重歸於好，這種故事情節表達了一個文化信息，那就是從夫居的確立。這種婚姻形態，在民間流傳的蛇郎故事中，深深地打下了許多烙印，但是由於歷史的塵沙十分深厚，已經很難看到這種婚姻形態的眞切的印記，只有抹去掩蓋上面的塵沙，我們才能清楚地看到某種文化的和歷史的印痕。

當然，我們將故事中的蛇郎作爲一個以蛇爲圖騰的民族成員，也未嘗不可，但缺少更多的材料加以佐證，因此說蛇郎形象的出現是母權制下的產物，顯得更合理些。應該說，在蛇郎故事中，封建社會裡的倫理道德和男尊女卑的觀念還很淡漠，相反的是男性無權作主（無論是父親，還是蛇郎），而女子則可任性，根本沒有封建的「父母之命，媒妁之言」的道德說教。據之，我們可以斷定，蛇郎故事產生於封建時代，但其包藏的文化內涵和歷史因子遠在封建社會之前就已經聚合了。

其三，男女婚姻的結合要經歷磨難。

蛇郎故事裡的小女兒最早答應與蛇郎成親，但遭到姐姐的暗算，使本來美滿幸福的婚姻變得一波三折，彎彎曲曲，經過多種磨難之後，小女兒才與蛇郎再成夫妻。

我們認爲，在這些情節之後，隱藏著一種早期婚姻的不協調的陰影。例如搶婚時的男女雙方的械鬥，即使到了後來，搶婚成了一種形式，但是男女兩家的親友們同樣要表演這一活劇。還有所謂的棒打新郎，或在男家接親人的臉上抹下黑灰，等等，這些民俗活動本身就說明了婚姻的不協調性，只有通過這種不協調的婚姻形式，才有和諧美滿的婚後生活。蛇郎故事中的曲折婚姻，亦反映了現實的婚姻狀況，是一種折射的結果。

誠然，這種婚姻的磨難，主要表現在小女兒被害致死，以後雖不斷地遭到其姐摧殘，但都逢凶化吉，最後終於重現人形。同時，亦表現在蛇郎本身。蛇郎求婚時，是一蛇的形象，其結果亦帶有一定的悲劇色彩。蛇郎變成小伙子，這說明婚姻的力量。蛇郎故事不是魔法故事，蛇郎的出現，不是妖魔施法的結果，而是故事中的特定對象，通過婚姻，蛇郎化爲人形，因此可以得知經過磨難的婚姻才是美滿、幸福的。

總之，蛇郎故事是一相當古老的民眾口頭作品，其中包藏著許多文化人類學的內涵，值得研究。

灰姑娘型故事淺說

灰姑娘型故事在世界各地都有廣泛流傳，據考證，這一故事在歐洲和中東一帶約有三百四十餘種大同小異的說法。在歐洲有兩種最流行的說法，保存在法國培魯的故事集和德國格林兄弟的故事集裡。在我國，這個類型故事也有許多不同異文，幾乎在每個少數民族中都有，另外，在漢族地區說法又有些不同。

長期以來，中外學者對灰姑娘型故事的流傳和國屬問題，爭論不休。有的說產生於歐洲，有的說產生於我國，等等。他們的說法都有一定的道理，但定要將這一類型故事說成是哪一國家最早產生，恐怕論據不足。從最早的文字記載看，我國唐代段成式撰著的《酉陽雜俎・支諾皋》中就有一篇灰姑娘型故事，較之十六世紀法國培魯和十九世紀格林兄弟所記錄加工的灰姑娘故事，要早得多。

灰姑娘型故事的基本情節是：

1、某家，有三口人，父母和一個女孩子。有的故事說這個女孩子因喜歡灰，故稱爲灰姑娘。

2、灰姑娘的母親死了。父親又娶後母。後母自己有兩個女孩（有的說是一個）。

3、後母對灰姑娘很壞，常讓她幹重活累活，而對自己的孩子十分偏愛。

4、國王下令爲兒子招選未婚妻，舉行盛大的舞會。

5、後母聞知，領著兩個孩子前去，卻不讓灰姑娘去，並讓她做種種幾乎是不可能辦到的事情（如沙裡撿芝麻，將無底缸挑滿水等）。

6、由於仙人或各神靈的動物（魚、鼠等）幫助，灰姑娘不僅完成了後母她幹的事，而且意外的得到漂亮非凡的衣裙和金鞋，亦有爲水晶鞋、玻璃鞋等，前去參加舞會。

7、在舞會上，灰姑娘出色的品貌和華麗昂貴的服飾吸引了所有的人，並爲王子所愛。

8、後母（亦有說是兩個孩子）發現這個爲眾人所吸引的姑娘可能是灰姑娘，十分驚訝，欲趕回家查詢。灰姑娘得知，急急忙忙往回趕，不慎將金鞋遺落了。

9、王子找到金鞋，在全國尋找適合穿上這鞋的姑娘。

10、後母的兩個孩子雖吃了苦頭，但還是穿不上這鞋子，相反，灰姑娘穿上很合適。

11、王子娶灰姑娘爲妻。

12、後母和兩個孩子（也有的僅說後母一人）遭到懲罰（或被啄瞎眼睛，或被石頭砸死等）。

灰姑娘型故事在全世界範圍內具有一它的廣泛性和典型性，並爲老小皆知，成爲民間故事中一種很具代表性的作品，是有道理的。

首先，表現在對兇狠後母的譴責上。在封建時代，血緣的親疏不僅會遭到眾人的喋喋議論，而且還有能否直接繼承財產的重大問題。灰姑娘型故事中，後母任意虐待前妻所生子女，爲的是從事實上證明她的孩子是直系親屬，而不是「拖油瓶」來的非直系親緣關係。正是這種社會存在決定了人民群眾在藝術創作中如實地反映這一現實。但是，在封建社會裡，它的法律、道德、思想、宗教、文藝等領域，無不打上封建主義的印記，作爲反映生活的民間故事也同樣如此。依此，我們可以從灰姑娘型故事對後母的譴責來看，後母那種企圖改變父親與灰姑娘之間直屬親屬的血緣關係的想法和做法都是當時社會所不允許的，是要受到懲罰的，故事的結局正說明了這一點。封建時代是一個相當漫長的歷史階段，形成了一整套的政治、經濟、宗教、法律等方面的嚴格制度，特別是其思想意識至今還影響著人們的頭腦，由此看來，灰姑娘型故事那種對後母的責怪和詛咒，同樣可以找到共同的思想基礎。

其次，從藝術上看，灰姑娘型故事之所以成爲代表性的民間故事，是有其特色的。

第一個藝術特色是情節的曲折性。

民間故事一般比較講究情節的曲折、離奇、驚險等。灰姑娘型故事的情節是相當曲折的。故事沒有一般地去表現灰姑娘如何受苦受難，而用較多的筆墨描述了她從家庭中的奴隸一舉變成王子的妻子的劇烈變化。這一變化過程的本身就充分說明了故事情節的曲折性。

灰姑娘型故事的曲折情節由這樣幾個回合構成：一是母親突遭不幸而身亡。這一情節一般均爲略寫，但它很重要，對灰姑娘以後生活的巨變埋下了伏筆。因爲在母親撫愛下的孩子生活是愉快幸福的，然而一旦失去了母親，孩子將遭到不幸，這是生活告訴人們的哲理，故事正是將灰姑娘置於這樣一種尖銳突起的矛盾中，形成了第一個曲折的情節。第二個曲折的情節是後母的種種刁難，阻止灰姑娘參加國王挑選兒媳的舞會。所謂舞會，在《酉陽雜俎》的葉限故事中名爲「洞節」，是當時少數民族青年男女談情說愛的民間傳統節日。這樣看來，作爲一個成年女子嚮往這樣的節日並爭取前往就不難理解。當然在國外說成是舞會，也有其一定的民俗依據。如此，後母的阻止與灰姑娘竭力爭取去參加舞會產生了巨大的矛盾。故事在設置矛盾時，往往會利用人們所意料不到的情節，如沙裡拾芝麻。在完成後母刁難性的事情之後，灰姑娘仍羞於去參加舞會，因爲她的衣衫太襤褸了。正在這爲難之時，灰姑娘又意外地得到使人羨慕的雍容華貴的衣服和金光閃耀的鞋履，怎不叫人感到驚奇和讚嘆呢。第三個曲折的情節是失履，這是灰姑娘型故事的中心情節。得履——失履——復得履，貫穿灰姑娘型故事的全過程，難怪有的根據這一故事改編的其他藝術樣本改爲「水晶鞋」等物件呢。失履的原因是王子愛上了美麗的灰姑娘，同時，後母和她的孩子發覺王子所愛的人極似她們家的灰姑娘。爲了避免不必要的麻煩，灰姑娘在倉惶逃跑之中，遺落了鞋子。這樣的情節起伏跌宕，猶如海潮一波未平一波又起，很能扣緊人的心弦。

第二個藝術特色是故事的傳奇性。

從廣義上說，故事一般都有傳奇色彩，沒有傳奇色彩的故事是不能爲大家津津樂道的，故也不能流傳久遠。眞正具有強大生命力的民間故事都有傳奇的特色。從狹義上說，各個民間故事本身的傳奇性有能有弱，不盡相同，也都具有獨立存在的意義。換句話說，構成傳奇色彩的各種要素，每個故事都有自己的不同於其他故事的特色和方法，否則，故事則沒有鮮明的個性而被替代了。

灰姑娘型故事恰恰找到了自己的別具一格的構成傳奇色彩的要素——鞋。鞋在故事中的出現，不啻信手拈來的道具，而此有其深刻的民俗心理的依據。過去，我國農村中，男女青年相愛，女的往往要做一雙鞋送給男方。這是爲什麼呢？因爲民間有諧音求義的習慣，而鞋與諧，兩字相諧，能象徵婚後夫妻相親相愛，白頭到老。在雲南德宏傣族中曾有過這樣一種習俗：夫妻反目，不願再呆在一起，一方只要將鞋反向放置，則不用說明，即告夫妻各奔東西了。在英國、意大利等國家裡，過去曾有結婚後拋擲舊鞋的習俗。所有這些國家的民眾關於鞋子的崇信均與婚姻有關，大概是不謀而合吧，但都表現了一種民俗心理：即鞋曾經是婚姻的媒介。在鞋和婚姻之間有神奇的聯繫，這就產生了灰姑娘型故事中以鞋作爲情節發展的中心線索。由此看來，鞋子作爲故事的主要道具，其本身就具有濃厚的傳奇色彩。

當然，作爲一種民間創作的故事的傳奇性不僅限於此，更多地表現在情節和內容中間。灰姑娘是個在家庭中處於奴隸地位的人，至多她能穿雙破鞋，而根本不可能產生想得到金履的奢望。在國王舉行的舞會上，高貴的夫人和小姐們衣著十分艷麗、華貴，這樣的場合中，灰姑娘窮困潦倒，當然不可能踏上舞會大門的台階。然而，故事的創造者們用他們大膽的想像，使善良、美麗的灰姑娘在神仙的撮合下，得到連做夢也未曾想過的金履。這樣一來，使整個故事爲之一新，加大了故事的深度和內涵，推動了情節向前大幅度的發展，使灰姑娘活動的天地，從家庭的灶台、庭院走進了迷人的宮殿。

本來故事講到這裡也可以作爲一個大團圓的結尾，但是創作者們並不滿足於此，覺得還未充分展現故事傳奇的特色，因此，筆鋒一轉，形成了失履的情節。這裡同樣富有傳奇性。其表現是王子要尋找鞋子的主人，下令全國婦人均來試穿此鞋，誰能穿上，誰就是王子的妻子。但是很奇怪，無論怎樣試穿，無一人可以穿得舒服。在《格林童話》中，後母的兩個孩子，一個削下腳趾頭，勉強穿進鞋子；一個削去腳後跟，才將腳放進鞋裡，但都被王子發現了，並未把她們當成新娘。相反的，灰姑娘卻毫不費勁地穿上了金鞋子，而且舒舒服服。這下，王子真正找到自己心愛的姑娘。

灰姑娘型故事的傳奇性不僅表現在上述這些方面，而且還表現在神仙、動物的幫助等方面，另外，由於地域、民族的不同，這一類型故事中還穿插著其他的一些傳奇的情節和色彩。但是，其最基本最富個性的傳奇性則顯示在得履和失履這兩個主幹情節上。

中國妖怪精故事的分類及其研究

中國歷來有妖、怪、精故事。在民間，人們不分妖故事、怪故事、精故事，而一統謂之妖怪精故事，這種傳統一直延續至今。

不過，從分類學的角度來看，妖怪精故事，還可以繼續進行切割，使之成爲相對獨立的故事類別；或者更明確地說，可以將其分成妖故事、怪故事和精故事三種類別。這在中國民間故事分類學上來說，具有一定的價值，它表示故事研究上的新突破，象徵著傳統意義上的民間故事的分類上的新發展。

一、妖、怪、精的分類及其共同點

對於民間故事中的妖怪精的基本分類：

如果妖怪精故事進行粗線條分類的話，可以將與人對立的生物體劃入妖類。其表現爲性格狡詐、殘忍，善於變化，包括形象、性格等方面的絕對相左，有非常人的本領，其形象大多是非人非獸。

精是自然界的有生命的物體變化而來。如鳥、馬、牛、雞、鼠等飛禽走獸，都可以變化成爲精。

而無生命的自然界的山、石、水等則可以劃入怪類。

粗此劃分，亦無不可，基本上可以表達出妖、怪、精各自的主要形態及其特徵。但是作爲一種科學的故事分類，未免過於簡單，它不可能包括各種形態。事實上妖、怪、精這三種故事形態甚多，往往不是一兩句語言就能全部加以概括的，因此，有必要弄清楚妖、怪、精故事的最富特徵的東西，以進一步區分它們之間的界限。

以往人們並不細分妖怪精故事，這一方面表示這一領域研究的落後，另一方面的確在這三者之間有著內在的十分相似的特徵。在現實生活中，人們可以不必計較它們之間的區別和聯繫，然而作爲一門學科，必須要加以研究，否則就無法將這三者區分開來。

在這裡，我們先來談談故事中的妖、怪、精三者之間的共同點。

其一，都具有變化無常的本領。

無論妖故事，還是怪故事、精故事中的主要對象均有非凡的、超自然的力量，能夠變幻無常，有著常人無法企及的魔力。

據《太平廣記》卷四三三引《集異記・崔韜》記載：

> 崔韜，蒲州人也。旅遊滁州，南抵歷陽。曉發滁州，至仁義館，宿館。吏曰：「此館凶惡，幸無宿也。」韜不聽，負笈升廳。官吏備燈燭訖。而韜至三更，展衾方欲就寢，忽見館門有一大足如獸，俄然其門豁開。見一虎，自門而入。韜驚走，於暗處潛伏視之。見獸於中庭脫去獸皮，見一女子，奇麗嚴飾，升廳而上，乃就韜衾。出問之曰：「何故宿余衾而寢？韜適見汝爲獸入來，何也？」女子起謂韜曰：「願君子無所怪，親父兄以畋獵爲事，家貧，欲求良匹，無從自達，乃夜潛將虎皮爲衣。知君子宿於是館，故欲托身，以備洒掃。前後賓旅，皆自怖而殞。妾今夜，幸逢達人，願察斯志。」韜曰：「誠如此意，願奉歡好。」來日，韜取獸皮衣，棄廳後枯井中，乃挈女子而去。
>
> 後韜明經擢第，任宣城。時韜妻及男將赴任，與俱行。月餘，復宿仁義館。韜笑曰：「此館乃與子始會之地也。」韜往視井中，獸皮衣宛然如故。韜又笑謂其妻子曰：「往日卿所著之衣猶在。」妻曰：「可令人取之。」既得，妻笑謂韜曰：「妾試更著之。」衣猶在請，妻乃下階將獸皮衣著之才畢，乃化爲虎，跳躑哮吼，奮而上廳，食子及韜而去。

這是一則典型的精故事，且是精故事裡的虎精故事。老虎會變化成人，且騙得信任之後，又變回原形，獸性大發，吃了丈夫和兒子之後逃突而去。這種老虎變人的故事在現實生活中是不可能的，然而在民間口頭創作中不爲少見。虎變人，人變虎，其關鍵的變化點，在於虎皮；也就是說脫了虎皮，可以成爲人形，一旦穿上虎皮，又將變爲老虎。這與流傳甚廣的「青蛙娶親故事類型」中的變化點一樣，青蛙的皮亦是青蛙成人或變回原形的重要之物。

此類故事，在民間故事中佔據很大的比例，天鵝處女型故事亦屬這種精故事。這類故事中的天鵝變成人形需要脫去羽衣，而要恢復原形則要穿上羽衣。

由此看來，動物精之可以變化無常，因其有著特殊的神奇的自身之物，離開這一自身之物，任何動物精都無法變化的。

怪故事中的物體，一般都是無生命體的東西，其會變化成人，無須依靠自身之物來作爲變化的依據，卻具有直接變化的功能。例如流傳於山東沂蒙山區的《炊帚姑娘買花》，說的是兩個炊帚頭子變成了姑娘去買花，買花後進屋去拿錢。賣花人左等右等，不見人出來，就找這家主人李員外。李員外沒有一兒半女，自然與之爭論一番，最後還是付錢了事。過年前，伙計們打掃天井時，從廚房的瓮旮旯裡拖出兩把炊帚頭子，每把上都插著一枝鮮紅鮮紅的花。「李員外結果炊帚頭子去一看，心裡明白了：原來還是你倆作的怪，要是再變成兩個姑娘，那有多麼好啊！說來也怪，李員外心裡難過，眼裡掉下兩顆淚珠兒，落在炊帚頭子上。一眨眼的功夫，兩個十六七歲如花似玉的姑娘站在李員外面前，笑嘻嘻地叫開了爹。傳說這兩個姑娘都給李員外當了閨女。」〔註 1〕

怪故事中的物變化需要外界的配合，如日晒、星照、雨淋、霜打等，時間一長，則使之有了靈性，逐漸產生變化之功，此外，人體的血、汗、尿、淚等物亦會使物產生變化。因此，這種日常生活裡不曾存在怪異的物體，民間稱之爲怪物，而講述這些怪物的故事，就是怪故事，也有人把它稱之爲「怪話」。

而妖故事中的妖，更是變化無端，可以一時間變化成多種形象。當然，這種變化是在一種特定的環境之中的，或爲了恐嚇，或爲了逃脫，或爲了爭鬥，等等，也就是妖的變化是爲了達到某種目的，而不像精和怪那樣，它們的變化是非功利性的。

其二，都具有非凡的力量。

妖、怪、精都是人的口頭創造，因此可以賦予其非凡的超自然的力量，使之在某種環境中無所不能，進而充分表達了民眾的想像力和創造力。

三者相比較，妖的力量更爲巨大。撒拉族《麻斯睦除九頭妖》中有這樣

〔註 1〕《中國精怪故事》第 1052～1053 頁，上海文藝出版社 1995 年版。

的描寫：「第二天，麻斯睦和木尼古出門後，達什塔古變成馬背墊，蹲在屋簷下。近晌午時，九頭妖魔來了，順手拿過馬背墊來坐，說：『噢喲！好舒服。』叫古尼阿娜過來梳頭，吸了她一陣血，拍拍屁股走了。傍晚，麻斯睦、木尼古回來，達什塔古哭喪著臉說：『好厲害的九頭妖魔！骨瘦如柴，但比磨盤還重，壓得我一點兒也動不了。』」此外，在表現麻斯睦與九頭妖魔進行鬥爭時，又描寫道：「九頭妖魔回轉身來，拔出一顆小樹，跟他拼鬥。兩個鬥得天昏地暗。」〔註 2〕

而怪和精的力量雖不及妖那樣驚天動地，但也頗具威攝力，或可助人，或可害人，亦會傷人，甚至致人於死地，但這種力量只是暗暗地進行。

《搜神後記》卷九：「晉太元中，丁零王翟昭後宮養一獼猴，在妓女房前。前後妓女，同時懷妊，各產子三頭，出便跳躍。昭方知是猴所爲，乃殺猴及子。妓女同時號哭。昭問之，云：「初見一年少，著黃練單衣，白紗帢，甚可愛，笑語如人。」

這裡可說乃是猴精無誤，它會變化成黃衣少年，淫人家妓。此作惡行徑是暗地進行的，它的力量表現在：能使女人懷孕生子。

同書卷九又載：「林慮山下有一亭，人每過此宿者，輒病死。云嘗有十餘人，男女雜合，衣或白或黃，輒蒲博相戲。時有郅伯夷，宿於此亭，明燭而坐誦經。至中夜，忽有十餘人來，與伯夷並坐蒲博。伯夷密以燭照之，乃是群犬。因執燭起，陽誤以燭燒其衣，作燃毛氣。伯夷懷刀，捉一人刺之，初作人喚，遂死成犬。餘悉走去。」

如果說前例的是猴精作祟的話，那麼此例說的則是狗精致人於死的故事，其威力更大於前例，使人在不知不覺之中悄然死去。這種情形大多出現在精故事裡，表示精的力量是人無法比擬的。

雖說妖、怪、精具有超人的力量，但畢竟是有限度的，不可能無限制的施展其威力。人可以利用智慧去破除它們的法術，可以利用器物來遏止它們的行爲。《太平廣記》卷四四五《傳奇・孫恪》記載：孫恪落榜返家，途中遇袁氏，與之成婚。後遇表兄，謂其有妖氣，授劍要他去除妖。「恪遂攜劍，隱於室內，而終有難色。袁氏俄覺，大怒而責恪曰：『子之窮愁，我使暢泰，不顧恩義，遂興非爲，如此用心，則犬彘不食其餘，豈能立節行於人世也！』恪既被責，慚顏惕慮，叩頭曰：『受教於表兄，非宿心也，願以飲血爲盟，更

〔註 2〕《怪話連篇》第 86 頁，湖南文藝出版社 1996 年版。

不敢有他意矣。』汗落伏地，袁氏遂搜得其劍，寸折之，若斷輕藕耳。」袁氏即猿精，變成人形與孫恪成婚，並贈與金繒，誰知孫恪卻忘恩負義，用劍來驅逐袁氏，本不應該。然而通過這一故事，我們可以看出劍有驅邪的作用。

劍，在道教中，又稱法劍。因爲劍難於鑄造，劍身如流矢，故傳有神異。唐齊己《古劍歌》云：「古人手中鑄神物，百煉百淬始提出。」《洞玄靈寶道學科儀》介紹作劍之法，要「齋戒百日，仍使鍛人用七月庚申日、八月辛酉日，用好鋌若快鐵，作精利劍。」眠臥之時，要視呼之名字，則「神金暉靈，使役百精，令我長生，百邪不害，天地相傾」。〔註 3〕由此可見，劍在道家看來，是很具神力的，能驅邪逐妖，因此，很自然地運用到驅逐精、怪的故事之中去了，成爲不可替代的具有神靈作用的工具。

其三，都與人發生關係。

在妖、怪、精故事中，除主體爲妖、怪、精之外，其主要描寫的客體則是人。這種主、客體之間的糾葛、矛盾及其衝突，構成各種豐富多彩的故事情節。

《搜神記》卷十八記載：

> 張華，字茂先，晉惠帝時爲司空。於時燕昭王墓前，有一斑狐，積年，能爲變幻，乃變作一書生，欲詣張公。過問墓前華表曰：「以我才貌，可得見張司空否？」華表曰：「子之妙解，無爲不可。但張公智度，恐難籠絡。出必遇辱，殆不得返。非但喪子千歲之質，亦當深誤老表。」狐不從，乃持刺謁華。
>
> 華見其總角風流，潔白如玉，舉動容止，顧盼生姿，雅重之。於是論及文章，辨校聲實，華未嘗聞。比復商略三史，探頤百家，談老、莊之奧區，披風、雅之絕旨，包十聖，貫三才，箴八儒，擿五禮，華無不應聲屈滯。乃嘆曰：「天下豈有此少年！若非鬼魅則是狐狸。」乃掃榻延留，留人防護。此生乃曰：「明公當尊賢容眾，嘉善而矜不能，奈何憎人學問？墨子兼愛，其若是耶？」言卒，便求退。華已使人防門，不得出。既而又謂華曰：「公門置甲兵欄騎，當是致疑於僕也。將恐天下之人卷舌而不言，智謀之士望門而不進。深爲明公惜之。」華不應，而使人防禦甚嚴。

〔註 3〕《道藏》第 24 冊第 776 頁。

> 時豐城令雷煥，字孔章，博物士也，來訪華；華以書生白之。孔章曰：「若疑之，何不呼獵犬試之？」乃命犬以試，竟無憚色。狐曰：「我天生才智，反以爲妖，以犬試我，遮莫千試，萬慮，其能爲患乎？」華聞，益怒曰：「此必眞妖也。聞魑魅忌狗，動別者數百年物耳，千年老精，不能覆別；惟得千年枯木照之，則形立見。」孔章曰：「千年神木，何由可得？」華曰：「世傳燕昭王墓前華表木已經千年。」乃遣人伐華表。
>
> 使人欲至木所，毋空中有一青衣小兒來，問使曰：「君何來也？」使曰：「張司空有一少年來謁，多才，巧辭，疑是妖魅；使我取華表照之。」青衣曰：「老狐不智，不聽我言，今是禍已及我，其可逃乎！」乃發聲而泣，倏然不見。使乃伐其木，血深；便將木歸。然之以照書生，乃一斑狐。華曰：「此二物不值我，千年不可復得。」乃烹之。

在這則故事中，既有狐精，也有木精，更有與人的關係錯綜複雜，形成一個有趣的故事內核，情節生動，線索發展有層次感，是一不可多得的精故事。

斑狐變幻成書生，深得司空張華的喜歡，但疑其妖魅，這時豐城令雷煥來訪，要用千年華表木來照書生。此千年華表木亦已成精，化爲一青衣小兒，知道將被砍伐，「發聲而泣，倏然不見」。砍下華表木，燃之，照書生，果見其爲一斑狐。

這是一種不信任的關係。狐並未害人，卻遭到人的算計，眞可謂是人與精不可同屋而處，即使異類和善，亦會遭來不幸。《夢厂雜著》卷八《狐女傳》載：「崇文門外王氏女，年及笄，極慧美，而尻有尾，長三尺餘，圜繫腰間。父母外，無人知者。嫁士人爲妻。士有羸疾，氣色奄奄。初婚之夕，手觸其尾，大驚，病轉劇而卒。其親欲別爲擇偶，遍都下咸知其異，莫與爲婚。家故饒裕，以質庫作奩資。有舊家子，貪其財，遂委禽焉。終憎其尾，謀於友人之喜針灸者，友曰：『我能治之。』授以藥酒，俾飲醉，更以藥塗尻上，利刃截之無傷也。如其言，刀甫舉而女覺，披衣而坐，罵曰：「吾父以數萬之質庫畀汝不爲薄，尾何害於汝，必欲去之耶？窮骨頭卒難安享福，殘忍若此，亦終不免於仳離。」語畢，啓窗一躍升屋。其夫駭極，急趨外家告以故。父母訟其斃女滅屍，無以辯也。桎梏囹圄，備嘗楚毒，而質庫亦化爲烏有矣。」由此可見，精與人雖有暫時的相聚，但畢竟不是同類，最終的結局還是各自東西，不能同處一室。

在這類故事中，大多以男女婚戀爲主要線索，男的一般爲人，而女的則是精。這種人和精婚戀的故事，佔據民間故事較大的比重。如果從社會學的角度而言，它反映了人間戀愛、婚姻的現實，同時又是舊時男性婚姻的寫照。封建時代，男性青年往往會因爲經濟、地位等因素娶不成妻子；即使娶了妻子，也會因經濟拮据和意外的橫禍而使家庭遭到不幸，爲此，人們常常會幻想有一個能脫離凡世煩惱，會使男子帶來幸福和愉快的妻子。正是在這種夢想中，人們創造了許許多多的精故事；其中的精大多爲女性，而且會主動嫁男青年，成立一個幸福美滿的家庭。

當然，這一內容只是人與妖、精、怪故事的一部分，其他的爭鬥、互助、奇遇等等，構成了絢麗多姿的一幅幅畫面。范成大《吳郡志》卷二九《土物上》云：「干將墓在匠門外東數里。承平時人耕其旁，忽有青蛇繞足，其人驚，遂以刀斷之，其前半躍入草中不復見。徐視其餘，乃折劍一段。至暮欲持歸，亦忽失之。」這裡的劍怪頗好玩，變成青蛇繞耕夫足間。耕夫驚嚇，以刀斷之，才發現是一折劍。它與人的關係，僅爲一種遊戲而已，並無害人，亦無報恩，好像只爲戲耍一劍。它與人的關係，僅爲一種遊戲而已，並無害人，亦無報恩，好像只爲戲耍一番。如此這樣的故事，在怪故事中是很多的。

怪故事大多很幽默，雖說其形象沒有多大變化，但常常有著出其不意的行動，會使人忍俊不止。《護寶石獅》是一流傳於河南的怪故事：傳說北宋時，午朝門前有一對石獅。對窮人，它會吐出金元寶；對壞人，不僅不給財寶，還狠狠地教訓之。「他惱得像吹豬似的，把手伸進雄獅大嘴裡去掏金元寶。石獅雙眼血紅，猛一合嘴，他的手腕就和胳膊分了家。」〔註4〕

這是一則類型故事，在不同的地方有不同的石怪，有的是石蛙，有的是石熊，等等，但其基本的方法卻很獨特，讀後，使人產生一種快慰的感覺，獲得意想不到的藝術效果。

應該說，妖、怪、精與人的關係，在故事中得到充分地展現，錯綜而複雜地將矛盾的雙方放在一個特定的情景之中，然後乾脆利索地將矛盾化解。這種矛盾的化解，具有中國人的傳統的審美心理，一般以大團圓爲結尾，但

〔註4〕《開封民間故事集成》第195～197頁，中州古籍出版社1993年版。

有時亦是悲劇性的。《搜神後記》記載：

> 晉安侯官人謝端，少喪父母，無有親屬，爲鄰人所養。至年十七八，恭謹自守，不履非法，始出居。未有妻，鄉人共憫念之，規爲娶婦，未得。端夜臥早起，躬耕力作，不捨晝夜。後於邑下得一大螺，如三升壺。以爲異物，取以歸，貯甕中畜之。十數日，端每早至野，還，見其户中有飯飲湯火，如有人爲者。端謂是鄰人爲之惠也。數日如此，端便往謝鄰人。鄰人皆曰：「吾初不爲是，何見謝也？」端又以爲鄰人不喻其意，然數爾不止。後更實問，鄰人笑曰：「卿已自取婦，密著室中飲爨，而言吾爲人飲耶！」端默然，心疑不知其故。後方以雞初鳴出去，平早潛歸，於籬外竊窺其家，見一少女從甕中出，至灶下燃火。端便入門，逕至甕所視螺，但見殼。乃到灶下問之曰：「新婦從何所來，而相爲炊？」女大惶惑，欲還甕中，不能得去，答曰：「我天漢中白水素女也。天帝哀卿少孤，恭慎自守，故使我權相爲守舍炊烹。十年之中，使卿居富得婦，自當還去。而卿無故竊相窺掩，吾形已見，不宜復留，當相委去。雖爾後自當少差，勤於田作，漁採治生。留此殼去，以貯米穀，常可不乏。」端請留，終不肯。時天忽風雨，翕然而去。

這是一則最早的田螺姑娘型的故事，可惜沒有後來故事中兩人成婚，過著幸福生活，最後生有一子，人、精才依依惜別的敘述。在《白水素女》中只有幫助謝端燒飯的情節，而無夫妻生活的進一步發展，更表現了一種悲愴的氣氛，加重了悲劇的色彩。

二、妖、怪、精故事的特徵及其內涵

其次，我們再來談談妖、怪、精三類故事形態的獨立特徵及其主要內涵。

1、妖故事

所謂妖故事，是指那些出現妖的故事，或者說妖常常是故事裡的主角，是人的主要對立面，一般以人爲敵，專做壞事，甚至吞噬人的生命。在人們的觀念中，妖是獨立於人之外的一種具有生物特徵的形象，存在於另外的世界之中，同時也會突然出現在人們的視野裡，干擾、破壞人們的生活。

妖的形象大都可憎，醜惡無比。土族《群物齊心剪除蟒古斯》有這樣一節對妖的描述:「突然從洞中冒出一股腥氣,接著出來一個人不像人、獸不像獸的怪物,張著血盆大口,惡狠狠地說:『老太婆,喊什麼,把我的覺都驚跑了,你想找你女兒,她在我肚子裡哩!』」〔註 5〕由此可見,妖的原生形象是醜鄙的,是將現實生活中的難以尋覓的最具醜感的形象來放置在妖的身上,使之成爲醜的象徵,從而遭到人們正常審美觀念的排斥。

妖的原生形象是醜惡的,只能生活在它那個世界中,一旦要介入人的世界裡,往往會變化一番,變成一個好的形象,以騙得人的信任。不過,這種情況所佔的比例較少。因爲妖具有人所無法比擬的本領及其手段,要達到自己的目的,一般只需要利用自己原始的本能的辦法就可以到達,而不用矯裝打扮、迂迴曲折的手段,因此,妖與人爭鬥中,大多以自己的眞面目來進行,或者說運用猙獰的面貌和本能的力量來獲得自己的利益。

妖的基本特徵是惡的,是專門爲害人類的超自然體。

妖的基本形態有三種,構成了龐大的一個群體,表現了妖的主要形象及其行爲。

(1)無載體的妖

此妖的出現一般不借助其他形象,而以妖的原生形態表現出來,故我們稱之爲無載體的妖。

這種妖,在民間故事中,或稱妖,或稱妖精,或稱妖魔,等等。多與人爲敵,常常直接顯露妖的眞面目,而不依靠僞裝。

> 一天晚上,半夜裡,大門「哐當」一聲響,把母子倆驚醒了。他們側著耳聽,有個東西「咕咚咕咚」地走進了堂屋、灶房,「喀哧喀哧」地吃起東西來。嚇得他們大氣也不敢出,睜大眼睛看著房門。不一會,只見一個女妖的腦袋從門口探了進來,長著血盆大的嘴巴,一對獠牙頂到了鼻子頂,舌頭耷拉到地上,兩個杯子大的眼珠發出綠光。女妖瞧了瞧,惡狠狠地說:「哼,你們要是沒點著燈,我非吃掉你們不可!」直鬧騰到下半夜,女妖才走。〔註 6〕

這裡的妖,顯然是以自己恐怖的外形來嚇唬那母子倆的。在正常情況下,人們見到這種惡劣醜鄙的面目,早已嚇得魂飛魄散。而故事的創造者正是利用這種審美心理,編造了妖的可怕外形,以達到妖能嚇人的目的。

〔註 5〕《怪話連篇》第 92 頁。
〔註 6〕《鬼話連篇》第 81 頁。

（2）有載體的妖

妖會變化，亦就是說妖往往利用人或動物的外形出現在人世間。

一般來說，妖的載體有三個：一是動物載體，一是人物載體，一是複合載體。

所謂動物載體，是指妖會以動物形象出現。例如，「大妖怪一看到他，先下手爲強，立即變成三隻猛虎，向他撲過去。」「兩招不行它們急了，變成凶猛的山鵬撲向他。」〔註7〕這是滿族故事中的兩個變化情節，但都反映了妖以動物爲載體的例證。

所謂人物載體，是指妖會變化成人形，以迷惑世人。滿族《五子除妖記》記載：過去，有個殘暴好色的國王，已有十二個老婆，還想再娶一個年輕美貌的女子。這事恰好被一個妖精知道了。一天，她見國王出來賞花，就變成一個十六七歲的姑娘。國王見她生得如花似玉，笑得合不攏嘴，把她領進宮殿裡，做了第十三個老婆。〔註8〕

很顯然，這是較爲典型的妖以人爲載體來欺騙國王的故事。

何謂複合載體，是指妖在某一故事中既會變化成動物，亦會變化成人物。

有一藏族故事說：一天國王帶著兒子到花園裡遊玩，看見兩隻野豬在咬果樹根。他一箭射去，射死了雄野豬。雌野豬慌忙逃跑了。這野豬，原是一對樹妖。「母妖精痛恨國王父子，發誓要報仇。它想來想去，就變成一個十分漂亮的姑娘，在首都城外的山野裡活動。一個大臣去打獵，看見了她，回去報告國王。國王聽了大喜，令大臣把她帶進宮來。她來了，國王一見就迷上了她，即娶她做王后。」〔註9〕

這裡的妖不僅會變成野豬，也會變成美人。它通過變化的載體，使人上鈎，最後達到報仇泄恨的目的。

根據以上的闡述，我們可以看到妖的最大特點就是害人，或者說與人爲敵是妖的本性，因此，妖故事多爲人妖的互相爭鬥，然而不管妖的本領如何之大，變幻如何之多，但最後的勝利總是屬於人，這可能是人們創作妖故事的眞諦之所在吧。

〔註7〕《鬼話連篇》第65頁。
〔註8〕《苗族民間故事選》第97頁，上海文藝出版社1983年版。
〔註9〕《怪話連篇》第123頁。

2、怪故事

怪故事是以怪爲表現對象的故事。

何爲怪？怪是指無生命體的東西經過外界的力量催化使其產生人的情感、行爲，有時亦會變化成人的外形或某一動物的形態。

怪與妖的最大區別在於：妖是與人爲敵，而怪則與人爲善。在多數情況下，怪會利用自身的特點來幫助人間的好人，而教訓那些貪得無厭，做盡壞事的傢伙。在《史記・留侯世家》中就記載了一則黃石公贈張良書的民間傳聞：

> （張）良間從容步遊下邳圯上，有一老父，衣褐，至良所，直墮其履圯下，顧謂良曰：「孺子，下取履！」良鄂然，欲毆之；爲其老，彊忍，下取履。父曰：「履我。」良業爲取履，因長跪履之。父以足受之，笑而去。良殊大驚，隨目之。父去里所，復還，曰：「孺子可教矣！後五日平明，與我會此。」良因怪之，跪曰：「諾。」
>
> 五日平明，良往。父已先在，怒曰：「與老人期，後，何也？」去，曰：「後五日早會！」五日雞鳴，良往。父又先在，復怒曰：「後，何也？」去，曰：「後五日復早來！」五日，良夜未半往。有頃，父亦來，喜曰：「當如是！」出一編書，曰：「讀此則爲王者師矣！後十年興，十三年孺子見我濟北，谷城山下黃石即我矣。」遂去，無他言，不復見。旦日視其書，乃《太公兵法》也。良因異之，常習誦讀之。……子房始所見下邳圯上老父與《太公書》者，後十三年從高帝過濟北，果見谷城山下黃石，取而葆祠之。留侯死，並葬黃石。每上冢伏臘，祠黃石。

這裡所說的「老父」乃石怪。傳說《太公兵法》書是一石怪相贈，無非表明張良後來輔佐漢高祖打下天下，是因神靈相助的結果。

在水溪，有一則《門栓精助包公》，說的也是經過六、七代而成精的門栓爲了幫助包公，幾次化險爲夷，戰勝了陷害包公的母猴精的故事。這個民間故事奇異怪誕，將精與怪放在同一背景之中，展開其中的矛盾衝突，顯得離奇，但不失眞，表現了怪能助人的主旨。

當然在怪故事中，怪助人的內容較多，但也有的怪會作弄人，或進行作祟的活動。亦就是說怪的行爲是多元的，既有善的一面，也有惡的一面；同時，有的怪故事裡面只是表現一番，而無害人或助人的行爲。而這些均構成了怪故事豐富的內涵。

怪故事中的怪有兩種變化形態：

一是變化成人形。

怪變化成人形，是爲了故事情節發展的需要，通過它與人之間的矛盾，演化成各種故事。如流傳於江蘇連雲港的《石滾精》就是例證。〔註 10〕故事說：有個石滾精變成老漢，假裝走不動讓小伙子背，企圖作弄他。誰知小伙子識破石滾精的伎倆，將他摔入河中，使他在水裡嗆得直翻白眼。幾天後，小伙子又裝抽煙，引誘石滾精上當，用火槍打了一槍，「黑煙散後，那個又矮又粗的小老頭不見了，只有個石滾倒在路旁，一頭被打得炸裂開來。」

這裡所說的石滾精，即爲我們所說的石滾怪，因爲它是無生命體的角色轉換，故可稱之。故事中的怪不像妖那樣張牙舞爪，不可一世，倒顯得有幾分傻氣，幾分可笑。正是這種性格特徵，表現了怪故事的基本內核，也就是說怪故事在故事中的主角地位往往不甚牢靠，常常是好人或正直人手下的敗將；不過，在對待壞人時，怪的作用很大，是一主導的角色，能控制整個故事的演變和發展。

二是變化成有靈性的形態。

怪的變化，除了變成人形外，還可以變化成有靈性的生命體或非生命體的形態。

苗族《幼桑巧遇石仙翁》說：幼桑一天趕街回來，又累又餓，就坐在石頭上歇氣。石頭突然張開嘴對他說：「你苦了一輩子還沒有過一天好日子，太可憐了。」又說：「我肚子裡有無數的金子、銀子，你要多少自管拿吧。」幼桑取回不少金銀，買了地，買了牛馬，蓋了房子，日子一天天好起來了。阿干是幼桑的東家，知道此事，也去大石頭口中掏金子、銀子，誰知雙手被石頭緊緊咬住。一咬就是許多年，阿干的家產全部用光了，石頭才鬆口。阿干賊心不死，企圖砸碎石頭，撈取財寶。當他剛到石頭邊，大石頭一口就把他連人帶錘吞下肚子裡。〔註 11〕

這裡的石頭是一有靈性的物體。雖說石頭是無生命的，但它被賦予了人的思想情感，其中特別強烈地表達了窮人的企圖改變自己命運的理想和願望。這石頭沒有角色的轉換，也沒有根本根本改變外在的形象，然而它一旦

〔註 10〕《中國精怪故事》第 940～941 頁。

〔註 11〕《苗族民間故事選》第 232～234 頁。

有靈性之後，就會脫離自身的局限，出現有生命體的行爲來。

怪的出現，往往會被人們稱之爲不好的現象，認爲會帶來不祥的結果，因爲怪超出了自身原來的形象和力量，而具有另一種形態和另一種法力。蒙古族《山的兒子》中有一水怪，它每天中午就把上身靈出水面晒太陽，如果殺了它，用它的皮來做成衣裳穿，「據說，炎熱的夏天穿上就能涼爽，寒冷的冬天穿上就能溫暖」。皇帝派了十名大將和百名官兵也無法射殺水怪。〔註12〕這裡的水怪是水的變體，已完全超出水的性質和範疇，有了新的形象及其力量。有時候，怪的出現亦象徵著吉祥，是一吉兆，這雖然是一無稽之談，但是反映了民眾的一種信仰觀念。《新編分門古今類事》卷一五記載：「南唐康王韋皋鎮蜀，與賓客從事十餘人宴聚西亭，暴風雨，俄頃而霽，方就食，忽見霓自空而下，直入庭，垂首於筵，韋與賓客皆悸而退。吸其食，飲且盡，首似驢，霏然若晴霞狀，紅碧相藹，虛空五色，四視左右，久之乃去。皋懼且惡之，遂罷宴。時豆盧某客於蜀，亦列坐，因起白公曰：『何爲憂乎？』公曰：『吾聞虹霓者，妖沴之氣。今宴方酣，而妖氣上吾筵，豈非怪之甚者乎？吾切憂之。』豆盧曰：『眞天下祥符也，固不爲人之怪耳。夫虹霓，天使也，將於邪則爲慮，將於正則爲祥，理固然矣。公正人也，是宜爲慶爲祥，敢以前賀。』乃具以帛，書其語而獻。皋賢而喜。後旬日，有詔，就拜中書令，果爲慶祥。豆盧之言，信而有證矣。」同卷又載：「唐永貞二年春三月，有雙虹入潤州大將張子良宅，初入甕，水盡，入井飲之。是年九月，節度使李錡詔召，不赴闕，欲爲亂，令子良領兵宣歙。子良翻然反兵圍城，李錡就擒，子良加金吾將軍，尋拜節度使。」

這兩則例子均說明了怪的出現並非都是壞事、爲不吉祥的象徵，而是慶祥、吉利之事的前兆，與民間流傳中的怪故事所包括的文化內涵是相同的；而不同的是：史料記載的許多怪故事中的怪是作爲祥兆表露的，而民間怪故事中的怪直接爲人做好事，或直接施展一下怪的行爲和力量。

3、精故事

所謂精故事，是有生命的動物、植物變化成人形，並與人之間展開一系列的活動的故事，這其中的精有幫助人的，也有與人爲敵的，甚至爲一種不吉的徵兆。

〔註12〕《蒙古民族故事選》第64頁，上海文藝出版社1979年版。

《搜神後記》卷八記載：

王機爲廣州刺史，入廁，忽見二人著烏衣，與機相捍。良久擒之，得二物如烏鴨。以問鮑靚，靚曰：「此物不祥。」機焚之，徑飛上天。尋誅死。

晉義熙中，烏傷葛輝夫，在婦家宿。三更後，有兩人把火至階前。疑是凶人，往打之，欲下杖。悉變成蝴蝶，繽紛飛散。有衝輝夫腋下，便倒地，少時死。

這是有關鴨精和蝴蝶精的故事，屬於典型的早期精故事。早期精故事的特點之一，情節比較簡單，人與精之間的矛盾衝突，淺嘗輒止，未及深入展開。同樣在上述兩則鴨精和蝴蝶精故事中，與人的衝突，亦僅一個回合，精即被消滅，反映了人勝精的觀念。

精故事最主要的特徵是，精會變化成人，而後與人產生一系列的故事。應該說，妖、怪都會變成人，然而它們不變化亦可以與與人打交道，並由此出現許許多多的情節；精卻與此不同，故事的基本情節是在精變成人之後才生出的。隨後，人們才發現這些故事的情節都是由精變成人之後的結果。干寶《搜神記》卷一九：「鄱陽人張福船行，還野水邊。夜有一女子，容色甚美，自乘小船來投福，云：『日暮，畏虎，不敢夜行。』福曰：『汝何姓？作此輕行。無笠，雨駛，可入船就避雨。』因共相調，遂入就福船寢。以所乘小舟，繫福船邊，三更許，雨晴，月照，福視婦人，乃是一大鼉枕臂而臥，福驚起，欲執之，遽走入水。向小舟是一枯槎段，長丈餘。」

精故事中的精是主角，人則是配角；人無法辦到的事，精則能辦到。當然，精的本領亦是有限的，達到目的之後，往往就是精最後結局。故此，精的結局是悲劇性的，特別人精成婚的故事，其結尾大多爲人、精各自一方；如果是大團圓的結局，往往要在精徹底脫離原來的動植物界，否則無法達到團圓的目的。

精的轉換有三種因素：

一是內在因素。

所謂內在因素，是指精未成人形之前因爲某種目的，而進行轉換變化。《鱉精畫像》是山東精故事，說的是：有個私塾先生，姓韓，是遠近聞名的畫師。鱉精知後，化爲一女子，特來求畫。女子道：「聽說您畫得一手好畫，今日特意來求你給俺畫張像，不知老先生肯不肯？」〔註 13〕很顯然，鱉精早就知道韓先生會畫畫，否則不會變成人形，特來求畫。同樣，精故事裡某精因見一小伙子勤勞孤單，就變成姑娘爲其燒茶煮飯，最後結成姻緣的故事甚多，這亦是內在因素在起作用的結果。

二是無意識因素。

所謂無意識因素，是指精轉換成人形並無一定的目的，這類精故事在早期形態中較多。

《搜神後記》卷九：「錢塘人姓杜。時大雪日暮，有女子素衣來岸上。杜曰：『何不入船？』遂相調戲。杜合船載之。後成白鷺，飛去。杜惡之，便病死。」這裡的白鷺精轉換成人形，並非要致杜某於死地，而只是杜某「惡之」而病故的。由此可見，這一白鷺之轉換屬於無意識因素所導致。

三是修煉因素。

修煉是道家文化的一部分，是中國傳統的文化內容，民間流傳的精故事亦必然受其影響。精的變化往往被認爲是修煉的結果，從而打上道教的色彩，其中較爲典型的是中國四大故事之一的《白蛇傳》。白蛇和青蛇之所以會變成美貌非凡的女子，就因爲她們長期在峨眉山上修煉的結果。類似這樣的精故事不勝枚舉，都反映道家文化的滲入，也就是說傳統意義上的精成人，由自然界的日月精華沐浴的所造就的結果，改換成了道家修煉的外因所致。山東《蜘蛛掛線》說的就是一對大蜘蛛在山裡修煉，很有幾分道行。有個野雞精，總想把這對大蜘蛛吃掉，以便自己早日成仙。一天，野雞精打敗蜘蛛。修長城的民伕看見，砸死了野雞精。爲了報恩，這對蜘蛛變成夫妻來幫助貧困的民伕。〔註 14〕由此，我們可以看到修煉是蜘蛛變人的關鍵，亦是矛盾衝突的所在，是早期精故事的一個重要的發展。

三、妖怪精故事產生的原因及其思想基礎

妖、怪、精故事的成因及其思想基礎，是一值得探討的問題。

我國歷史上的妖故事、怪故事、精故事產生甚早，到了魏晉南北朝時已經相當成熟，並有了大量的記載。所謂志怪小說，其實大多爲民間流傳的故

〔註 13〕《中國精怪故事》第 557～558 頁。
〔註 14〕《中國精怪故事》第 398 頁。

事。有的雖是文人創作，但其中或多或少帶有民間創作的影子，有的則是記錄了民間口頭作品而將其文字化了。因此我們可以從現存的志怪故事中，看到妖、怪、精故事的早期形態。

要談妖、怪、精故事的成因，是不能離開人們思想基礎來泛泛而談的，應該說原始的思維方式和信仰觀念，是產生妖、怪、精故事的根本。

有人認爲：「原始社會的進化中劃分兩個連續的階段：一個是，人格化的靈被認爲是賦予每個人和每個物（動物、植物、圓石、星球、武器、用具，等等），並使他（它）們有靈性；另一個階段在這個之先，那時還沒有進行人格化，那時，好像有一個能夠到處滲透的本原，一種遍及宇宙的廣布的力量在使人和物有靈性，在人和物裡發生作用並賦予他（它）們以生命。」〔註 15〕

這段文字表述的是，原始社會有兩個思想發展時期：一是萬物有靈性時期，一是前萬物有靈性時期。而妖、怪、精故事的成因顯然與萬物有靈的觀念有關，亦或者說這些故事的早期形態產生於原始社會。在原始社會中，人們的思想是一種原始思維形態，他們認爲一切有生命的或無生命的載物，都被人格化了，也就是所有的載體都有靈性，被視爲與人一樣具有思維、行爲等因素。而這時出現的人格化的物體，其變化形式是神，或者說神是內在控制載體的看不出的超自然的主宰。隨著人們思維的進步，神的地位慢慢降格，人的地位日顯突出，各種載體中的人形化的現象，逐漸顯示出來。所謂人形化現象，是指一切載體中的靈性之神，其外形大多以人的形象出現，擺脫了以往那種高不可攀、形象奇偉的固定模式。正是在這種情形之下，妖、怪、精故事中的所有有靈性的生命體，都有了人的外化形象，同時又具有神奇的力量及其變幻的本領。

在我國，妖、怪、精的觀念早已有之，並有各種記載。東漢・應劭《風俗通義》中有《怪神第九》，其中有「世間多有狗變怪」、「世間多有精物妖怪百端」、「世間多有伐木血出以爲怪者」、「世間多有蛇作怪者」、「世間人家多有見赤白光變怪者」〔註 16〕這些章節大多爲關於妖、怪、精的記載，雖說那時所說與今天觀點有些不同，但其基本特徵已初見端倪。

> 桂陽太守江夏張遼叔高去鄢陵令家居，買田，田中有大樹十餘圍，扶疏蓋數畝地，播不生穀。遣客伐之，木中血出。客驚怖，歸，

〔註 15〕〔法〕列維－布留爾《原始思維》第 432 頁，商務印書館 1985 年版。
〔註 16〕見《風俗通義校釋》目錄第 19 頁，天津人民出版社 1990 年版。

以其事白叔高。叔高大怒，曰：「老樹汁赤，此何等血？」因自嚴行復斫之。血大流洒。叔高使先斫其枝，上有一空處，白頭公可長四五尺，忽出往赴叔高。叔高乃逆格之，凡殺四五頭。左右皆驚怖伏地。而叔高怡如也。徐熟視，非人非獸，遂伐其木。〔註17〕

很顯然，這裡所說的是一樹精。精如人一樣，被砍會出血；所不同的是精會變化，「凡殺四頭」乃死。此確不是世間之物，而是人們萬物有靈觀念遺存的產物。

《博物志》卷九說的更明白：「水石之怪爲龍罔象，木之怪爲蠼魍魎，土之怪爲羵羊，火之怪爲宋無忌。」這裡所說的水、石、木、土、火均會變成怪，而且都有相對應的形象顯現於世。

此外，如果從藝術發展形態來說，妖、怪、精故事顯然是後起的藝術樣式，是神話之後的民間文學品種。

神話是反映人與自然的鬥爭，神是人的代表，爲遠古時期人的角色的轉換，也就是說爲了達到戰勝自然的目的，人們試圖將自己「神化」，變成一個不可戰勝、具有無窮威力的神。而妖、怪、精故事中的矛盾，主要是人與妖、怪、精的矛盾，屬於日常生活裡的的糾纏與衝突，很顯然與神話中的矛盾與衝突不一樣。

人在生存之初，首先考慮的是食物來源，以及不遭到野獸的襲擊和自然界的傷害，這是神話產生的基礎，只有生存不存在問題，安全得以保證，才有各種生活裡矛盾衝突的產生，也才由生存矛盾變爲生活矛盾。妖、怪、精故事是生活矛盾衝突的產物，但同時又帶有威脅人類生存空間惡眾多因素，因此，我們可以認爲妖、怪、精故事是神話之後的藝術品種，當是無疑的。

除妖之外，怪、精的形成都需要天地的感化或人的精氣的侵染，否則的話，則無怪、精可言。而天地的感化、人的精氣侵染是中國傳統的民間信仰，是產生怪、精故事的基礎。「人的體液侵染了物，也可使物精變，這是源於古老的原始信仰：人血及精液、汗、尿、淚等，包含了人的生命和元氣。因此，人血滴在石頭或其他物件上；人在河中沐浴，偶然排精被魚類吞食；人撒尿時對著家禽、牲畜，或撒在花木上，……這些接觸到人的體液的物，便藉以得到人的生命和元氣，精變爲人，或具人的行爲特徵。這類情節，在現

〔註17〕《風俗通義校釋》第358頁。

代流傳的精怪故事也經常出現。」〔註 18〕同樣，由於天地的感化，各種有生命的和無生命的東西，亦會變成精或怪，這樣的資料也屢見不鮮。「鎮江北周山甘靈寺背後，有一隻羊，是用白玉一樣的石頭雕的，是個坐像，放在江邊山頂上。傳說年代久了，石羊成了精靈。」〔註 19〕有時候，不僅需要天地的感化，而且也需要人氣的侵染，才能使物產生變化。傳說王家莊村邊有石人，站了整整八百零八年，因爲一個挖野菜的姑娘用籠套住了石人，使之變成了一個英俊少年。〔註 20〕

此外，還有一種現象，那就是人的精氣用盡，而轉換成另外一種東西，它屬於精故事的變異形態，亦成人的民間信仰直接有關。

望夫石的故事，記載甚多：

《太平御覽》卷八八八引《列異傳》:「武昌陽新縣北山上有望夫石，狀若人立者。傳云昔有貞婦，其夫從役，遠赴國難，婦攜弱子，餞送此山，立望而化爲石。」

《太平寰宇記》卷一一三《岳州巴陵縣》云「望夫山，《郡國志》云巴陵望夫山，昔婦人望夫，因化爲石。」巴陵縣，今湖南岳陽。

宋王象之《輿地紀勝》卷二八《袁州景物》下云:「望夫石在分宜縣西十里，地名望夫堰。舊傳有婦於此望夫不至，化爲石。晉人有詩:『望夫子古堰，化石一眞身。』」分宜，今屬江西。

在人們傳統的民間信仰中，精氣是人身最寶貴的東西，一旦失去精氣就會變成其他東西。望夫石的來歷，就說明了這一點。同樣的道理，人的精氣一旦給了其他物體，就會使其產生靈性，能變化成人或別的形象。《易・繫辭上》「精氣爲物，遊魂爲變。」孔穎達疏:「云精氣爲物者，謂陰陽精靈之氣，氤氳積聚而爲萬物也。」《論衡・論死》:「人之所以生者，精氣也。」這些觀點都說明了一個道理，精氣是構成人體及其他物體的因素，然而一旦失去了精氣，則象徵著死亡。在望夫石故事中，那位婦女悲傷之極，精氣喪盡，化石而死。這種轉換形式與非生命之物侵染人之精氣後變成人，正好形成相反，但同樣反映了中國人的民間信仰。

妖、怪、精故事的發展，有著不同的表現形態。早期的形態，較爲原始，

〔註 18〕《中國精怪故事》前言第 968 頁。
〔註 19〕《中國精怪故事》前言第 959 頁。
〔註 20〕《中國精怪故事》前言第 968 頁。

反映的是一個故事的梗概。這一時期以魏晉時期的作品爲代表。《搜神後記》卷七：「宋王仲文爲河南郡主簿，居緱氏縣北。得休，因晚行澤中，見車後有白狗，仲文甚愛之。欲取之，忽變形如人，狀似方相，目赤如火，磋牙吐舌，甚可憎惡。仲文大怖，與奴共擊之，不勝而走。告家人，合十餘人，持刀捉火，自來視之，不知所在。」這裡的敘述，僅爲一個精故事的輪廓，沒有更多情節發展。中期的形態，大多爲情節較爲豐滿，人與妖、怪、精之間的矛盾衝突有了更多的展開。唐宋時期的作品已趨向成熟，不再是某種信仰觀念的附屬品，而是以較多的文字來敘述故事的情節及其發展。後期的形態，達到了較爲完美的境地，特別是文人參與故事的加工、潤色，使原本粗糙的作品顯得豐潤，而且富有文彩。《夜雨秋燈錄》卷七《楠將軍》有這樣兩段頗爲精彩：「由明季至昭代，梁在湖中，受日星精氣，漸爲厲，虐行人船。遇一木如箭激，趕至，則船碎。以至放船時，必須呼『大楠將軍』、『二楠將軍』，香帛禮祭之，始獲免。」「惟一極大楠木，滿身生綠苔如毛，隱隱有鱗甲紋。一頭雙孔若目，且有睛，知將化龍，亦不知何故罹於網。」這裡對楠木怪的敘述十分仔細，表現了文人的加工痕跡，與民間口語的表達有很大的不同。

在這個歷史時期中，妖、怪、精故事所表現的思想內容亦有差異，是特定歷史條件下的特定產物。

早期的故事內容，大都表現了吉兆和凶兆的傳統思想觀念，也就是說故事爲思想觀念服務的。在古代，現實生活中的異常變化，都被人們認爲某種徵兆的預示，特別是在去古未遠的上古社會尤爲如此。正是這種思想觀念，產生大量與之相適應的精、怪故事。《太平廣記》卷一四一引《續搜神記》記載：「宋永初三年，謝南康家婢行，逢一黑狗，語婢曰：『汝看我背後。』婢舉頭，見一人長三尺，有兩頭。婢驚怖返走，人狗亦隨婢後。至家庭中，舉家避走。婢問狗：『汝來何爲？』狗云：『欲乞食耳。』於是婢與設食，並食食訖，兩頭人出。婢因謂狗曰：『人已去矣。』狗曰：『正巳復來。』良久乃沒，不知所在。後家人死喪殆盡。」這是一則見怪而遭不幸的事例，當然見怪而爲喜事的事例亦有記載，相比之下，後者遠比不上前者。

中期的故事內容，早超出了早期故事內容的範疇，同時又增添道、釋的文化蹤影，因而更擴大了故事所表現的情節，以及所涉及的人物。

後期的故事內容，較之過去，有了大的拓展，有了分類形態，並且有各種精或怪的命名。《履園叢話》卷一六記載：「閶門曠廣翁，精於昆曲，有《納書楹曲譜》行世。其族子某，年少能文，頗好狹邪。一日獨坐書室中，有女子來奔，頭挽雙髻，曰西鄰某女也，遂與同寢。膚柔滑如凝脂。生竊自喜。惟此女每來，茵褥上有白光一團，如泥銀者，莫解其故。越數月，生得疾以瘵死。或謂此蜒蚰精也。」應該說精、怪對象的擴大，也大大豐富了故事的情節。

除此之外，精、怪已不再是那種可憎可惡的面容，而是有了動人的外形。與人的關係也不僅限於害人或助人這樣簡單的關係，而是有了很大的進步，或與人締結姻緣，或與人交往成爲朋友，或僅爲一時痛快，與人發生一段來往，等等。

俗話說：萬變不離其宗。妖、怪、精的種種變化及其行爲都離不開它們自身的特點。例如外形無論怎樣變化，還都保留著自身原來的特徵。鱉精變化後穿著是黑衣，金魚精變化成人後一身金色的衣著打扮，等等，所有這些外形的描述都爲妖、怪、精原來的身份作了暗示。《履園叢話》卷一六《樹神現形》記載：「常州洪大令爲翰林編修洪稚存子。申嘉慶戊午舉。選授湖南某縣知縣。署中廳事，舊有園池，古木參天。洪嫌其黑暗，遂命伐之。吏役不敢，曰：千年大樹素有神，不可伐也。洪不信，怒曰：『亟先芟樹枝，明日再斷其根。』是夜，洪夢綠袍者數十人，皆折臂流血。訶洪曰：『汝家福祿盡矣，尙敢肆毒邪。』洪驚覺，晨起，至廳事，但見池水，盡變成血。樹皆人立而啼。洪大駭，因得疾，越日死。」這裡所說的「綠袍者」即樹精，其所穿綠袍足以和樹聯繫在一起。因此我們可以看到這樣一個事實，那就是在妖、怪、精故事中它們的變化後印記仍可在敘述的文字裡看到。這是一種符號，會印在它們變化的形態上，而不會隨意變化，更不會將其失落。又如在行爲上，妖、怪、精都會變化，法力無比，但同時又受到自身的種種限制。田螺變化，要依靠田螺殼；青蛙變化，也要靠青蛙皮；石怪變化，要有一定的外界因素，否則亦無法達到目的；即使是妖，也會遇到更高法力的制約。

此外，在後期的妖、怪、精故事中，人的作用逐漸顯現。人不再是從屬地位中的被動角色，而是掌握自己命運，能與之相抗衡的力量。《履園叢話》卷一六《桃妖》記載：「嘉定外岡鎭徐朝元家，舊有桃花一株。其妹方笄甚美，常暴袒衣於樹上。一日，忽見美男子立於旁，調笑者久之，遂通袵席。女益嬌艷，而神氣恍惚。家人密覘之，疑桃爲妖，鋸之，血跡淋漓，妖遂滅，而女亦尋斃。」這裡的美男子爲桃樹精，他能調戲、勾引徐家女子，手段高超，然而人更有辦法，不僅識破了桃樹精的伎倆，而且鋸樹滅怪，贏得了勝利。

這種人勝妖、怪、精的思想是後期此類故事的主旨，表現了人的力量的發現，雖然有時人的形象那麼渺小，行爲那麼被動，但是最終還是以人戰勝妖、怪、精作爲結尾的。這裡需要補充的是，此地所說的人是善良的人，有正義感的人，或者可以籠而統之地稱爲好人；只有好人才能勝過妖、怪、精，而壞人則會遭到妖、怪、精的戲弄、嘲笑，甚至遭致毀滅的下場。

佛教與佛話故事

佛教故事是指在佛經中記載的各種以傳播佛家精神的故事。而佛話，又稱佛故事，是以佛教人物、寺廟、物品、寶塔、習俗爲中心內容而衍化成的各類故事，其與佛教故事的最大不同在於：一、故事的發生地均在中國本土，而不是在印度或其他地方。二、故事的內容均中國化了，成爲反映中國人對佛教的理解的一面鏡子。故事的主題思想是多方面的，既有傳播佛教思想的一面，也有表現中國人對生活、未來的追求的一面，如果二者相比較的話，後者佔絕大多數，這是佛話的一個重要特徵。

應該看到，佛話產生於佛教的基礎之上，但又不是佛教，而是利用佛教各種素材而創作出的新的藝術品種。其創作者是廣大的人民群眾，他們根據佛教在中國的各種表現形態而附衍了自己的思想感情和心理體驗，從而編織成中國的佛教故事，這就是佛話。

嚴格地說，佛話是一種口頭藝術形式，是敘事體的故事形態，因此它屬於民間文學的範疇，是新近被界定的一種民間文學的樣式，與仙話、鬼話、怪話一樣，是分類學上的一大發現，擴展了民間文學的領域，同時，它又爲民間文化學和宗教學的研究提供了新的課題。

一、眞實歷史的折射

佛話的產生不會早於漢代，或者說，佛教傳入中國之後，才有佛話生存的土壤。

佛教傳入中國的時間在東漢年間，這已成爲人們的共識。據載：「關於佛教東來中國之始，有種種異說。而漢明帝永平十年（西曆六十七年）遣使西

域訪求佛道一說，最為佛家所公認，千數百年來，殆成定論。」〔註1〕

關於漢明帝遣使求佛之事，據《後漢書》記載有數次：

> 初明帝夢見金人，長大，項有日月光，以問群臣。或曰：西方有神，其名曰佛。陛下所夢，得無是乎？於是遣使天竺，問其道術，而圖其形像焉。（卷十）
>
> 世傳明帝夢見金人，長大，項有光明，以問群臣。或曰：西方有神，名曰佛。其形長丈六尺，而黃金色。帝於是遣使天竺，問佛道法。遂於中國畫圖形像焉。（卷七八）

這是最早有記載的佛話，敘述的是漢明帝遣使求佛的原因，其中亦表現了當時的人對佛的看法，所謂身材高大、項有明光、呈現金黃之色，完全體現了一種中國人的審美趣味和價值取向，將「佛」理想化和崇高化了。

歷史上，佛教的興盛與衰落，都與帝王的喜惡有直接的關係。隋、唐時代，是中國佛教的全盛時期。隋文帝奉佛教極厚，曾下詔說：有毀佛天尊像者，以大逆不道論。仁壽元年，詔天下名藩，建靈塔。又遣沙門淨業、眞玉等，分送舍利，奉藏諸郡百十一塔內。此外還專門組織人翻譯經書，對佛教表現出極大的熱情。唐太宗貞觀之治，與外交流甚多，佛教的交往亦增多，還出現了玄奘、法順、智儼、道綽等一批著名僧人。與此相反，有些帝王不喜佛教，就給佛教帶來巨大的衝擊。北魏太武帝聽信道士一面之詞，誅殺寺僧，沒收其財產，焚燒經像，一時致使佛教遭到厄運。

正因為佛教與帝王的關係密切，這就構成了佛話的一個重要內容，例如《朱元璋封贈華鎣》、《朱元璋與護明寺》、《康熙題匾》、《康熙三幸白雲寺》、《和尚戲乾隆》等等。

有一則《慈林晚照》的故事說：明太祖朱元璋小的時候，因家鄉遭了水災，隨母逃荒，到了山西長子縣，為了糊口度日，到慈林山法興寺削髮為僧。一年正逢大旱，朱元璋被派去牧牛，發現一塊寶石。寶石鑿成石槽後，裡面的飼料，牛總也吃不完。一次朱元璋不慎將銀子掉進石槽，他急忙去撈，誰知他剛撈出來，槽裡立刻又出現銀子，他撈啊撈，銀子撈了一大堆，朱元璋將銀子一半分給寺裡和尚，一半留作修建寺院，隨後又將那個石槽鑿平、磨光，豎在廟前。打那以後，這塊寶石每到太陽落山時，就發出一片火紅火紅的光亮，如同白晝。從此，慈林晚照便成了長子縣的一大名勝。〔註2〕

〔註1〕黃懺華《中國佛教史》第1頁，上海文藝出版社1990年版。
〔註2〕《中國佛話》第373～375頁，上海文藝出版社1994年版。

這個佛話頗具神奇色彩，但有一點是眞實的，那就是朱元璋少時曾當過和尚。據《明史・太祖紀》記載：「至正四年旱蝗大飢疫，太祖時年十七，父母兄相繼歿，貧不克葬。里人劉繼祖與之地，乃克葬，即鳳陽陵也。太祖孤無所依，乃入皇覺寺爲僧，逾月遊食合肥。」與正史相比，《慈林晚照》顯得不合史實，然而這正是民間口頭創作的特點，人們發揮想像的藝術才能，將現實和想像結合起來，創造了這一生動、風趣的佛話故事。爲什麼這個虛構的佛話不使人感到虛假，其著眼點是準確的，是建築在朱元璋曾經做過和尚這一事實的基礎上，並在此基礎上進行虛構、想像，是合理的，眞實的。

在中國佛話中，帝王與佛教的故事甚多，以清代爲例，《康熙題匾》、《康熙與秀峰寺》、《康熙初遊潭柘寺》、《康熙三幸白雲寺》〔註3〕等均以康熙作爲主角，以寺廟作爲背景而演義出來的各種佛話故事。這些故事不表現爲康熙是否眞的有此事情或到過此地，而表現爲一種藝術的眞實，將眞實的人物與眞實的地點結合起來，製造一種眞實的氛圍，從而使人相信這一佛話的整體可信性，而一般不加深究其故事情節或細節的眞實與否。

佛話的眞實性還表現在，形象地記載了佛教與其他宗教的爭奪情形。民間流傳的《如來佛和孔夫子》故事是說：當年，孔夫子周遊列國，一天碰到傾盆大雨，躲進大雄寶殿，見殿內金碧輝煌，就詛罵如來佛。如來佛不甘示弱。兩人唇槍舌劍，你吼我叫，鬥嘴鬥得難分難捨，於是兩人約定打賭，賭識字，認錯一字就被罰彈一個額頭。最後如來佛輸了，額頭中央被彈出了圓圓亮亮的小腫點，直到今天，大雄寶殿裡端坐的如來佛還是拇指點壓著中指，永遠擺著個準備彈人的架勢哩。

這一佛話，頗對佛教有大不敬之嫌，卻表達了中國民眾對如來佛像的理解。從更深一層次上來說，故事反映佛、儒二教之間的爭鬥，這也是這一佛話的眞正價值之所在。儒教是土生土長的國教，有廣泛的群眾基礎和深厚的文化土壤，因此容易得到群眾的支持，而佛教是外來宗教，在其未站穩腳根之際，受到國人的反對，是很正常的。《如來佛和孔夫子》說的就是人們具有的尊儒反佛的故事。從另一方面來看，佛教畢竟已成爲與儒教相抗衡的力量，否則人們是不會將兩教中的代表人物放在一個層面進行描述的。

佛話不僅有佛、儒之爭的敘述，而且也有佛、道之間的相互爭鬥的表現。《八仙請觀音》則是用形象的文字記敘了釋、道二家的爭鬥：據說，有一年，

〔註3〕均見《中國佛話》。以後凡引此書例證，不再說明。

八仙去遊普陀山，遇鰲魚，無法征服，而觀音一出現，即服服貼貼地征服了鰲魚。八仙面面相覷，再也提不起遊普陀的興趣，便怏怏不樂回去了。

很明顯，這則佛話告訴人們，釋、道不僅有爭鬥，而且是以釋教佔據上風來結束故事的。八仙是道教所崇拜的仙人，具有無窮的法力，卻敗在觀音手下，表明佛教比道教更具法力，是其他宗教所不可比擬的。

這也是一則頗為流傳的佛話故事，創作者立場顯然是站在佛教一邊，與前所說釋、儒之爭的作者的立場不同，所表達的意思也完全相反，但都反映了佛教與其他宗教的爭鬥，並在事實上取得了勝利。

歷史上，釋、道之爭早已有之。據《吳書》記載：永平十四年，五嶽道士與摩騰角力之時，道士不如，南嶽道士褚善信、費叔才等，在會自憾而死。西晉時代，道教徒王浮，每與沙門帛法祖，爭佛道二教邪正。南北朝宋文帝時，宰相慧琳作《黑白論》（又名《均善論》）與佛理違戾，為眾所排擯。何承天黨慧琳作《達性論》謗佛教。宗炳難《黑白論》，顏延之難《達性論》，往反論辯。又當時並以後，神滅神不滅論、三世之有無、因果應報之眞僞，論爭甚烈。〔註4〕

同樣，佛、儒之爭亦十分激烈。儒教以人倫五常為根本，故常常站在維護倫理綱常的立場上，指責佛教「脫略父母，遺蔑帝王，捐六親，捨禮義」，從而使得「父子之親隔，君臣之義乖，夫婦之和曠，友朋之信絕」，把佛教視作「入國而破國，入家而破家，入身而破身」的洪水猛獸。其次，儒教還以維護王道政治的立場出發，指責「浮屠害政」、「桑門蠹俗」，力陳佛教對王道政治之危害。另外，儒教還從夷夏之防，華戎之辨的角度，指出佛生西域，教在戎方，化非華俗，故應盡退天竺，或放歸桑梓。他們認為，華戎兩個民族稟性不同，華人「稟氣清和，合仁抱義，故周孔明性習之教；外域之徒，稟性剛強，貪慾忿戾，故釋氏嚴五戒之科」。總之，儒教之反佛，多從上述三個方面亦即倫理道德、王道政治，夷夏之辨為根據，而佛教對儒的爭鬥，大多表現為自衛性的辯白與辯白性的自衛，同時在自衛中伺機反擊。其反擊手段又多採用以儒家之經典故為武器，回敬儒家之詰難指責，最後又以儒典係濟俗為治，止及一世之方便說，而釋教乃關無窮之業，探性靈之幽奧、顯性命之本原之究竟義之劃分，判儒為權便而釋為眞實，以顯釋教比儒教高出一頭。〔註5〕

〔註4〕《中國佛教史》第83～84頁。
〔註5〕賴永海《中國佛性論》第317～319頁，上海人心出版社1988年版。

佛、道、儒三教的爭辯，必然會反映到民間創作的佛話作品中來，從而藝術地再現這三教之間的衝突和鬥爭。在佛話中，這類故事情節很多，是眞實的歷史記載，亦是其價值之所在，此是毋容置疑的。

此外，在佛話中還有表現佛教逸事及僧尼故事，眞實地展現了這一生活領域。

宋陸游《老學庵筆記》卷三記載：

> 僧法一、宗杲，自東都避亂渡江，各攜一笠。杲笠中有黃金釵，每自檢視。一伺知之。杲起奏廁，一亟探釵擲江中。杲還，亡釵，不敢言而色變。一叱之曰：「與汝共學了生死大事，乃眷眷此物耶！我適已爲汝投之江流矣。」杲展坐具作禮而行。

這裡說的是，兩個僧人逃難途中發生的故事，表現了出家人不愛錢財的超俗觀念。據介紹，《老學庵筆記》所記：「多是作者親歷、親見、親聞之事」，亦有「各種逸聞趣事」，〔註6〕因此很難斷定以上故事是眞有其事，還是逸聞趣事，但有一點可以肯定的，表現僧人對友誼、對錢財的觀念是可信的，是特定情景中的特定舉措，其眞實性無疑是難駁的。

佛話除了敘述僧人之間的友誼之外，還有許多表現僧人爲了救世而有驚人之舉的故事。

《閱世編》卷九：

> 松城馬嶦峔寺僧奕嶦者，原籍山東人也。昔因從軍來松，後去伍而披緇入寺。因見寺宇殘毀，有志鼎新，常肩鍍金大木杵，懸以小鐘，露頂徒跣，募於松城，予時道遇之，不暇問其何許僧也。但以馬嶦古刹，坍毀已甚，謀復舊觀，工費浩繁，恐告成無日耳。康熙九年辛亥，歲旱。自夏迄秋，望雨不得，民心惶惶，有立槁之勢矣。嶦於七月初一發願祈雨，匍匐拜跪於赤日之中，長呼佛號，遍走郡城內外，自誓七日不雨，當以身殉，人亦莫之信也。至初八日，拜出西郊外，登跨塘橋，值潮水奔流之會，躍入水中，眾皆救之，業已端坐而逝，迨舁至岸，猶合掌不釋，一時驚動闔郡，郡伯親往臨視，嗟嘆久之，庶僚捐俸作龕，爲之禮佛而葬之，迎其主供於本寺，閱十日而大雨霑足，四郊俱遍。

此故事頗爲神奇，說的是僧人奕嶦兩件動人的事：一是獨自募捐欲修復

〔註6〕見《老學庵筆記》前言，中華書局1979年版。

坍毀已久的寺廟，一是為祈雨而不顧一切以身殉跳河來達此目的。說來，這兩件事要憑借個人力量幾乎是不可能的，可謂是痴心妄想，然而他卻以生命換來了「大雨霑足，四郊俱遍」的雨景，十分令人欣慰，同時亦為奕嶠僧人這樣忘我的精神所感動。

佛教講究超凡脫俗、色大皆空，不關心世事，然而僧人亦會受到外界的影響，在特殊情況下還會衝破各種戒律的束縛，去拯救危難中人，或為世人而獻身。

在民間流傳的佛話中，表現這類內容的故事很多，人們不惜憑借想像的空間，去創造出種種神奇的情節來形容地描繪僧人涉足塵世、為民做好事的故事。為了達此目的，故事還利用佛主來作為主人公，以此來增強感染力。據流傳於北京的一則佛話說：當年，釋迦牟尼駕著五彩祥雲觀賞天下的名山大川，這一天來到香山，見這裡的人急著去逃難，一打聽，才知是有十二個妖人作祟。他立刻與那伙妖人鬥法，降服它們後，用一個手指頭朝天指了一下，天上就降下甘霖雨，莊稼返青了。從此以後，香山的山更青，水更綠，年年風調水順，老百姓安居樂業。為了感謝如來佛為民消災除害，老百姓就修了座臥佛寺，希望他能永遠留在香山。〔註 7〕

如來佛來香山消滅妖人的故事，顯然是一種藝術創造，是虛構的情節，但是從這一故事中，我們可以看到眞實的一面，那就是佛教教義所宣揚的解脫重劫，脫離苦海的宗旨，這種為濟度眾生而蹈火不懼，履刀不傷的精神，無疑是佛教之根本，與故事所反映的主題是一致的，因此我們可以說，這一佛話是眞實的，反映了佛教的去殺勸善的眞正用意。

當然，佛話的內容是豐富多彩的，涉及到佛教生活的各個層面，特別以民眾口頭創作為特徵的故事，其所說的題材十分廣泛。有的講述佛教徒優秀的品德、行為，有的則講述佛教徒的醜惡、狡詐及其不良行徑。人們通過這些佛話，歌頌善良、正直的心靈，鞭撻邪惡、陰暗的行為。

在佛話中，常對惡僧作貶斥性的敘述，這類題材甚多。傳說，明朝年間，山東有一南寺，寺中有一惡僧，橫行鄉里，無惡不作，後被官府用一鐵耙，將他處死了。〔註 8〕此僅舉一例，即可說明問題。其實，在古代筆記中，記載此類惡僧的眞實事件亦是屢見不鮮。元孔齊《至正直記》卷一就記載作者所

〔註 7〕《香山傳說》第 238～240 頁，中國文聯出版公司 1985 年版。
〔註 8〕《中國佛話》第 204～207 頁。

見：「予嘗見溧陽至正間新昌村房姓者，素豪於里，塋墓建庵，命僧主之。後其婦女皆通於僧，惡醜萬狀，貽恥鄉黨。」卷三亦載：「嘗聞一某官，平日自任以闢異端為事，凡僧道流皆數恥辱之。所居近有一寺，寺僧多富豪者，一僧尤甚奸俠，某官嘗薄之。一日某官出外，其僧盛服過其門，惟見某官之妻倚門買魚菜之類，蓋嘗習慣也。適雨霽，僧乃詐跌僕污衣，且佯笑而起。某官之妻偶亦付之一笑，僧遂向前求水洗濯。明日餽以肴核數品，相餽某官之妻。初不肯受，以謂未嘗相識，且無故也。僧但曰感謝濯衣之恩，強擲而去。某官歸，餘肴未盡，問其故，惟怒其妻之不謹，亦未以為疑也。一日，潛使人以僧鞋置於某官廳次側房，適見之，怒其妻有外事，遂逐去。」由此可見，此僧之奸惡，已躍然於紙上。

這兩則記載，均是作者親自所聞，說明世上確有那麼一些敗壞佛規的教徒，其所做所為是有違一般做人的道理的，更何況是出家之人，其教義教規更多。民間佛話所敘述的惡僧故事亦來源於現實生活，是對生活素材的提煉和集中，因此更具代表性。

二、佛教的中國化

佛教是一外來文化，然而如今已成為地道的中國文化的一個組成部分，是中國三大宗教（釋、儒、道）中的一個具有強大影響力的宗教，這與佛教不斷改善自己，貼近老百姓的思想感情是分不開的，特別是利用許多中國傳統的道德觀念、民眾心理方面，力求符合中國封建王權的王求，以圖自身的生存與發展，取得了意想不到的效果。

佛話故事在這一方面起到了推波助瀾的作用。它不僅用故事的形式，改造了原來的佛教內容，使之與中國的現實社會聯繫起來，而且將佛教中的神進行天才性的創造，使西方淨土中的神靈慢慢來到中國，成為人們日常生活中可以看見的神靈，日夜護佑著自己，從而使之一刻也不離開自己生活的圈子。

（1）將佛教中的神變成老百姓喜歡的神

在佛教中，有些神完全中國化了，或者說，人們根據佛教的神的外殼，重新塑造了為中國老百姓喜愛的神，這些神已與原來佛教中所說的神幾乎成了兩種模樣、兩種形態，是完全依據中國人傳統的觀念、道德創造出來的神，因此具有廣泛的群眾基礎，深受群眾的崇信。

觀音菩薩是佛教中的神靈，原爲一個男性。曇無讖譯《悲華經》說：「往昔過恆河沙等阿僧祇劫，此世界名刪提嵐，劫名善持，有轉輪聖王名無諍念，主四天下，時寶藏如來出現於世。王有千子，長名不眴……時太子不眴白佛言：『世尊，我之所有一切善根盡回向無上菩提，願我行菩提道時，若有眾生受諸苦惱恐怖等事，退失正法，墮大暗處，憂愁孤窮，無有救護，若能念我稱我名字，我天耳所聞，天眼所見，是眾生等若不得免斯苦惱者，我終不成正覺』……時寶藏尋爲授記：『善男子，汝觀天人及三惡道一切眾生，生大悲心，欲斷眾生諸苦及煩惱故，欲令眾生欲安樂故，今當字汝爲觀世音。』」此段所說，寶藏佛稱不眴太子爲「善男子」，命其名爲「觀世音」，則觀音菩薩爲男性，當是無疑的。另據《鑄鼎餘聞》卷四記載：「昔金光獅子遊戲如來園，彼國中無有女人，王名威德，於園中入三昧，左右二蓮花化生二子，左名寶意，即是觀世音，右名寶尙，即是得大勢。」由此可見，觀世音菩薩原爲男性神，這又是一個例證。

在民國流傳的佛話中，觀音菩薩已一掃佛教中那種雄壯威武的男性形象，而改變成爲和善無比，有求必應的神靈形象。白族在雲南，處於佛教興盛的印度，緬甸和我國西藏的三角地帶，佛教傳入甚早，這就使得白族流傳著許多關於觀音的故事。這些故事難免帶上若干宗教色彩，夾雜著一點唯心論、宿命論的東西，但値得注意的卻在於，白族人民創造這些故事，完全是根據自己的生活鬥爭和意志願望，他們實際上是藉佛教人物來表達自己的思想感情，歌頌自己的智慧和力量，來鼓舞自己改天換地，戰勝強敵的鬥志和信心。白族中所傳說的《開闢鳳羽壩》、《負石阻兵》、《五十石》等，塑造的觀音形象，已不是佛教經典中宣揚的原來意義上的人物形象，而是白族人民心目中反對窮兵黷武的不畏強暴、爲民除害的大智大勇的英雄形象，或者是爲人民所敬仰的最勤勞能幹、富有生產經驗的農村婦女的形象。〔註 9〕

在白族佛話中，觀音往往是以一老太婆的形象出現的。究其原因在於：（1）老太婆是一老者，容易受人尊敬，亦顯得可親。（2）老太婆是一弱者，然而一旦顯示神力，會使故事奇峰凸起，產生意想不到的效果。與此相反，在漢族佛話中，觀音一般都以手持插柳寶瓶，站在端雲之上，身著白衣，身邊有一童子相伴的女菩薩出現的。其出現的場合和時間，都非常恰到好處，往往在矛盾無法解決的時候，觀音菩薩一到，一切都迎刃而解。因此，觀音

〔註 9〕《白族民間故事選》前言，上海文藝出版社 1984 年版。

菩薩成了人們最爲信奉的佛教神之一。在人們的腦海中，觀音最貼近人的生活，每遇疾病、疼痛、無嗣等，求觀音，必得靈驗，可以有求必應。傳說，北齊武帝得重病，因禮敬觀音，竟霍然痊癒，不能不說是個奇蹟。

在佛教中，觀音名號甚多，有十五種、三十三種，或三十七種，如楊柳觀音、龍頭觀音、持經觀音、圓光觀音、遊戲觀音、白衣觀音、蓮臥觀音、瀧見觀音、施藥觀音、魚藍觀音、德王觀音、水月觀音、一葉觀音、青頸觀音、威德觀音、延命觀音、眾寶觀音、岩戶觀音、能靜觀音、葉衣觀音、多羅觀音、六時觀音、合掌觀音，等等。在民間佛話中，送子觀音的名聲最響。誰家無子，就會去廟中向觀音求嗣。廟中的送子觀音，大多爲懷抱胖娃娃，予人以子。求嗣時，要取走供在觀音面前的小鞋子；生子還願時，亦需新做一雙小鞋子，再供奉在觀音塑像前。佛教主張無欲之說，而無欲則無嗣，而民間創造的送子觀音卻主張爲人送去子女，這顯然符合中國人的傳統道德；或者說送子觀音的出現是中國人的傳統道德觀念對佛教影響的結果，雖與佛教的原旨有相悖之處，但因教徒喜歡，佛教亦只好默認了。

蛤蜊觀音是佛教中的菩薩，但已完全中國化了。《酉陽雜俎》載：隋文帝嗜蛤，所食甚伙。遇一蛤，槌擊不開，置諸几上。一夜有光，天明，其肉自脫，中有一佛二菩薩像。自此，帝誓不食蛤。此處只說蛤內「有一佛二菩薩像」，而未說及是否是觀音。《佛祖統紀》亦載：唐文宗食蛤蜊，有擘而不開者，焚香禱之，忽變爲觀音大士。在浙江嵊泗，有一則與此相似的故事：傳說唐文宗愛吃蛤蜊，差役藉此之名，敲詐欺壓百姓。觀音見此情景，不禁動了惻隱之心，化身爲一美麗漁姑，用鞭子教訓那差役。差役叫來許多捕快，來捉拿觀音。觀音縱身往大海跳去，遁入一個大蛤蜊的蚌殼中不見了。事隔不久，有一批蛤蜊進京，其中有一大蛤蜊，蚌殼頻生蓮花，色彩鮮艷，打開之後，裡面是一個端端正正的觀音菩薩的法相。文宗皇帝驚呆了，聽了禪師的話，生怕得罪觀音，從此改了食用蛤蜊的習慣。因爲這一次觀音法相是在蛤蜊中出現的，所以人們稱爲蛤蜊觀音。〔註 10〕

很顯然，蛤蜊觀音產生於中國這塊土地上，是與浙江舟山一帶的水產品緊密地聯繫在一起，同時，又經過多人的輾轉敘述，加以描述，使之成了深深打上中國文化的印痕的觀音菩薩。

同樣，彌勒佛傳入中國後，亦被改造成爲中國老百姓喜愛的佛教神了。

〔註 10〕《中國佛話》第 19～21 頁。

佛教寺廟裡有一個胖胖的裸露著大肚子的菩薩，咧著嘴，手掐佛珠，笑容可掬，使人一見，油然生起一種親切感。其實，彌勒的本相並非如此。據記載：他出生於南天竺劫波利村波婆利大婆羅門，屬第一等貴族。阿逸多是姓，彌勒是名，其形象爲頭髮短而鬈曲，眼瞼下垂，表情嚴肅，悲天憫人。

據民間傳說，彌勒與如來是兩親兄弟，彌勒是大哥。天帝派他們兩人下凡來管理人間，還交給他們一只乾坤袋。乾坤袋裡裝滿人間一切珍寶，凡是好看的、好吃的、好玩的，要啥有啥，而且取之不竭，用之不盡。彌勒爲了讓天下過上好日子，他就把乾坤袋打開，讓袋裡的好東西源源不斷地流到人間。老百姓有了吃，有了穿，再也不幹活了。如來急了，要是讓老百姓一個勁兒地玩下去，萬一乾坤袋倒空了，豈不是害了他們。於是把袋口扎緊，再也不以袋裡的好東西流出來了。彌勒因多少有點功勞，就供在前殿；如來辦事穩妥，就讓他坐正殿了。彌勒因已經吃慣了，用慣了，身體養得胖胖的，就成了現在這個樣子。〔註 11〕

這個故事，是中國人根據自己的想像而創作出來的，與佛教中的彌勒已完全大相徑庭，但它的形象符合中國人的審美情趣，因此將其放在寺廟最突出的地位是有一定道理的。

其他如韋馱、羅漢、地藏等佛教中的神，在民間佛話中不斷地被加工，被改造而成爲具有中國特點的神祇，是屢見不鮮的。

（2）敘述的是發生中國土地上的各種各樣的佛門故事

這些佛話故事的產生，是人們根據自己的所見所聞而加以精心編製的，也就是當時當地的佛門內的各種傳聞成了故事的基礎，並在此基礎之上演化出十分動人的情節來。諸如佛塔、佛寺的修建，佛界之間的交流，名人與僧尼間的往來，以及各種佛物、佛語、佛像的來歷，都成爲佛話而要表現的內容。

佛話是一民間創作，因此不受眞實事實束縛，而加以大膽構思，奇特的想像，從而創造非常新鮮、奇巧的故事來，與神異的佛教文化聯繫在一起，更增強了故事的藝術感染力。

佛話敘述，分三種類型。

其一，是完全虛構型。

這種虛構型的故事，在中國佛話中很多，如《巧借龍王地》、《八仙請觀

〔註 11〕《中國佛話》第 55～57 頁。

音》等都屬這一類型。它們完全建築在人們的想像之上的，根據已有的文學素材（亦即非現實性的），再增加有關佛教方面的內容，進行重新組合，這樣演化出來的佛話，就屬於虛構類型。

其二，是依據某一事實而加以組合出來的半虛構類型。

這種類型的基點是建築在有某一事實的基礎之上的，而後進行佛化、魔化、神化等等，使之更具神奇色彩。關於這類故事，大都表現在鐘、塔、寺、閣等建築物的傳說之中，不僅增大故事神異性，而且還使人對這些佛門建築產生崇敬的感情。例如上海玉佛寺因寺中供奉玉佛而得名。傳說，清光緒年間，慧根和尚要朝拜世界上的每一個佛教聖地，一天來到廣西山區，見那裡泉水淙淙，野花遍地，樹木蒼翠，彷彿步入神仙世界，不覺靠在一塊青石上打坐休息，一覺醒來，「在漆黑之中，發現前面不遠處有團亮光在閃爍。他吃了一驚，連忙走了過去，用手一摸，原來是一塊很大的玉石。」後來，慧根就把這塊玉石運到緬甸，由緬甸雕匠刻成一尊半躺著的臥佛像，然後再運到了上海。〔註 12〕其實，據記載，廣西並不產玉，而且此尊臥佛像的確爲緬甸玉，而且亦從緬甸請來上海。儘管如此，這一佛話並不使人產生虛假的感受，相反的，更能使人對那神態端莊的臥佛產生由衷的敬意。

上海靜安寺內有一蝦子潭，潭內盛產一種無芒蝦，直到本世紀有人還見過這種蝦。《竹枝詞》亦說：「涌泉亭實推奇蹟，一種無芒蝦現存。」關於此蝦來歷，據《法華鄉志》載：宋代靜安寺住持智儼有道行，俗稱蝦子和尚。一日，寺僧皆去鄰村赴會，獨智儼留在廟內。有胥村人來寺邀請供齋，欣然同舟前去。江頭，忽遇蝦者，智儼買蝦一斗，掬水啖之，謂捕蝦者：「待我從施主家齋回，還你蝦錢。」至齋主家，不料令其席而坐，並無施舍。回至渡時，捕蝦者索錢。無奈之中，智儼側身張口，仍將蝦子吐還，蝦還是活的呢，但是蝦的鬚卻沒有了。從此，這裡遂名蝦子潭，潭內產一種無芒蝦了。

很明顯，這是一則民間佛話，它憑藉無芒蝦這一事實而大膽演化了這一種神奇故事。一般所常見的蝦大都有芒，而無芒則屬奇聞，人們不惜藝術創造的天份來表現這種無芒蝦，眞可謂有獨到的功夫，既敘述了無芒蝦的來歷，又表現了和尚超凡的道行，這兩者完美的統一，亦就構成半虛構類型的佛話。

其三，是憑藉歷史而演化的類型故事。

這種類型的佛話，比較注重歷史眞實性，但又不拘泥於史實，因此出現

〔註 12〕《中國佛話》第 588～599 頁。

這種虛構的手法與歷史的眞實相結合的故事。

唐代僧人懷素，是一書法家，精勤學書，以善狂草出名。相傳他禿筆成冢，並廣植芭蕉，以蕉葉代紙練字，因名其所居曰「綠天庵」。如今搜集到民間佛話，與此相差無幾，〔註 13〕從中可以看到歷史的影子。類似這種名僧的傳說故事，大都其一定的依據，而不是隨心所欲的創造。又如「推敲」一詞來歷，也與還俗僧人賈島有關。據胡仔《苕溪漁隱叢話前集》卷一九引《劉公嘉話》:「島（賈島）初赴舉京師，一日於驢上得句云:『鳥宿池邊樹，僧敲月下門。』始欲著『推』字，又欲著『敲』字，練之未定，遂於驢上吟哦，時時引手作推敲之勢。時韓愈吏部權京兆，島不覺衝至第三節。左右擁至尹前，島具對所得詩句云云。韓立馬良久，謂島曰:『作「敲」字佳矣。』」在佛話中，對此情節又有所豐富，〔註 14〕不僅說此事發生在賈島年輕當和尙時發生的事情，而且還增加了縣官等人還以爲他是瘋和尙的情節，這樣更生動地反映了賈島對詩句刻意追逐的精神境界。

此外，中國佛話表現的大多是發生在中國佛門聖地上的事情，即使是佛經中的菩薩也都與中國老百姓有著直接的關係，或顯示神靈懲治凶惡，或拯救百姓脫離苦難。凡凡種種，均表現爲佛法無邊，護佑生靈的主旨，同時說明這些佛教的神祇並非高高在上，而是時時關心著老百姓的生命安危，因此很容易爲中國廣大民眾所接受，使之成頂禮膜拜的對象。

中國佛話不僅敘述的是中國化的佛教故事，而且還表現了中國的傳統道德觀念和思想情操，使之有更強的生命力，成爲人所喜聞樂見的藝術品種。

佛教宣揚的是佛家的思想、觀念和意識，而佛話所要表達的，除了一部分與佛教觀念相吻合之外，還有更大量的作品表現的是中國人自己獨特的觀察事物的視角，和對各種事物的看法，體現了中國佛話的最有價値的地方。

這些佛話表現了人們對美好生活的追求，對邪惡勢力的憎恨，對社會知識的渴望，同時還表現了尊重師長、勤學苦練、友好幫助、心地坦蕩的道德觀念和思想情操。例如《木魚和木魚槌》，說的是木魚和木魚槌的來歷，且不說這純粹是一虛構類型的佛話，但其告誡人們的道理卻積極的：人們不應相互仇殺。木魚和木魚槌，本是佛門之物，但在佛話故事中，演義的卻是中國人的思想、和觀念，這無疑是一創造，也是一種進步。它說明，中國佛話不

〔註 13〕《中國佛話》第 274～276 頁。
〔註 14〕《中國佛話》第 263～265 頁。

是宣揚佛教教義的傳聲筒，而是有著自己獨特的個性，一方面有選擇地表述了符合中國倫理道德和審美習慣的相關的佛教教義，另一方面（或者絕大多數）講述的是中國人的看法和觀念。當然，其載體仍是有情節的故事，換言之，只有通過故事這一載體，才能準確完整地表現中國人的傳統的思想和觀念。

這就是中國佛話，是不同於佛教故事的最根本的區別。

所謂佛教故事，是指記載於佛經中的故事，它獨立成篇，語言生動，情節感人，形象鮮明。這些故事的內容，有佛教本身的傳說故事，也有神仙鬼妖的奇聞怪事，有敘述人間百態的文字，也有描寫動物世界的篇章。所有這些內容，均有一個明確的目的，那就是宣揚佛家的道德、觀念和思想，當然其中亦不乏有人類所共有的道德、觀念和思想。

這種情況，在《百喻經》中是屢見不鮮的。例如《傻瓜吃鹽》敘述的是，古時候，有一傻瓜去朋友家做客。主人招待他吃飯，他嫌菜淡無味，主人便加了些鹽，菜就變得好吃了。他想：菜之所以味道美，是因爲有鹽的緣故。放那麼少的鹽菜就變得味美可口，如果多放些，味道豈不更好吃了嗎？於是這個傻瓜空口吃起鹽來，結果口乾舌苦，大傷胃口。這個故事很短，但說明的道理卻很意味深長，事情絕不能看表面，而要了解事物的本質，這樣才不會上當做傻事。

在其他佛經中，類似的飽含哲理、訓導的故事，比比皆是，這就是佛教故事的最大特徵，利用故事來達到傳播教義、說明道理的目的，因此可以說，佛教故事大都是寓言式的。中國佛話則多爲敘述一件完整的故事，而不在於利用故事來達到傳播某種教義的目的。

此外，佛教故事從描寫的人物看，「除了古印度社會存在過的國王、王后、妃子、太子、公主、大臣、刹地利、婆羅門、高僧、修道士、長者、獵人、漁夫、花匠、相師、奴隸、農民、屠夫等以外，還有鬼神系的帝釋王、閻王、龍王、天神、仙女，以及動物王國的大象、老虎、鹿、猴、兔、熊、狐狸、大龜、摩竭魚、孔雀、大雁、鷹、鴿、啄木鳥、貓頭鷹，等等。」〔註 15〕中國佛話裡所表現的人物，多爲僧人，亦有一些相關神、仙、鬼、怪，但一般無以動物爲主要描述對象的故事。即使是敘述佛祖及其他菩薩的故事，其情節展開的地點都在中國這塊土地上，與其發生矛盾、衝突的人，亦多爲中國人。

〔註 15〕《佛經故事選》第 5 頁，江西人民出版社 1981 年版。

這樣一來，佛話就成了中國文化的一個有機組成部分，是表現佛教文化的一個新的藝術品種，而深受民眾的喜歡。

嵩山福地，佛話獨特

嵩山位於登封縣內，歷史上稱之爲中岳，屬五岳（即東岳泰山、南岳衡山、西岳華山、北岳恆山、中岳嵩山）之一，風光秀麗，景色迤邐，名勝古蹟，比比皆是。自東漢以來，佛教開始逐漸盛行中國，嵩山就留下了許許多多的佛教勝蹟。雖佛教遠離凡塵，但它畢竟生活在人境，勢必會與民眾發生千絲萬縷的聯繫。因此可以毫不誇張地這樣說，佛教與民眾有著不解之緣。正是由於這樣一種情緣，在民間創造的口頭傳說故事中，就有了各種各樣關於佛教方面的內容。換句話來說，就是口頭文學的巨大創造力，使本想與世隔絕的披上神秘色彩的佛教被演繹成眾多的膾炙人口的佛教故事。這些具有濃鬱文化色彩的佛教故事，用一句專業術語來表述的話，那就是佛話。

所謂佛話，是近年來民間文化界新分化出來的一種民間文學的形式，亦就是以民間創造和民間流傳的佛教故事爲主要內容的民間敘事文學中的一個分支，是對發生在中國國土上的各種有關佛徒僧侶的生活，以及與之相關的佛教建築、佛教器物、佛教藝術、佛教功績等內容進行創作，從中可以發現中國人對佛教的理解和詮釋，它體現了普通老百姓的審美意識和審美觀念。正因爲嵩山佛跡甚多，歷史久遠，所以就出現了大量生動有趣、代代相傳的佛話，也就成爲了必然。

一、體現佛道之爭

道教是中國土生土長的宗教，有著廣泛的思想基礎和社會基礎，與民眾的生活息息相關，常常左右著人們的思維和行爲，在佛教來到中國之前，道教是一統天下的影響力最大的宗教力量。直到漢代，這種局面才得以打破，由於佛教的傳入，並隨著其慢慢地站穩腳跟，勢力也越來越大，與此相反，道教的勢力範圍卻就逐漸縮小。當然，作爲中國本土上產生的宗教是不會將自己勢力範圍白白地拱手相送給外來的宗教的，而外來的宗教又不會輕易地退出，於是就產生了激烈的爭鬥，這是在所難免的了。

關於這一點，在佛話中就有不少精彩絕倫的故事。少林寺係後魏孝文帝爲天竺沙門跋陀所建。關於這一點，在《太平寰宇記》、《魏書・釋老志》、《景德傳燈錄》等書中均有記載。唐《少林寺碑》有云：「少林寺，後魏孝文之所立也。」「沙門跋陀者，天竺人也。空心玄粹，慧心；傳不二法門，有甚深道業。緬自西域，來遊國都。孝文屈黃屋之尊，申緇林之敬。太和中，詔有司建此寺處之。」《太平寰宇記》記載更詳，其曰：「緱氏縣少林寺，後魏孝文太和十九年立。西域沙門號跋陀，有道業，深爲高祖所敬信。故制於少室山陰，立少林寺以居之，供給衣食。」對於這樣一個十分清楚的少林寺創建的史料，但是在民間傳說中卻並不這樣認爲，人們往往會將許多加工的成分編入其中，使故事既保留下歷史的眞實，同時又增加了不少民間創作的內容。在這些內容中，佛道相爭的故事亦鑲嵌其中，成爲精彩的一筆。《少林寺的由來》就是一個講述少林寺創建的故事，其所說與歷史記載不盡相同。其說：有三個人〈一個是和尚，一個是陰陽先生，一個是財主〉同時上少室山觀奇景，聞得雲間神仙話語，又見雲霧中出現少林寶剎，都認爲這是一個風水寶地，想佔爲己有。和尚想在此修建寺廟；陰陽先生想將祖墳遷到這裡；財主想在此修建宅院。於是，半夜和尚脫下一隻鞋子，埋在坑裡走了。陰陽先生等到雞叫，將一根木棍插上，也走了。太陽出來了，財主就將帽子掛在木棍上走了。三天以後，他們各種帶著一幫人準備破土動工，爲此各不相讓，爭吵不休。正好魏孝文帝經過這裡，聽說此事，就說：「帽在棍上戴，理當棍插早，棍在鞋中豎，還歸鞋先埋。」其言下之意，不語自明。陰陽先生和財主無言爭辯，掃興而歸。孝文帝問及根由，才知道這個和尚原來是到中國傳經的印度高僧，又見他精通佛學，十分器重，就命令地方官吏協助建寺。據說，現在的少林寺建築就是根據雲霧中隱約出現的幻影修建而成的。〔註 1〕

這一個民間故事所說的陰陽先生是否是道教人物，我們不得而知，但是陰陽先生與道教文化相關，或者說此人物的出現帶有道教色彩當是無疑的。如果說這個故事所述說的佛道相爭的場面不甚激烈的話，那麼在另外一則故

〔註 1〕《嵩山的傳說》第 64～68 頁，中國民間文藝出版社 1982 年版。

事中，我們就可以看到佛道兩家激烈爭鬥的精彩鏡頭。《達摩洞》講述的是：達摩奉佛祖的法旨，從西天來到嵩山傳授禪宗。他在五乳峰南麓的山洞裡，一面修煉，一面收徒傳法。時間長了，徒弟如雲，這就惹怒了在嵩山傳道的寇天師，為了獨佔嵩山，也為了奪回徒弟，於是佛道就鬥開了。第一回合，寇天師命道人將睡魔和瘟魔撒進達摩修煉的洞裡，只要和尚一進行修煉，就會昏昏欲睡。達摩知是左道之徒作祟，就令弟子採來金銀花，熬成茶水喝，然後又教弟子練拳強身。過了一些日子，和尚個個身強力壯。寇天師的第一招數失敗了。第二回合是寇天師派狼藉道人施魔法，讓惡狼圍困山洞，還不時地追咬和尚，弄得人心慌慌。一次，和尚抓住了狼藉道人，達摩的責備使狼藉道人無話可說。以後，雖有寇天師的重重設阻，也無法阻止佛教的傳播。〔註2〕如此這般的佛道相爭的民間故事在嵩山地區常有流傳，它從一個側面反映了在我國歷史上所產生過的佛教與道教之間相互爭奪地盤、弟子的眞實場面。

季羨林《朗潤瑣言》載：「當佛教傳入中國時，正是讖緯之學盛行的時候。當時一些皇室貴族，包括個別皇帝在內，比如東漢光武帝和明帝，都相信讖緯之學。在一般人心目中，佛教也純為一種祭祀，它的學說就是鬼神報應。他們認為佛教也是一種道術，是九十六種道術之一，稱之為佛道或釋道。佛道並提是當時固定的流行提法。……王充《論衡》對於當時的學術、信仰、風習等都痛加貶斥，然而無一語及佛教。可見當時佛教並不怎麼流行，在思想界裡並不佔什麼地位。」季先生所言很有道理，佛教作為一個外來的宗教形式，要在陌生的國土上站穩腳跟是很不容易的，首先遇到的是土生土長的道教勢力的強大阻力，為了在新的土地上生存下來，除了依靠各種各樣的關係之外，佛教本身所具有的巨大吸引力和佛教徒的膽識和智慧是分不開的，即便如此，有時候還不得不用韜晦之計，以達到長遠的目的。嵩山地區所流傳的佛道相爭的故事亦同樣說明了這個道理，只不過表述的方法是淺顯、明瞭的、老百姓都能接收的形式而已。

雖說佛教在進入嵩山一帶時，與道教產生巨大的衝突，但隨著時間的推移，佛道兩家慢慢開始和平共處、相安無事，各自形成自己的宗教地域和宗教勢力，不再像過去那樣佛道之間互相廝鬥，一定要將對方置於死地而後快，這種情景已不多見了，所不同的是，佛教在嵩山深深地紮下了根，而道

〔註2〕林野、顧豐年、張楚北編《中州名勝傳說》，第101～103頁。

教卻顯露出日薄西山的景象。到了明代，這樣的情景就愈加顯得突出。雖然佛道兩家在嵩山上依然各自有著自己的寺廟建築，但是已經顯示出完全不同的境遇了。明周敘《遊嵩山記》就記載了宣德丙午年間三月十五日他在嵩山上所見的佛道兩家不同的情景：「轉南，僅五里，入少林寺。竹木蔽翳，仰不見日，花草餘香，鬱鬱襲人。寺在五乳峰麓，少室山當其南，隱若屏列。奇僧聞客至，迎迓甚恭。佛殿後爲講堂，堂後有立雪亭，則佛徒惠可受法於達磨（即達摩）處。」這是當時少林寺的情景，還是可以稱得上是香火裊裊，別有洞天。可是道觀卻完全是一副敗落的景象：「又明日，與仲武、永康循北門遊嵩陽觀。觀久廢，惟古柏三株存，大者圍幾三丈，高兩倍之。……又從東度澗澗，尋崇福宮——即太乙觀。林深，從者迷失道，往返數四，始達。宮亦屢廢，惟三清殿存，亦至元間重修者。房屋近毀於野火。道官依殿以居。」〔註 3〕

由此可見，佛道相爭的結果，是佛教的發揚廣大和道教的日趨萎縮而結束。這是一條規律，不僅在嵩山地區如此，在中國的其他地區亦是這樣。佛教進入中國的歷史，只有一千多年，但它所具有的強大滲透力和無窮的魅力，或許是道教所缺少的，也正是這一點，佛教在嵩山一帶越來越擴展，成爲這裡很有影響力的宗教了。

二、體現佛侶精神

在佛話中，反映佛教信徒爲了自己所崇敬的信仰而不懈奮鬥、甚至可以不惜犧牲生命的故事很多，在嵩山地區所流傳的佛話同樣具有這樣的特點。

1、堅韌不拔的追求精神

《立雪亭》是一流傳十分廣泛的佛話，說的是有一個叫神光的和尙爲了要讓達摩收他爲徒，不惜用刀砍下左臂，以此來證明自己的決心。果然此舉感動了達摩，將其收爲徒弟。這不可能是一個眞實的故事，而是經過藝術加工的佛話故事，它要告訴人們的眞諦，就在於宣傳一個堅韌不拔追求更高佛學境界的精神。據悉，《立雪亭》的故事原型是，相傳少林寺的二祖慧可和尙在亭門外立候達摩，由於長時間不動，以致大雪沒膝，故此亭被稱之爲立雪

〔註 3〕劉光賢、林芳琴《古令遊記選》第 282～284 頁，山西人民出版社 1986 年版。

亭。這一說法在其他典籍亦有記載，大概不會有誤。而民間的創造者們卻有意無意地將「雪」誤認爲是「血」，以致改變了故事的基本情節，將其演化成一個更爲感人的故事來。作爲一個歷史事件，佛話《立雪亭》的演繹多少帶點主觀色彩，不符合事實的本來面目；但是作爲一個民間創作，它卻是成功的作品。這一作品不僅敘述了慧可和尙忘我的求佛的精神，而且將他那種堅韌不拔的甚至犧牲自己肢體的行爲作了大量的鋪陳，使之精神更加光彩奪目，令人感動。

2、純潔至上的佛性精神

佛徒自從進入佛門之後，就要將自己的一切貢獻給佛祖，一心一意地進行頌經拜佛，不得有絲毫的私心邪念，更不得粘上凡塵俗事，將兒女情長之事帶入佛門裡面。關於這個道理，一般人亦都知道，也是中國佛教的基本佛規，凡是違背這條佛規的，都會受到嚴厲的懲罰。在嵩山地區流傳的佛話中，就有這樣的內容，反映了佛理至上的精神。《石頭和尙覺興》是一個十分感人的民間創作，「少室山東北半山腰間，站著一尊石頭和尙，身穿僧衣，雙手合十，低拉著頭，神態悲憤而憂愁。傳說他是佛教禪師二師慧可的得意弟子覺興，因觸犯佛門戒律，被逐出寺院，天不收地不留地站在那裡，死後屍體不腐，天長日久，化成了一尊石頭像」。傳說覺興和尙不聽勸告，執意要與刨藥姑娘相會，受到白衣菩薩的懲處，最後化變成爲一個石頭和尙。〔註 4〕和尙是不能結婚的，這是佛門的一條戒律，是不容佛家弟子隨便加以破壞的，誰要破壞這一佛門戒律，就要受到懲罰，這是一條規律，是毋庸懷疑的。這一佛話用形象的語言，說明了這個道理，不僅有情節入勝的故事，而且還有深刻的道理包含在其中。這個道理就是：故事闡發了佛門的戒律和佛理的精神。人們在聆聽了這個故事的同時，亦可以從中很多啓發，得到一些佛門的知識。

3、爐火純青的藝術精神

佛教藝術是我國藝術寶庫中非常耀眼的瑰寶，至今仍然透析出各種各樣的文化氣息，其中不僅是宗教的文化氣息，而且更多地還能從中聞到事俗的文化氣息。在事俗和宗教的相互交融滲透中，反映在佛教藝術上就有了更加廣闊的題材和內容，從而也更好地表現了佛教的思想和精神。據觀察，在佛

〔註 4〕《中州風物故事》第 21～30 頁，河南人民出版社 1982 年版。

教盛行的地方，往往會產生很多著名的藝術作品。這些作品的藝術高超、手法精湛，往往會具有一流的藝術水準，有的還可以稱得上世界級的水平。在我國佛教史上曾經出現過許許多多才華四溢的畫家，他們的作品泣鬼神、動天地，曾經爲世人叫絕不已。在嵩山的佛教藝術中，亦有不少藝術珍品。在少林寺的千佛殿中就保留了明代的大型壁畫《五百羅漢朝毗盧》，在初祖庵裡，供奉著達摩、慧可、僧璨等佛祖，大殿建於北宋宣和七年，是河南省境內現存最早的木構建築，殿門兩側有磚雕楹聯：「在西天二十八祖，過東土初開少林。」殿內石柱上刻有氣度威嚴的武士、活潑的遊龍、瀟酒的舞鳳、飄然的飛天、渾圓的盤龍、鳳戲牡丹、孔雀穿花、群鶴鬧蓮、神台須爾座及牆石護腳上的蕃草、猛獅、麒麟、水獸等浮雕無不生動傳神。〔註 5〕當然上述所說的藝術作品不一定是佛教弟子所爲，但它所表現的思想內容和情感意念無不充滿宗教精神。除此之外，佛門中有造詣甚深的藝術家也不爲少見，他們對藝術的苦苦執著追求和創作出的許多珍貴的藝術珍品，同樣給人留下了難以磨滅的印象。關於創作千佛殿壁畫的故事，民間有這樣一種傳說：修建千佛殿時，有個人自告奮勇地來幫忙，並畫了一幅《五百羅漢朝毗盧》。等到大殿落成，這人就將畫直接畫在牆壁上，但有個條件，在此期間任何人都不得觀看。等到七七四十九天之後，全寺和尚都來，一看人物栩栩如生，衣服和景物的著色也很精美，唯獨五百羅漢的面孔都是黑色的，眾僧不甚愉快。只見那人說：你們三天以後再來看。三天之後，羅漢的面色由黑色變成棕色，由棕色變成紅色，再由紅色變成肉紅色或粉白色，還能看出五官和其他紋理。眾人無不稱讚，回首致謝時，那人早已不見了。〔註 6〕這是一則佛話，雖然其所說的是普通畫家的事，但它表現的是佛教建築文化的一部分，作品所反映的精神世界亦與佛教崇尚的精神是一致的。

三、體現佛家功夫

少林寺的功夫十分了得，這是世人眾所周知的事情。正是這個緣故，民間流傳著多多的傳說和故事，這些佛話生動有趣、曲折離奇，再加之以故事講述家的加油加醬的表演，從而使少林寺的功夫更加變得出神入化，蓋世無

〔註 5〕 王仲奮《中國名寺志典》第 468 頁，中國旅遊出版社 1991 年版。
〔註 6〕 《嵩山的傳說》第 85～87 頁。

雙。

1、功夫驚世駭俗

少林寺的功夫在歷史上創造了很多拳法和棍術，而且一直影響著中國武術的發展。吳志青等人的《國術理論概要》一書就曾經說過：「今之言技擊者，必曰少林。……禪師講談佛理時，徒眾精神萎靡，筋肉懈弛，每流法入座即昏鈍不振，乃訓示徒眾欲明心見性，必先強身，欲靈魂悟徹，必先軀殼無損；若一入蒲團，即志迷神昏，何能明心見性？於是創一十八手，令徒眾按日練習。……一十八手，即十八羅漢手也。達摩既化，其徒曇宗等，佐唐太宗平王世充有功者十有三人，皆能習成員十八手，運用精巧，應變無窮。嗣後宋太祖趙匡胤研析最深，堪稱此中能者：精三十六長拳、六步拳、猴拳、虎拳等，庋其書於嵩山少林寺，後世傳習太祖之拳者，稱為太祖門。宋武岳，則專政雙推拳，亦得少林上乘功夫，有三十六擒拿，七十二短打傳世，後世傳習岳氏之拳者稱為岳派。及金元之時，有白玉峰者，剃髮入山，實得少林派之衣鉢。以傳覺遠上人，變化增益十八手為七十二手，化散為整，錯綜參互，盡其體用；復從七十二手，增為一百七十三手，遂有五拳之流傳。五拳者：龍、虎、豹、蛇、鶴，所以練神、骨、力、氣、精者也。蓋漢華佗之五禽戲拳：曰虎、鹿、熊、猿、鳥，白氏師承其意，改為龍、虎、豹、蛇、鶴焉。而與白氏同時之李叟所傳大小拳，陝洛川楚等處，至今多宗之。」這裡所言，將少林武術的發展歷史作了一個簡明的敘述，雖然如此，亦可以看出少林功夫在中國武術中所佔的十分重要的位置。

少林寺的武術創制的本意是為了強身，而強身的用意，則是為了學習佛經、傳授佛家經意，只有身強力壯，才能更好地將佛學光大起來。由於目的明確，因此少林寺的和尚學習武術的積極性日益高漲，天長日久，日夜鑽研，武僧技術名揚天下，到了後來，少林寺武術的盛名幾乎超過了它作為佛家聖地的名字。據明代王士性《廣志繹》記載：「伏牛山在嵩縣，深谷大壑之中數百里，中原戰爭兵燹所不及，故緇流衲子多居之。加之雲水遊僧動輒千萬為群，至其山者如入佛國，唄聲梵響，別自一乾坤也。然其中戒律整齊，佛土莊嚴，打七降魔，開單展鉢，手持貝葉，口誦彌陀，六時工課，坐行不輟。良足以引遊方之目，感檀越之心，非他方剎宇可比。少林則方上游僧至者守此戒，是稱禪林，本寺僧則啜酒啖肉，習武教藝，止識拳棍，不知棒喝。」

2、功夫得於苦練

如同任何一件事情的成功，都離不開孜孜不倦的追求和長期不斷的努力，少林寺的功夫之所以名聞天下，也同樣來自於有志於少林武術的和尚，他們的血汗和苦練爲少林功夫增加了無窮的魅力。在明代詩文中，有不少關於少林和尚日夜習武的記載。焦宏祚《少林詩》云：「高峰六六抱幽奇，雲暝山深鐘磬遲。風雨數朝槐與柏，鮮苔百道碣連碑。僧閑古殿仍談武，鳥立空階似答詩。處處樓台皆隨喜，何緣覓得貝多枝。」徐學謨《少林雜詩》云：「名香古殿自氤氳，舞劍揮戈送落曛。怪得僧徒偏好武，曇宗曾拜大將軍。」文翔鳳《嵩高遊記》云：「歸觀六十僧之以掌搏者、劍客、鞭者、戟者，遂以輿西。」袁宏道《嵩遊記》云：「曉起出門，童、白分棚立，乞觀手搏。主者曰：山中故事也。試之，多絕技。」另，王士性在他所寫的《嵩遊記》中也有這樣描寫和尚練武的文字：「下山再宿，武僧又各來以獻技，拳棍搏擊如飛，他教師所束手視。中爲猴擊者，盤旋踔躍，宛然一猴也。」在佛話中，如此這樣的和尚勤練功夫的故事更是層出不窮。《鐵掌小沙彌》就是這許許多多佛話中的一個，它說明了功夫來自苦練，沒有苦練也就沒有功夫，只有苦練之後的功夫才是上乘的功夫，才能贏得人們的稱頌。這個故事是說：明朝的時候，少林寺的靜善和尚收了一個徒弟，法名叫龍寶。師傅幹農活，他學幹農活；師傅念經，他也學念經；師傅習拳練棒，他也跟著學習。師傅早晨起床後就在沙鹽石頭上磨手掌，他也學著師傅的樣子，天天磨練手掌。開始他在木頭磨，接著就在磚頭磨，後來就能在石頭上磨了。起初，他每天磨一次，慢慢的增加到早晚各一次，最後又增加到一天三次。磨久了，他就跟師傅一樣能在沙鹽石頭上磨了。每次磨完之後，他就學著師傅的樣子，在磨過的地方塗上一層桐油。三年以後，他的兩隻手掌簡直變成了兩盤小磨盤，砸核桃，削樹枝，敲釘子，樣樣都行。正是這樣一種奇特的本領，他將武藝出眾、強霸民女的武林敗類打得落花流水。〔註 7〕類似這樣的佛話，民間流傳甚多，就不再一一列舉。這類佛話的最大特點，就是將武術神奇化，把學武中的困難和磨難體現得使常人難以接收的程度，也正是這樣才能將少林武功表現得出神入化、神奇無比。

也就是這樣一種少林功夫，演繹了許多中國武術界史上令人難以忘懷的

〔註 7〕徐華龍編《武俠故事》第 141～144 頁，雲南民族出版社 1984 年版。

事例。十三和尚救唐王的故事就是一個世人難忘的經典篇章。

四、結　論

在嵩山地區流傳的許許多多的佛話，並不是沒有依據的，而是有著深刻的歷史、地理以及文化等方面的原因，它反映了在中原這塊土地上，佛教傳入的時間非常久遠，佛教文化所產生的影響十分的巨大，特別是少林寺武術在民間的廣泛傳播，和歷代朝廷對少林寺的褒獎，使這一帶的佛話不僅題材寬廣，而且內容亦跳出了佛教的範圍，與世俗的生活聯繫在一起，增加了表現的天地，因此成爲人們日常生活中的一個組成部分，爲大家所津津樂道，正因爲如此，這一地區的佛話才生生不息，永世流傳。

首先，從地理上來說，中原地區的名山大川，比比皆是，而且風光秀麗，群山綿延，古樹參天，嵩山一帶更是景色獨特，另有一片天地。清田雯《遊太室記》就這樣寫道「藍輿行十里至中峰。昔人云：嵩山如臥龍而癯。望之渾成秀拔，若不知有欽崎參差之勢者。及陟中峰之巔，群峰爭出，若攢圖之托霄上。煙雲吞吐，日月蔽虧，樹木蓊鬱，鳥獸遊鳴，陰晴變態。」只此短短數語，就將嵩山的綺麗風光表現出來了。從文化地理的角度來看，正是這種濃鬱陰深、人跡罕至的自然環境，才會使人產生各種幻想，有了創作的原動力。再加上佛教的神秘色彩，人們自然就會創造出許許多多、絢麗多彩的佛話來。

其次，嵩山佛話之所以生生不息，富有無窮的魅力，這與本地區群眾天才般的想像力和創造力是分不開的。《嵩山的傳說》一書的《前言》說得非常的好：「這些傳說故事樸實生動，色彩絢麗，閃爍著勞動人民智慧的火花，寄託著廣大群眾的美好理想。千百年來，人們津津樂道，代代相傳，不斷豐富傳說的內容，擴充想像的境界，使它們更具有鮮明的中原色彩和濃郁的鄉土氣息。」〔註 8〕因此可見，這些佛話創作，不是憑空想像而來，也不是根據普通人的生活進行創作的結果，而是根據特殊的僧人生活中發生的各種各樣細節加以編撰的。正因爲如此，在嵩山佛話中就出現這樣的現象：那就是佛話裡講述的故事不光發生在寺廟之中，而且與凡塵俗事也密不可分；故事的主人公不僅僅是和尚、尼姑等人，而且也有村姑、農夫等一批普通的老百姓。

〔註 8〕《中岳》編輯部編《嵩山的傳說》，中國民間文藝出版社 1982 年出版。

這些人物和情節的互相滲透，互相交融，就產生了無窮多變、可講可聽的故事，展現了傳統故事這一新的領域，散發出特殊的民間文學的氣息，所有這一切都與嵩山地區的廣大民眾創造力是分不開的；同時，這一現象也又一次地證明了群眾是民間文學創作的眞正動力，只有他們的不懈努力才使民間創作有了更多的分支，顯露出燦爛絢麗的色彩來。

李福清與他的《東干民間故事傳說集》

一、李福清是著名的漢學家

1、著作頗豐

李福清，1932年生於列寧格勒，1955年畢業於列寧格勒大學東方系中國語文科，文學博士，原任俄羅斯科學院通訊院士，現任院士，俄羅斯科學院高爾基世界文學研究所首席研究員，是位著名的中國文學、中國文化的專家，他出版的中文著作有：《蘇聯藏中國民間年畫珍品集》（1990），《中國古典文學研究在蘇聯》（1987）、《中國神話故事論集》（1988）、《海外孤本晚明戲劇選集三種》（1993），《漢文古小說論衡》（1992）、《李福清論中國古典小說》（1997）、《關公傳說與三國演義》（1997）、《三國演義與民間文學傳統》（1997）、《古典小說與傳說（李福清漢學論集）》（2003）、《東干民間故事傳說集》（2011）等。

我知道李福清是很早以前的事，久聞大名，但從未見過面，而眞正認識李福清，是在2004年他與高爾基世界文學研究所的所長一起到上海文藝出版社來談《世界文學史》的中文版出版事且，當時他送給我們三四本他出版的中文書籍，其中一本2001年出版的《神話與鬼話——台灣原住民神話故事比較研究》印象最深。

第二次見面是在2006年9有21日星期四，李福清到上海，突然打電話給我說，他到上海開會，想要大家見個面。我就叫上幾個好朋友如上海大學社會學系教授耿敬、上海社會科學院蔡豐明等下午趕去他住的賓館。李福清的漢語水平與淵博知識，給我們留下深刻印象，臨走時，我們還拍照留念。以後在北京劉錫誠家裡也陸續見過李福清。他給人的印象是永遠精神飽滿，眼睛炯炯有神，一說起中國民間故事，就滔滔不絕起來，像有說不完的話，可知他是多麼熱愛中國的一位俄羅斯學者。

2、善於學習

李福清是一位著名的漢學家，同時也是個善於學習的人，而且不恥下問，吸收新的文化理論，並融入自己的學術中間。

鬼話是中國民間文學的一種文學體裁，是與神話、笑話、童話相並列的故事形式。關於這一點，早在 90 年代中國的學術界產生影響，李福清認可這一觀點，並在他的著作裡運用，他說：「除了上述的三種文體（即神話、傳說、民間故事）之外，還有一類鬼故事，大陸學者稱之爲『鬼話』。」（見李福清《從神話到鬼話》第 44 頁）

由於李福清在台灣期間，採集、研究原住民故事，發現其中存在大量鬼神故事，特別是鬼故事，這引起他的思考：

有關鬼的故事實際上與神話、傳說、民間故事、仙話都不同，是民間文學的一個特殊門類。如有的民族有特殊的名稱，如俄羅斯民間稱爲 bylichka，意義是眞事故事，非虛構的小故事，即與非眞實的民間故事不同。德國學者稱爲「Damonologische Sagen」或「Geister Geschichte」即「鬼話」。中國大陸最近把這類故事稱爲「鬼話」，以爲「是以鬼爲軸心的散文性的敘事作品，或者，亦可簡言之，鬼話是關於各種鬼的具有傳承意義的故事」這個定義還可以補充：鬼話與迷信有密切的關係，雖在較原始社會迷信與其他信仰不易分，但這類故事與惡鬼（惡魂）都有關，人怕各種惡鬼是這類故事的思想基礎。鬼話與傳說故事不同，鬼話一般敘述的不是以前發生的事情，而是現在發生的，講述人彷彿自己看見的事情，或看見鬼的人自己告訴他的。

鬼話一般指眞的地名，眞的人名，這類故事在獵人或漁人間特別流行，因爲獵人到山上的樹林去狩獵，漁人去到無人水面，林之神秘或水的神秘特別促進鬼話形成的。鬼話與民間故事不同，民間故事，尤其神奇故事、動物故事有較固定的結構與較固定的情節，鬼話無固定的結構與情節，所以沒有列入 Aarne-Thompson 編的《民間故事類型索引》。文化最原始、極簡單的澳洲土著沒有什麼鬼話，比他們發達一步的美拉尼西亞人中已有較古樸的鬼話之類的故事。但要注意如有人講他怎麼見鬼，他敘述的故事常受到神話觀影響，因而模仿神話組織鬼故事。

研究中國鬼話的徐華龍先生提到鬼話發展的形式和鬼話的發展歷史，經過三種形態的演變：一是原生態，產生於人類早期，主要表現於對自然現象的恐懼，因此這時鬼話中形象大都具有自然界中的動植物及其他物體的屬性。二是衍生態，產生於階級出現的前後，主要表現爲鬼與神並行於世，也可稱鬼，又可稱神，或者亦稱鬼神，鬼話於神話難以分隔開來，如大陸西南少數民族中的某些原始散文性作品就存在這種現象。三是再生態，主要指鬼話作爲一種獨立的藝術形式而出現，已脫離了與神話的關係，主人公大都變成爲陰府中的形象，而且這時鬼話領域大爲擴展，吸收了佛教、道教的文化因子，形成了新的鬼的觀念和地獄之說。徐華龍先生的結論雖有道理，但是完全正確則待考。〔註 1〕

就在 2004 年 11 月李福清到上海來，我們第一次見面時，還與我談起，是他用了我的鬼話的概念，還說，他的《從神話到鬼話》已經在（北京）中華書局出版了。使我感動非常意外，如此世界級的著名學者，如此器重後學的一種新的概念，並一見面就表示感謝，眞使我十分感動。鬼話作爲一種民間文化的學說概念的提出，在中國並沒有引起很大的反響，但是在韓國、日本等國際學術界上卻有一定的呼應，而李福清在《從神話到鬼話》裡的大段對鬼話的論述及補充就是明證。

二、《東干民間故事傳說集》是收集民間故事的範本

《東干民間故事傳說集》是李福清熱愛中國文化的一個集中表現。他與中國文化的相遇，首先是就從接觸東干族文化開始的，或者可以這樣說：李福清學習中國文化，最早接觸到的是住在吉爾吉斯的東干人傳承的中國民間故事和歌謠，而這些樸實、眞實的具有中國本土文化的特質，對於李福清來說，也是他最喜愛的中國民間文藝的樣式，特別是民間故事，更花費了他大量的精力與時間，才形成這樣一本被世界上許多國家所認可的民間故事經典價値的範本。

作爲一種範本，首先必須要做到的是深入調查，獲取大量第一手資料，才能夠對東干民間故事的深刻理解。幾十年來，李福清爲了得到東干民間故

〔註 1〕 李福清《從神話到鬼話——台灣原住民神話故事比較研究》，晨星出版社 1998 年版，第 244～245）第六篇《鬼話》。

事，經常深入東干地區，專心搜集東干族民間故事的口頭資料，進行忠實記錄，無法記錄的地方，用拚音來表示。這樣增強東干民間故事的科學性與可信度。

另外，李福清在記錄民間故事的同時，還注意每篇東干族民間故事的相關材料進行梳理，爲每篇故事寫附言，並且對每個故事講述者進行身份認定及其歷史考察，以致可以全面的更好的理解每篇故事。

第三，更可貴的是，李福清並沒有停留在民間故事的講述層面，而是通過自己的研究，進行解讀其中包藏的歷史、文化以及中國小說的發展軌跡。例如他記錄《白袍薛仁貴》，進行比較分析之後，發現這一故事的形式發生很大的變化：先由民間故事，通過專業人員的再創作變化成爲平話、小說，再從評書、小說返回到民間流行，變化成爲故事的一個文學史的循環過程。

《東干民間故事傳說集》，這不是一般的民間故事集。這些故事是他們的祖先從甘肅，陝西帶來的，不少故事現在在西北失傳了。這些民間故事，在口傳過程中，發生了某些變異，研究這些故事，加以比較研究，可以揭示中國文化在中亞的傳承與變異。東干人用東干話（在甘肅陝西方言基礎發展的），口語有不少各種外來詞，但講故事完全沒有，他們的話保存不少 19 世紀詞匯。從 1950 年代他們用拚音（俄羅斯之字母）出版報紙、書籍。這本集中故事也用俄羅斯字母拚音紀錄的。一部分用東干話出版的，大部分只用俄文翻譯發表的。這次李福清從東干話原文稿子轉寫漢字，有的直接從東干地區搜集了他們的民間故事，所以保存他們傳統的語言味道。這是第一次在中國出版的東干民間故事集。這本民間故事不只是故事愛好者可以閱讀欣賞，而且民間文學家、語言學家也可以從中找到可以利用的有關資料。

《東干民間故事傳說集》雖說是一部十分經典的民間故事著作，但從來沒有在中國出版過，但在俄羅斯卻很受歡迎。1977 年李福清與兩位東干學者合作，選編了《東干民間故事傳說集》，由莫斯科科學出版社出版。這一東干民間故事集一經出版，七萬五千本馬上賣光。捷克把一部分故事爲兒童改寫了，在布拉格出版。德國、以色列都翻譯了東干民間故事，美國也翻譯了第一個故事與情節比較研究，還據說日本正在翻譯，並在《中國民話之會通信》雜誌連載。越南，德國早把東干民間故事及其比較研究文章翻譯成爲文獻資料，提供有關研究者參考。東干民間故事出版以後，俄羅斯、德國還發表了各種書評，給予讚許。

目前國內還沒有像《東干民間故事傳說集》的收集與研究相結合的圖書，值得我們民間故事研究者進行認眞參考與學習的範本。對於保護我國境內的民間故事的流傳與發展，提供了許多有益思路和新的研究方法。

2009 年我在申報《東干民間故事傳說集》選題的時候，由於沒有看到書稿，就報了個《中亞東干傳統民間文學及其傳說故事》，這是李福清幾次與我談及的內容，我也一直認爲是這樣的理論著作。原以爲一個理論書稿比較容易通過。誰知道發稿後才發現，與書稿相差甚遠，只好改爲現在的書名。

事實上，一個眞正好的民間文學選本，也需要在研究的基礎上進行選擇的結果，特別是作爲一個民間文學的研究者，其選本的要求則更高。而《東干民間故事傳說集》就是這樣的讀本。

李福清對這些東干民間故事，不僅爛熟於心，而且深知其來龍去脈。早在 1958 年在蘇聯科學院《東方學所簡報》發表的《韓信傳說——東干人流行的中國歷史傳說之一》，是他田野記錄與書面材料作了比較的研究文字。

同樣在《東干民間故事傳說集》裡，我們也可以看到李福清對於民間故事的嚴謹態度：一是情節研究。作者對每個故事進行情節比較研究，把東干故事與漢族，維吾爾族，蒙古族，朝鮮，日本故事做比較，並且用故事類型索引等方法進行解剖、分析，使得讀者了解故事的來龍去脈。要做到這一點，需要廣博的歷史文化知識，以及科學、專業的研究方法。這樣的比較研究，在中國研究者很少有人這樣做過。一是故事家介紹。書裡還列有每個故事家的小傳，這對研究東干民間故事提供立體的素材。從這裡可以看出會講故事的不僅有普通老百姓，也有高級知識份子。如《爲啥狗吃麩子呢，人吃麵呢》的講述者是楊尙新・尤素普，而他是個高級知識份子。「楊尙新・尤素普：生於 1908 年，卒於 1999 年，吉爾吉斯共和國科學院東方學研究所的高級研究員，語文學副博士，東干語詞典的編著者，知道很多的諺語和順口溜。從他那裡採錄到的故事有《狗爲什麼吃麩子》。」〔註 2〕這在某種程度上，打破了知識份子與民間故事講述無緣的潛規則，或者說民間故事只能是不識字階級的專利，只是一種偏見而已。

三、東干民間故事的特點

在《東干民間故事傳說集》中，表現出的特點有三個：

〔註 2〕李福清《東干民間故事傳說集》第 382 頁，上海文藝出版社 2011 年版。

東干族，是 130 年前陝甘回民起義失敗後於 1877 年遷居中亞的華人後裔，現已發展到 10 萬餘人，主要集中在吉爾吉斯斯坦、哈薩克斯坦、烏茲別克斯坦三國。但是他們並沒有因爲離開中國而放棄中國老百姓所講述的故事，相反的是由於地域的封閉、娛樂的缺乏等關係，就能夠將中國的民間故事保留下來，而且還能體驗到一百多年前其民間故事的韻味。

一是故事的完整性。

在現在所看到的《東干民間故事傳說集》裡，絕大多數的故事作品都非常完整，起承轉合，人物、情節都交代非常清楚。有的民間故事雖然短小，但其故事依然完整。有的故事長達 2 萬餘字，也沒有多餘的敘述，如《鐵拐李》、《毛大福看病》、《薛葵兒》等就是例子。

本書分爲神奇故事、生活故事及傳說與話本故事，都是傳統民間故事。除了在保存原來故事的原貌外，也有的做了一點加工，而這種加工是十分小心、謹慎的。「由於是原始的口語記錄，因此在故事的講述過程中一些說法稍嫌囉嗦，也有很多句子不甚規範或不太好理解，但爲了保持故事原有的語言風格，並沒有做大的改動和加工，僅極個別句子結合上下文做的成分的補足，並將補足部分放在了括號中，以示區別。另有個別句子明顯有不通順的，在後面括號中加了些必要的字詞，以方便理解，多數保留原樣，只是在注解中解釋了意思。」〔註 3〕這種對於民間故事進行適當補綴的做法，是嚴謹的，增加了故事在流傳中的遺漏所造成的不完整。但是更多的是一種謹慎。例如在《瓜女婿》：

> 瓜女婿可説著：「那個舀水的葫蘆也朝水裡壓不進去。」（據上下文，此處疑缺部分內容）「你姐夫説白人是陰涼坡裡陰下的。」〔註 4〕

這裡，看上去，故事稍顯不完整，但是這是一種眞實的狀況，是民間口述文學的特點，如果隨意任意刪添，則是一種不負責任的態度。

二是人物的豐富性。

這是東干民間故事所表現出來的第二個特點。

以《程老虎賣抬把子》爲例：

> 咬金一看，嘿嘿的一陣冷笑，就把胳膊十幾吊錢給窗子嘩啦一

〔註 3〕李福清《東干民間故事傳説集》第 371 頁，上海文藝出版社 2011 年版。

〔註 4〕李福清《東干民間故事傳説集》第 197 頁，上海文藝出版社 2011 年版。

下扔出去了，把大衣裳脱下來，往旁邊兒一放，對台一推，把桌子一翻，雙手抓的桌子腿，一劈，就聽的「咔嚓」一聲，劈下兩條桌腿子來，雙手往上一舉，「唔呀」喊了一聲，説的：「好小子們，你們太歲頭上動土，在老虎嘴裡拔牙！你程大太爺出世以來，憑的打架吃飯，你們過來吧，叫你們知道程大爺爺的厲害！」〔註5〕

這裡，將程咬金嫉惡如仇、行爲大膽、不計後果的性格特徵表露無疑。其敘述方式，很明顯帶有評話性質。

民間故事不僅要講故事情節，而更重要的是描寫人物的行爲、動作、外貌、性格，只有這樣才能夠出現生動、活生生的藝術形象。在很多情況下，民間故事講述的故事，而不是人，但是在《東干民間故事傳說集》裡，看到的是故事與人物都是栩栩如生的完美結合，不能不說是李福清抓住了民間故事的根本，再現了民間故事的眞實與魅力。

三是承襲漢民族民間故事的傳統。

東干民間故事與漢族民間故事緊密相關，一方面人們流傳著漢民族的民間故事，另一方面他們在講述的同時，也加入了自己民族的情感與認識，因此形成東干特有的民間故事。這種民間故事既有漢族的文化，同時也有東干民族的文化，這兩種文化的交融，從而誕生了新的具有東干民族色彩的民間故事。

在這其中，有神怪故事，如《西瓜》、《鐵拐李》；俗語故事，如《人心不足蛇吞象》、《雪裡送炭》、《害人就是害自己》等；歷史人物故事，如《黃天霸》、《薛仁貴》、《韓信三旗王》等；神奇故事，如《張大杰打野雞》、《老漢帶老婆子的七個女兒》、《後娘》、《兄弟們》等。還有一些類型故事，如呆女婿故事《怕婆娘》、《瓜女婿》、《嫌蒼蠅》等。另外聰明妻子的故事在民間頗多流傳，也屬於一種類型故事，在《東干民間故事傳說集》也有所見。如《公雞的蛋》：

一個老爺給自己的衙役吩咐了：「你給我找兩個公雞的蛋，我要吃它。給你訂三天的期，要是過三天你拿不出來，我要（往）死打你。」衙役憂愁下了，説：「這個東西我在哪裡找去呢？」回去也不吃飯，也不喝茶，也不説話。他的婆娘問他：「你爲啥憂愁著呢？」他不言傳。婆娘可問了。他説：「唉呀，老爺叫我找給他兩個公雞的

〔註5〕 李福清《東干民間故事傳說集》第284頁，上海文藝出版社2011年版。

> 蛋呢，從這個事我憂愁著呢。」婆娘給他說：「你別害怕，三天過了，我去到老爺跟前。」三天過了，她到了老爺跟前。老爺問她：「你做啥來了？你的男人呢？」婆娘說：「老爺，我的男人養了娃了。」老爺說：「你沒有臉的女人！誰見了男人能養娃？！」婆娘也問他：「哪一個公雞下蛋呢？」老爺就沒有說的話了。〔註6〕

四是獨具地方特色的語言。

語言是文學作品的生命，沒有好的語言就沒有作品的立命之本。特別是民間故事如果沒有地方特色的語言來表達，更難以準確表達故事的情景，也難以再現人物的性格與形象。

在《東干民間故事傳說集》裡，保留了一百多年前的甘肅一帶的民間方言，在《故事情節比較研究》中，李福清很注意方言的記錄，如 49 號故事是用「陝西方言」（第 472 頁），54 號故事用「甘肅方言」（第 474 頁），28 號《禿子》用的也是「陝西方言」（第 460 頁）等，這些故事的注明爲方言，就能夠更好更眞實地保留了原汁原味的東干民間故事的韻味。

有的地方，無法用準確的漢字來表達，就用拚音字母來注音，這樣就更好地表達出東干方言的韻味與特色。有的地方，則用加注的方法。如《韓信三旗王》一開頭就說：

> 早前的漢朝的時候有一個韓信呢，他（是）讀下書的人，可是他的心到來寒的很，壞的很。到人們上沒有一個幹下的好事情，黑明給人們找一個麻達呢。兒的這個哈事情把娘老子也發忙敗哩。

其中「寒」、「麻達」、「發忙敗」，就必須要加以注釋，否則很難弄懂。「寒」指「壞得很」。「麻達」指「麻煩」。「發忙敗」指「整得忙壞哩，氣得夠嗆」。

由於方言的關係，也給讀者帶來一些不便。李福清也知道這一點。他說：「這本書與中國出版的各族民間故事集不同，保留了東干話原文的味道。不是一般的普通話。希望讀者可以接受，也希望對語言學家提供不尋常的語言研究材料。」〔註7〕

在東干民間故事裡，爲了保留東干的方言俗語。俗語如「害人害自己」、「雪中送炭」等；「路遙知馬力，過後見人心」，是漢族「路遙知馬力，日久

〔註 6〕 李福清《東干民間故事傳說集》第 198 頁，上海文藝出版社 2011 年版。
〔註 7〕 李福清《東干民間故事傳說集》第 41 頁，上海文藝出版社 2011 年版。

見人心」的翻版；還有農諺「二月二龍抬頭」等。在漢族一般說「人心不足蛇吞象」，但在東干話裡：卻說爲「Tang 心不足，吸太陽」。Tang 是神話動物，有人說是一種龍，另一個說法是類似獅子。《中亞回族口歌和口溜兒》中第二部分 83 頁寫「貪心」，但是東干話沒有貪這個詞，所以他們以爲這是動物。〔註 8〕其實，「貪心不足蛇吞象」，在漢族中間也有同樣的俗語流傳。

《東干民間故事傳說集》有許多民間語言，與李福清掌握大量的東干民間語言是分不開的：

東干人有很多老諺語，稱 kuger 與 kuliur。中國有人用漢字寫成口歌兒（參見香港教育出版社 2004 年出版的《中亞回族的口歌和口溜兒》），我以爲不妥當，大概是口格兒（雖然歌是第一聲，格第二聲，但東干話平聲沒有分陽平與陰平）。kuliur 是口溜兒。50 年代我採錄了大約兩百五十個東干人說的諺語。也有全國性的，中國人都知道的，如「三人合一心，黃土變成金」，東干話只有一個數詞「個」，說一個桌子，一個椅子等，所以不說一條心，但有時在諺語保留其他數詞。或「大家拾柴，火焰高」，也有較少說的：「千買賣，萬買賣，不迭地裡翻土塊」，「能給好心，不給好臉」，「賊偷賊，不虧誰」，「千里路上趕個嘴，不迭家裡喝涼水」，「媳婦兒要當婆，還待三十年磨」，「板凳狗娃兒上了糞堆裡，不知道高低哩」（毫無用處的人偶然當大官了，馬上驕傲起來）等。〔註 9〕

此外，李福清還收集了東干的笑話、滑稽話、謎語等，也都極大地豐富了東干民間故事的語言，同時也更加深刻地了解東干民間故事的文化內涵。

〔註 8〕李福清《東干民間故事傳說集》第 19～20 頁，上海文藝出版社 2011 年版。
〔註 9〕李福清《東干民間故事傳說集》第 18～19 頁，上海文藝出版社 2011 年版。

故事創作與現代生活

一

應該說，故事創造是離不開社會生活，也就是創造與生活有密切的關係，離開了現實生活就不可能產生好的作品，現在我們所見到的新故事大多數屬於這樣的性質，因此這一類的故事受到人們的歡迎就可以理解了。

新故事大都是攫取社會生活裡的具有情節性的素材，進行加工創造，形成藝術產品，其中特別加入了自己的主觀色彩，反映出主流社會的道德觀念和價值取向。比如《故事會》中的「中國新傳說」在很大程度上就是這樣的作品，具有一定的代表性。利用生活裡的素材進行文學創作是所有文藝作品創作的普遍規律，也不僅僅是故事特有創作方法，但是故事從生活裡吸取素材，比較直接，也比較素樸，不像其他文藝創作那樣進行多層次的架構，也不需要很多的提煉，可以用最本分質樸的方法來敘述原來的生活裡的素材，只是在某些關鍵性的地方進行必要的畫龍點睛式的加工而已。如果生活中的素材本身就很具有很強的情節性和生動性的話，這樣的故事加工就更加顯得不那麼重要了（當然不是說藝術加工不重要，而是說越是有故事情節的故事創作就顯得容易一些）。因爲故事本身就是非常短小的藝術品種，它與生活比較接近，也更容易被人們所接受所理解。

同時，在我們的生活裡也蘊藏著許許多多的可以提供進行故事創作的東西，只要進行細心地觀察就可以發現。另外，各種各樣的報紙雜誌也都有這樣那樣的社會新聞的內容，這也爲故事的創作提供了創作的基礎。有一些社會新聞本身不需要很多的創造就可以達到很好的藝術效果。舉例而言，不久前有一家報紙上發表了這樣的社會新聞，說的是有一個人從1992年購買了400張認購證開始，一直到今天，一共在股票市場上掙了1300多萬元。這次中小企業板上市，有人告訴他，這是深圳股票市場停發以後第一次發股票，一定會炒一下，而且據內部消息，這次還有香港資金過來炒作，並且說的是股票就是「大族激光」。於是，此人借了 2000 萬資金，準備狠狠地博他一博，在中小企業板一上市，也就用大部分的資金打進了「大族激光」，價位在 40 多元。誰知道，第二天，幾乎所有的「大族激光」都跌停板，一連好幾天都在下降之中，到29元附近，他再次聽信了消息，進行補倉，但是股票並沒有停止下跌。眼看著「大族激光」「跌跌不休」，擔保的證券公司對他的股票進行了強行平倉，一下子他就將十多年來的證券市場上的收益全部抹去。此人也從此神志不清，只認識其妻子和兒子，其他都不認識了。我將這個新聞說給父親聽，他說這是假造的，他不相信。儘管如此，這則社會新聞作爲故事的創造題材已經足夠了，也基本滿足了故事創作的一些要素。如果再進行深加工的話，或許就是一篇好的故事作品。類似這樣的社會生活裡發生的新聞有很多，而且情節豐富，結尾有時也是意想不到的，所有這些都可能成爲故事的初級形態，也就是這樣的雛形就成爲故事的基本架構。

故事來源於生活，並不是將生活原樣搬上，或者將生活裡的事情敘述出來，就可以成爲故事，這是不行的，也不是藝術作品，一定對生活本身進行改造，用故事的手法產生一個意想不到的結果。這樣的故事既有生活的原型，但是又不是局限在生活的本來的面貌。《故事會》2004 年 7 月上半月刊發表《酒樓裡的眞實事件》就是這樣一個非常生活化，同時也是非常有典型故事特徵的作品。它說的是生活裡普通的陪酒女的故事：一個中年男子到酒樓找人陪酒，一定要紅紅的陪酒女來陪，其他人一概不要，他給紅紅留下銀行卡，並且還寫下密碼。誰知道紅紅以爲，寫有密碼的紙條是情書之類的東西，就隨手把它撕毀。最後故事的結局出人意料，當紅紅到了包房的時候，那個中年男子突然心肌梗塞死了。銀行卡上有很多錢，由於密碼被撕，就成了廢卡。更令人驚奇的是原來紅紅是那個中年男子的私生女，這樣故事就不僅僅是「奇」，而且也變得合情合理了。

現在的故事創作大都非常講究情節的離奇，或者可以這樣說，一般好的故事大多數都十分注意情節的意外性，生活裡的確有許多的意外的事情發生，這些意外的事情不是唾手可得的，其中有很多的偶然性。而這些偶然性，往往會引起人們的好奇心。正因爲這樣的原因，人們喜歡看、喜歡聽這樣的作品。社會生活有自身的發展變化的軌跡，如果不從深入地進行挖掘，不做有心人進行細緻地觀察，就不可能找到這些可以供故事進行創作的題材，也是因爲這樣別人沒有看到或者聽到的離奇事情，就容易被人們所接受，這是故事創作非常討巧的地方。

在如今市場經濟的中國，人們開始注意那些能夠改變自己命運的機遇，勞動力剩餘的情況下，普通老百姓要找到一份工作是不容易的，許多進城打工的年輕人是懷著對未來的憧憬和理想，特別希望得到一夜暴富的機會，因此那種遇到特殊的機遇，會使自己生活發生巨大變化，能夠將「灰姑娘變成公主」幻境變成現實社會裡的眞實。因此，這種通過各種各樣的渠道來改變自己生活狀態的故事，就順理成章地就成爲人們關心的焦點。

現在故事創作就有許多這樣的內容。《一毛錢改變一生》說的是：小桃高中畢業進城打工，先在一家飯店幫工，後與胖廚師鬧翻不幹了。再到大酒店去應聘。而這家酒店的行政總廚就是與她吵嘴的胖廚師，小桃認爲，這下應聘不成了。誰知道經理把她當做「范青青」留了下來。小桃珍惜這份工作，積極肯幹，半年以後，被提升爲大堂領班。這一天，小桃要將身份證給經理看，經理卻說：我早知道你不是范青青了，是吳師傅推薦你的，他還給我發了一個短信息，說你高中畢業，年輕氣盛，千萬不要傷了你的自尊心，於是我故意把你錯叫成范青青，把你留下來了。這就是《一毛錢改變一生》的故事。（載《故事會》2004 年 9 月上半月刊）

這樣一類的故事具有神話色彩，不是完全記錄現實生活的一般情況，而是經過對故事的情節進行改造，迎合了今天進城打工者的心理，並且投其所好，因此我們可以看到在中國的土地上故事類的雜誌刊物之所以受到歡迎，其原因是不言而喻的了。事實上，不僅打工者喜歡這樣的題材的作品，而且其他讀者也同樣喜歡這樣具有童話色彩的故事，因爲現實的生活畢竟沒有這麼多的巧合和機遇，而人們的心裡時時都在夢想能夠得到意外橫財，這也是此類故事吸引普通讀者的一個重要原因。

現在新故事選擇的都是與老百姓息息相關的事情，如下崗、經商、貪污、腐敗、打工、就業等非常現實的生活。這些非常現實的生活，與群眾密切相關，因此會得到讀者的關注，並且會引起心理上的情感共鳴。

故事就是將這些受到人們關心的事情寫下來，並且在原有的基礎上進行主流思想的加工，因而會使平樸的情節裡增加浪漫主義的尾巴。這是因爲主流思想制約著故事創作者的思想，會使得他們產生符合這一時代的東西，另外從接受美學的角度來說，讀者也希望看到這樣的結局，所以新故事中間的大團圓的結局和光明的尾巴就比較的多，這就不難理解了。

可以這樣說，故事創造與社會生活有不解之緣，或者可以說沒有生活，就沒有故事，更不可能產生好的作品。

二

雖然如今故事表現的是現實生活，但是它的表現手法並不是現實主義的或者說是寫實主義的創作方法。無論是寫實主義還是現實主義的創作方法，都是將作品僅僅停留在生活的層面上，去反映生活的原來形態，一般也不對作品進行主題的必要提煉，情節的敘述也大多數是所謂的生活的細節反映。

新故事創作沒有運用現實主義或者寫實主義的創作方法，是故事創作者的一種社會自覺，也是創作實踐總結的結果，也更加符合當今社會對文藝創作的要求，當然這不能說新故事創作不運用現實主義或者寫實主義的創作方法是一個錯誤，而應該說，新故事創作找到了一個更好的能夠被讀者所接受的表現手法，這種表現手法就是浪漫主義。浪漫主義同樣是一種創作方法，但是它是現實主義創作手法的發展。不管是浪漫主義還是現實主義都是從生活中攫取生活的創作素材，所不同的是，前者更多地帶有個人主觀的文化色彩，而後者則一般注重生活細節的眞實，停留在現實的生活的層面，不太注意展現未來和理想。

爲什麼說新故事的創作方法是浪漫主義的創作方法呢？

理由有以下幾點：

首先，從體裁上來說，新故事是脫胎於民間文學的散文體，這是一種非驢非馬的文學樣式，而浪漫主義用羅曼語（Roman）書寫的故事，騎士故事、傳奇故事等也是過去完全不同的文學形式。在 11～12 世紀，大量地方語言文學中的傳奇故事和民謠就是用羅曼系語言寫成的。這些作品著重描寫中世紀騎士的神奇事跡、俠義氣概及其神秘非凡，具有這類特點的故事後來逐漸稱爲 romance，即騎士故事或傳奇故事。如今新故事產生，就與民間文學有著密切的聯繫。因此吸收民間文學的養分和有益的東西，就成爲故事創作者的基本要求。

其次，非常重視民間文學的作用。資產階級興起的時候，浪漫主義是資本主義社會相適應的文學創作方法，這種創作方法十分注重對原來流傳在民間的故事作品進行再創作，並賦予新的內容和情感。

我們例舉德國民間故事《白雪公主》來說明。

其故事的最初原型是這樣的：

很久很久以前，有一位美麗的皇后，她有著細膩的肌膚，可愛的面容。她本是一個牧羊女。國王愛上了她，娶她並讓她成爲皇后。她有著極強的嫉妒心，如果國王愛上了別的女人，那麼，皇后就會很自然的殺死她們，她的嫉妒心甚至遷怒於日理萬機的大臣……隨著時間的流逝，皇后漸漸老去，國王也以沒有時間爲藉口很少來看皇后。皇后有了在生命中的危機感。一次，皇后來到女兒白雪公主布蘭修的房間，看見國王很緊張的提著皇袍跑了出來，知道國王與女兒在偷情。皇后非常生氣，舉起巴掌，朝著白雪公主狠狠的扇了過去：「不要叫我母親大人！你在心裡面正嘲笑年老色衰的我吧！就是因爲你，那個人連看都不看我一眼！你是吸取了我的年輕與美貌而出生的！」國王的出現阻止了皇后的粗魯，生氣地說：對親生女兒這種態度，難怪有謠言說你是白雪公主的繼母了！你到鏡子前好好看吧！看看你這張爲妒嫉而瘋的臉！」

皇后很孤獨痛苦地回到鏡子面前：「鏡子，鏡子回答我！告訴我這世界上最美的人是誰？」

在那面鏡子後面有秘密的台階，那正是皇后的情人出來的地方。那個男人，是皇后雇來守林的年輕獵人。皇后住在皇宮很偏僻的地方，就是爲了離他的小屋近一些。「鏡子喲鏡子」是皇后和他的暗號，但是，當獵人看著皇雪公主時，也非常喜歡白雪公主，眼裡充滿渴望得到的神情。

白雪公主用她的美貌搶走了皇后的情人。皇后發誓要殺掉白雪公主，掏出她的內臟，找回自己的美麗，就派獵人去殺掉白雪公主。但是獵人沒有殺掉白雪公主，她流淚的樣子實在太美。獵人捨不得殺白雪公主，就殺了隻野豬騙過了皇后。國王受到打擊，一蹶不振。後來，皇后知道，白雪公主與七個小矮人住在一起，又數次派去刺客都失敗了。白雪公主在小矮人的幫助下殺死了刺客並把他們煮了吃掉。

最後，白雪公主給她的母親穿上了用火燒紅的鐵鞋，皇后一直跳舞直到死去。而白雪公主自己被有著戀屍情結的王子殺死並泡在藥水裡成爲世界上最美麗的女屍。

這就是格林童話中的《白雪公主》最初的原型，是現實主義的藝術作品，與現在我們所看到的德國民間故事《白雪公主》差距甚遠。

這樣的故事原型顯然不符合大眾的審美習慣，也沒有美感，或者可以進一步說，這樣的故事有悖於一般的社會倫理。

因此，格林兄弟對此進行了再創作，第一，突出了童話裡的白雪公主的美麗；第二，改變人物之間的關係，皇后不是白雪公主的母親，而是繼母，因此也就更加看出了皇后的殘忍。白雪公主不再是國王的情人，沒有原來的那種有悖倫理的關係。第三，將原來故事裡的血淋淋的場面和過分殘酷的行爲都進行了改造。從而成爲如今世界性的經典民間故事，其中對故事的再創造是分不開的。

或許，白雪公主的故事原型就是這樣一個故事，但是如果將這樣的故事展現給讀者，人們都不願意去接受如此粗劣的缺乏審美情趣的東西。格林兄弟之所以對這樣的故事進行加工，也就是不僅僅呈現生活中的本來的。大家都知道，格林兄弟是受到浪漫主義影響的民間文學收集整理者，他根據的是浪漫主義的創作原則，對民間故事進行再改造的作家，因此可以看出，現代版的白雪公主就在這樣的基礎上創作出來的，反映了浪漫主義文學理念。過去流傳在民間的故事應該說是，封建主義文學觀念的作品，出現在故事裡的是過於生活化的情節和行爲，是不符合資本主義初期文學審美觀念的，也不符合處於資本主義社會關係和人際關係的，因此格林兄弟對此有基礎的民間故事進行改造和重新進行再創作，就是非常順理成章的事情。

另外，德國浪漫主義的另一個派別是海德堡派。代表人的有阿爾尼姆、布倫坦諾等人，也都很重視民間文學，深入民間收集民歌和童話，從民間創作中吸收養料，採用民間文學的題材，學習富有號召力和戰鬥性的民間詩歌格律，歌頌民間傳說中的英雄人物。他們的文學活動對浪漫主義文學發展起過積極作用。

第三，他們並不致力於塑造典型環境和典型性格，而特別著重描寫作家個人的主浪漫主義作家對民謠和民間傳說發生極大興趣，用來作爲創作的素材和借鑒，強調創作的主觀性。

《廁所承包的幕後戲》說的是廁所承包前後的事情。將廁所作爲故事的素材，這已經非常離奇，但是就是爲了搶得承包權，發生了不可思議的事情：

「又過了幾天，投標會召開了，前來承包投標的人其實還不止八家。劉二進去時，就有很多人衝他冷笑，今日裡你劉二肯定白來了，守了幾年的廁所肯定今天打住了。劉二不理睬，頭昂得高高，步子又快又穩。更讓全場人投來異樣目光的是，劉二剛一進入，主會人竟馬上奔過去與他握了手，特別友好，還說了句非常耐琢磨的話：看不出來呢，你！」故事到此，發生了情節的逆轉，「劉二回一聲：烏龜有肉在肚裡，擺出了穩坐釣魚台的架式。架式擺好，就聽剛與他握過手的主會人宣布了一條令全場人根本不敢相信的規則：根據上級指示精神，要團結不要分裂，要穩定不要動亂，要效益更要民心，本車站公共廁所的第四次承包投標特由原計劃的明投改為暗投，敬請各位競標者多方諒解。」〔註1〕

這一故事的諷刺意味十分明顯，將廁所的公開投標變成「暗投」，批評了當今經濟生活裡的長官意志和不公平的競爭。這則故事是有眞實的生活基礎的，但是又不是普遍的社會現象，作者利用這樣生活裡發生的很特殊的事例，進行文學創作，是以很現實的社會意義和批判精神。但是這僅僅是作者主觀的想像和對未來的美好願望。

因此可以這樣認爲，現在故事的創作也是受到浪漫主義文學創作的影響是非常巨大的，或者說，在如今的故事創作中，人們不管有意識還是無意識，但是都接受了這樣一種文學創作觀念，那就是浪漫主義的故事創作原則。無論是新故事的創作者，還是故事的閱讀者都有這樣的要求和閱讀的審美傾向，那就是浪漫主義文學創作原則。

爲什麼會出現這樣的創作者與讀者都共同發生審美方面的同一性呢？

人們希望有理想。

生活是非常現實的，但是人們又不可能完全被生活重擔的壓迫所窒息，他們需要理想，需要用理想來甦解現實生活的重累，如果生活裡找不到理想，浪漫主義的作品就成爲人們寄托理想的最好去處。因此，我們可以看到大量的具有聯繫化的作品應運而生，成爲人們最好的精神寄托。《抽象的花捲》是一則具有荒誕文學色彩的故事，但是反映了作者浪漫主義的創作觀念，將自己不成型的花捲注冊了商標，叫「抽象牌花捲」，變成了廣場雕塑的紀念品，專在廣場雕塑下賣花捲，因此一下子生意紅火起來。（載《故事會》2004 年 5

〔註 1〕《新民晚報》2004 年 9 月 12 日。

月上半月刊）很顯然，這是作者的發揮和想像，表現在的是理想主義的東西，雖然不很可信，但是有生活作爲基礎，並在此基礎上加入了許多主流社會的主觀色彩，因此就很容易被現代社會的讀者接受了。

人們希望有追求。

理想是追求得來的，不可能沒有任何舉動就可以獲得成果，這種夢想是不可能實現的。因此，追求就成爲現實生活中的一個組成部分。人們買賣股票、房地產，買彩票等等都是追求的一部分，也可以說，這樣的追求就構成人們豐富多彩生活的樣像。在生活裡追求的結果大多數是水中撈月，但是人們的追求的願望是不會消失的，正是這樣的內心驅動下，在現實裡不可能實現的願望，他們將這種追求變成精神上的企盼。而新故事就滿足了人們的這樣的願望，所以浪漫主義的故事作品都會帶來這樣的藝術效果，成爲人們宣泄心中願望的最好場所。

新故事的概念和實踐至今也已半個世紀，形成了不同的創作手法，如今流行的創作手法，應該說是對過去故事實踐的總結，從客觀的效果來看，現在的故事創作已經獲得社會的認可，特別說明問題的是，在今天市場經濟的條件下，新故事不僅沒有被邊緣化，更沒有被淘汰出局，就說明故事除了其他因素外，其創作手法符合時代要求，滿足了現代人們的審美需求，是一個很重要的原因之一。

新故事作爲一種文學形式，也必須遵循藝術的創造規律，也需要根據社會的發展和前進，創造出符合故事創作的藝術規律，可惜一直到現在，我們還沒有看到有其他的創作方法出現，而新故事創作所運用的方法還是沿襲浪漫主義的創作原則，或許這是與今天社會更加相適應的一種創作方法吧。

三

新故事是依照現在社會生活進行創作的一種藝術活動，但是人們的創作或多或少地過份地依賴生活裡的原型，而不很注意對故事思想意義和社會背景的深刻挖掘，因此就使得故事更多地打上原來生活的印記。生活是生動的豐富的，故事根據生活就會有好的故事素材，但是不等於因此就有了好故事作品，這兩者之間是不可以劃等號的，所以就應該從生活裡提煉思想和社會價値，就顯得十分重要。在很多故事裡，關注的是情節的出人意料，而不講究生活細節的眞實，比如《故事會》2004 年 8 月下半月刊中的《拍賣判決書》

就是這樣一個近乎荒誕的故事。用判決書來進行拍賣，這是現實生活裡不可能發生的事情，人們之所以認可這樣的故事，是因爲被其中的情節所感動，是在關心故事中的主人翁，而忘卻了拍賣判決書這樣一個離奇不合情理的舉動。誠然，有人會說，這是利用荒誕的藝術手法來表現的故事，的確可以這樣理解，但是荒誕也是有現實生活來基礎的，如果作品的細節太離奇並且超出一般人的想像的話，這樣的荒誕也是不被人們所接受的。

另外，故事在很大程度上，還沒有脫離民間文學的創作模式，強調的是集體的創作，而不是創作者個人的風格特點。根據了解，有時候故事的原型是非常粗糙的，有的還不能夠上作品，在這樣的情況下，編輯的作用就顯得非常重要，或者換句話來說，編輯在某種程度上來說，參加了故事的創造。這樣做的結果，就是故事成爲了新的一種模式，而缺乏個性特徵。因此，我們所看到的故事，其情節是豐富的，但其創作手法卻是十分雷同的。其中一個重要的意義，就在於故事只注重藝術的特徵，而不太注意故事創作的藝術個性。

應該說，故事的創作與其他的藝術創作都是一樣的，都應該遵循文藝的一般規律，如果沒有這樣的規律作爲文藝創作的指導方針，就會違背文藝創作的規律，也就不可能出現具有眞正的藝術作品，充其量只不過是茶餘飯後的談資而已。現在的故事創作有非常多的讀者隊伍，而缺少好的震撼人們心靈的藝術作品，就是這樣的道理。人們看故事，僅僅爲了滿足閱讀的需要，而不是審美的需要，也僅僅將它作爲談笑、聊天的內容，而不是理解故事的社會價値。文藝作品要產生對社會的影響，不是光描寫一些生活的本身，而應該反映社會生活所反映出來的哲理和眞諦。

因爲沒有這樣的社會深刻反映，就會單純地流於對創作技法的追求。因此就有了所謂的「新、奇、巧」的理論，作爲一種創作手法是沒有錯的，但是將這樣的故事創作技法變成故事必須要達到的普遍的創作規律，就有失偏頗。這種「新、奇、巧」作爲一種故事的創作技法，不能夠代表故事的創作方法，故事的創作方法是作家藝術家觀察生活，探索人生，塑造形象，反映和評價生活所遵循的基本原則，是文藝觀的組成部分，是創作規律的重要內容。它是作家處理藝術創作與社會生活、創作主體與創作客體的關係所遵循的原則。創作方法貫穿於作家創作的全過程。它不同於一般的藝術技巧和方法。藝術技巧雖與創作方法相關，但它只是在創作的局部環節發生作用，而不是整個創作的指導思想。同一種創作方法可以採用不同的藝術技巧，同一種藝術技巧可以爲不同的創作方法採用。而現在新故事的創作太注重創作技法的運用，而不注意創作方法與創作技法的關係，這是本末倒置。

當然，故事的創作技法同樣非常重要，這不僅就需要故事創作者要多多收集創作素材，善於把從別人那裡聽來的奇聞趣事轉化爲自己作品中的情節，而且還要注意將故事的情節發展不斷地提升，而最終將故事的結局表現的淋漓盡致，出人意料，這才是好故事必須達到的一個重要前提。但是如果所有的故事都是採用這樣的模式，這樣的技法，也就會有一種八股文的感覺。

另外，故事還缺乏對人物的刻畫和心理的描寫。如今的故事注意的是情節的發展，而對故事裡人物卻不是很注意，特別不善於進行刻畫和描寫，這也是新故事的一個很致命的缺陷。文藝作品要產生強烈的藝術效果，就必須有人物的描寫和心理的刻畫。大家都知道，《三國演義》和《水滸傳》是情節非常強的小說，在某種意義上來說，也是一種非常出色的故事作品，因爲其中大量的情節描寫是現代故事所必備的條件，也寫了許許多多的英雄人物，這些人物的坎坷身世的本身就是一個個激動人心的故事。《水滸傳》裡的人物，雖然多數是虛構的，但經過許多作者的反覆推敲，其在社會背景中的性格命運，反而有了很強的眞實性。在描寫情節方面，沒有脫離人物的刻畫和心理活動的描述，相反的，著重地探索到人物靈魂的深處，描寫不同人物的精神面貌，塑造出不同的藝術典型，這就是《三國演義》和《水滸傳》經久不衰的關鍵要素之所在。如今的故事創作不可謂不繁榮，作品也不可謂不多，但是眞正稱得上令人難忘的故事人物形象卻寥若晨星，其原因值得人們深深地思考。

現在的故事的作用，是供人們茶餘飯後消遣的工具，但是如果僅僅滿足於這一點，就有點令人擔憂之虞，因爲故事的作用並不僅僅在於此，應該將故事上升到藝術的審美的高度來認識，否則其地位和品位也就停留在這樣的位置上，是不可能產生具有藝術感染力的好作品。

因此，我們可以得出這樣的結論：新故事作爲一種文藝初級形態，它屬於藝術創作的雛形，是對社會生活進行的一種粗加工。儘管如此，並不妨礙它可以贏得廣泛的讀者群，因爲新故事已經具有一個文學作品所需要的最核心的東西，那就是「故事」本身，它是形成文學作品的基本要素。或者可以這樣說，用最簡潔的語言和最通俗的方法，將一個複雜情節的作品內容講出來，一般會引起人們的興趣的。這就是故事的魅力。同時，故事的口頭文學的特點，就需要在最有效的時間裡將所要講的東西說出來，這也是故事的長處。在認字不多、娛樂甚少的環境，用口頭文學來進行自娛自樂，故事的強項就充分地表露無疑；就是今天人們的文化水平有了普遍提高的情況下，故事之所以受到歡迎，就在於故事本身的藝術特點，它與欣賞水平不高的人來說，這就是最好的閱讀對象。

新創作的故事如今已經成為一種被認可的新的文學形式，特別在中國這樣的閱讀習慣和審美要求的情況下，故事的發達（不僅表現在創作數量之多，而且也是反映在讀者之眾）就是一種非常特殊的文學現象，值得關注，也值得研究。

傳說篇

中國婚姻傳說研究

中國是個有五千多年文明史的國家，在殷商卜辭中，我們就可以發現最早爲文字記載的婚姻習俗。另外，我國又是個多民族的國家，有五十餘個少數民族。這些少數民族到 1949 年（解放前夕）爲止，其發展的歷史階段不盡相同，從母系制社會、父系制社會一直延續到封建社會。因此多個歷史時期的婚姻習俗，大都較齊全地保留著，形成了繁複多彩的民俗樣象。

與這些婚姻習俗極爲相關的傳說，也隨之流傳於民間，不斷相襲，產生了種種變異，由原來簡單的說明性的文字，變成具有情節的傳說故事；有的又完全是民間根據婚姻習俗某一事象，用後人的主觀意識演化成一個故事而加以附會。雖然，這些婚俗傳說，已基本文學化（或稱故事化）了，但是，其有價値的合理的內核仍還有用處。我們只要仔細觀察，剔除其中故事情節的表層結構，就不難發見在傳說的深層結構中，蘊藏著豐富的、眞實的婚姻習俗。通過婚姻習俗的分析和了解，又可以反過來知道，婚姻傳說價値之所在，民間創作的技巧之嫻熟，構思之巧妙，想像之豐富，人物之生動，語言之質樸，敘述之簡潔。

一、中國婚姻傳說的社會史價値

從目前發掘的材料看，中國婚姻傳說不僅數量多，而且其所反映的婚姻形態各不相同，基本上展示了婚姻史上的各種風俗習慣。但是，這裡所表現的各種婚姻形態和風俗習慣，不是直接用科學的語言，而是用形象的文學語言，進而使許多婚姻史上有價値的東西均隱寓在故事情節的背後。我們只要輕輕撥開這層故事的帷幕，就可以清楚地看到背後所演出眞實的歷史上的各種婚姻活劇。

搶婚是婚姻史上產生的形態，它是族內婚轉向族外婚過程中出現的帶有掠劫性的婚姻，曾出現在世界許多民族之中。我國古代《易經》上就記載了搶劫婚姻的民族，這是一種直接描寫搶掠婦女的文字記錄。「賁如皤如，白馬翰如；匪寇，婚媾。」（《賁六四》）「乘馬班如，泣血漣如。」（《屯上六》）在傳說中，亦保留了這種搶劫婚的殘跡。茅口、扁擔山一帶的布依族有一種嫁娶習慣，那就是婚禮前，男方要請兩個小伙子和一個姑娘去接新娘。女方要請兩個姑娘陪伴新娘到男家來舉行婚禮。男方接新娘出村時要被女家寨上的人追打。關於這一習俗，有個傳說。很早以前有個姑娘阿嫦和小伙子韋卜相愛了。誰知一位年輕的將軍早韋卜一天來下聘禮，而且聘禮甚厚。阿嫦父親見了，當下答應了將軍的要求。阿媽知道阿嫦不中意，就忙叫人去給韋卜投信。韋卜得知後，立刻約上幾個後生和姑娘，趕到寨裡，將阿嫦接了出來。這一舉動卻讓阿嫦父親看到了，就喊寨裡的人追趕。後生們讓姑娘們先跑，自己在後面抵擋，一邊打一邊跑，跑過三重山，三道谷，寨裡的人假意追不上，就回寨去了。從那時起，布依族接新娘時都要這樣追追打打地送親。〔註 1〕這則傳說的價值，就在於用形象的語言追憶了產生搶婚的原因。不過，這種追憶的可靠成份到底有多少，現已很難辨別，但有一點可以相信的，那就是搶婚在布依族歷史曾經出現過，沒有這一歷史婚姻形態，傳說是不可能產生的。我們亦應該看到，傳說不是歷史的印模，會與歷史完全一式一樣，相反的它是依據歷史作爲因子，滲透於民間創作之中，而其基本情節、人物、故事則隨著時間的推移，逐漸變得越來越遠離最初的歷史事件。由於後人的補充創作，故事愈來愈完整，情節愈來愈豐富，人物愈來愈有名有姓，作爲傳說的最原始的形態如內容就愈來愈模糊了。

搶婚傳說亦是這樣。除了上述原因之外，人們在這些傳說，加入了濃厚強烈的民族特色，這在最初的搶婚傳說中顯然是沒有的。例如，回族《婚時追馬的來歷》說的是，唐朝時，宛朶斯受穆罕默德的派遣來中國傳播伊斯蘭教。唐王很高興，想挽留宛朶斯，便設計讓宛朶斯騎馬帶走了一位宮女。守花園的人看見宛朶斯騎馬帶走宮女，不知其中緣故，就折了柳梢，一面追，一面大喊大叫，可又不敢捉他。宛朶斯一聽後面有人追趕，有點驚慌，一氣

〔註 1〕徐華龍、吳菊芬編《中國民間風俗傳說》第 517～518 頁，雲南人民出版社 1985 年版。

跑到自己的住所，和姑娘成了婚。這樣，宛朵斯就在中國住下來了。現在臨夏一帶的回族，還有新郎騎馬，娘家人追馬呼喊的習俗。〔註2〕很顯然，這是一則關於搶婚的傳說，雖然它與布依族傳說有了很大的不同，已經完全歷史化和民族化了，但傳說的內核——搶婚還是十分清晰地保留於故事情節之中。

此外，景頗族《搶婚和「過草橋」》〔註3〕、彝族的《搶婚》〔註4〕則是另外的搶婚傳說的類型。前者說的是人與龍王女兒成親的故事，後者說的是人與魔鬼鬥爭，並與其搶劫得來的女子成婚的故事。

所有這些搶婚傳說的存在，均說明了一個事實，搶婚在我國歷史上的確出現過。關於這一點，我們可以列舉一些民族中至今仍在流行的搶婚的遺跡——模擬搶婚的事實來加以說明一下，藉以證明之。

彝族曾流行過搶婚習俗。馬學良考察彝族地區之後，詳細敘述了搶婚的情形：

> 男子糾合群眾，持械去到他平素渴慕的女子家中，或伺機於途中，把女子捆紮起來，扶上馬，如同一個俘虜，任憑女子在馬上嚎哭叫罵，可是勝利的微笑，在每個「武夫」的唇邊流露著，甚或沿途高歌，戲弄著他們搶來的女俘，宛如一隊凱旋的戰士。〔註5〕

傣族的所謂搶婚，就是一對互相傾向的青年男女事先約好時間、地點和暗號，男家親朋好友手執武器，身帶銅錢潛伏於路旁。到時女方藉故洗菜或挑水離家，進了埋伏圈，一聲暗號，伏兵四起，姑娘即被「搶走」。這時姑娘要大聲呼救，家人和鄰里聞訊，立刻來追趕。搶婚者則將身邊帶來的銅錢灑在路上。追趕者一般亦無意追趕，忙於拾錢，呼喊一陣，即讓搶婚者乘機溜走。姑娘被「搶」後，男家即派人到女家說親，女家迫於事實，只好同意。〔註6〕

苗族也流行搶親的風俗習慣。當男女青年對上象後，男方總要邀請幾個伙伴，一起到女方家裡，明目張膽地把姑娘「搶」走，或偷偷地趁姑娘出屋的時機，把姑娘「搶」走。但無論是明搶還是暗搶，姑娘總是事先知道的，

〔註2〕徐華龍、吳菊芬編《中國民間風俗傳說》第521～522頁，雲南人民出版社1985年版。
〔註3〕徐華龍、吳菊芬編《中國民間風俗傳說》第523頁，雲南人民出版社1985年版。
〔註4〕柯揚編《中國風俗故事集》第287頁，甘肅人民出版社1985年版。
〔註5〕《雲南彝族禮俗研究文集》第189頁，四川民族出版社1983年版。
〔註6〕《西南少數民族婚俗志》第71頁，雲南民族出版社1983年版。

甚至是姑娘事先給男方說定好時間、地點。當男方來搶時，姑娘總要哭叫一番，直到拖拉到寨子之外，姑娘才半推半拉地自己行走了。這時，搶婚才算結束。〔註7〕另外在瑤族、高山族、傈僳族、滿族、布依族等少數民族的歷史上均有不同程度的存在過。

這種搶婚風俗在國外許多民族中亦流行過，在亞洲東北隅居住察克奇族，往昔青年男子結成一夥，在廣場中捉住女子，縛其手足，拉至欲娶彼女爲妻者的家中。此種手段，不僅施予異族，即親戚或從兄弟求婚未得女之父親許可時，亦必採取同一的行動。〔註8〕在阿利斯州的布胡葉族中，當男子鍾情某少女，未得少女及其親屬同意時，彼乃招集友人一隊，乘機將彼女奪去。同輩則爲彼備豫不虞。〔註9〕孟加拉之火族亦實行掠奪婚姻。青年在跳舞場或市場上，不顧少女之眞實或假裝的抵抗，強迫攜去，與之成婚。〔註10〕非洲阿肯巴族，昔日新郎於結婚日，偕兄弟或朋友五六人馳往附近村莊，捕捉那裡的未婚女子。未婚妻照例大聲喊叫，其兄弟即刻組織人馬，攻擊新郎隊伍。雙方以棒或劍爭鬥。若女家勝，則攜女以歸。兩家親屬召開聯席會議。女家父親要求增加山羊。男子同意，則獨往女家村莊，安然娶得新娘。〔註11〕在途中留難或阻止新娘進行，亦被視爲搶婚的習俗的遺風。如歐洲條頓族、斯拉夫族、諾曼族及其他一些民族都曾流行過。攔路的辦法，有時在新娘車前投以木塊，或拔出武器，但以繩索橫張於途中，並以此爲樂。〔註12〕

搶婚風俗的種種表現，現已不多見了，大都成爲歷史的遺迹，但是作爲反映這一婚姻形態的傳說卻保存在民間，一代一代地傳承下來。雖然其中摻入了各種各樣後世的意識和情節，但是畢竟在民間創作中保留了這有價值的搶婚風俗的內核。

搶婚習俗在我國農村中曾流行相當長的時期，它是早期婚姻形態的一種反映。《釋名》曰：「婚，昏時成禮也，姻，女因媒也。」另，《山堂肆考》引鄭玄注《儀禮》曰：「用昕，使也。用昏，婿也。遣使行玄纁吉禮，必用昕時，

〔註7〕中國當代文學研究所少數民族文學分會《少數民族民俗資料》（內部資料）第二集下冊第138頁。

〔註8〕見衛斯特馬克《人類婚姻史》，王亞南譯，神州國光社1930年版。

〔註9〕見衛斯特馬克《人類婚姻史》，王亞南譯，神州國光社1930年版。

〔註10〕見衛斯特馬克《人類婚姻史》，王亞南譯，神州國光社1930年版。

〔註11〕見衛斯特馬克《人類婚姻史》，王亞南譯，神州國光社1930年版。

〔註12〕見衛斯特馬克《人類婚姻史》，王亞南譯，神州國光社1930年版。

親迎必用昏時。」從這兩則材料來看，親迎必在黃昏以後，甚至在深夜，筆者二十世紀八十年代曾在上海郊區採風時，還調查到解放前夕的農民結婚迎親時亦在半夜三更的習俗。古時結婚，不僅必在黑夜，而且一切迎送的人，也都是穿著黑色的衣服。《儀禮》卷二：「主人爵弁，纁裳緇袘，從者畢玄端，乘墨車，從車二乘，執燭前馬。」這裡的纁、緇、玄、墨都是黑色的意思。由此可見，這種「以昏爲期」的習俗，是初民搶婚婚姻的遺風。

偷婚習俗是又一種婚姻形態。

在民間傳說中，據筆者粗略統計，大約有三則關於偷婚來歷的傳說：

一是《鄱陽嫁女的傳說》，故事說從前鄱陽有一個知縣，也不曉得姓什麼，叫什麼名字，橫行霸道，壞得很。他強佔民家女子，亂作亂爲！不過官大衙門大，老百姓哪個敢惹他呢？那時候嫁女兒都是細吹細打。這知縣聽見喇叭響，覺得是新娘子抬過，便吩咐親信出來，把新娘搶進去，留在衙門裡一夜，等二天再放出來。後來，大家想了個辦法，趁大清早知縣還沒有起來的時候，便接新娘過門！也不細吹細打的吹喇叭，只打銅鼓，還放鞭炮，像埋死人一樣。〔註 13〕

二是《衛輝府辦喜事爲啥不漆紅門》。明朝時，河南汲縣叫衛輝府。在府南住著母子二人。小伙子長到二十歲，母親擇日給兒子完婚。新娘是山裡人，但長得漂亮。鄰居們聽說也都來幫忙，並按傳統習慣，大門漆上紅色。結婚那天，十分熱鬧，王府一名官員叫潞王打馬經過門前，向看熱鬧的人問了一陣，就回王府了。隨後，他派人要將新娘搶進府裡。手下人生怕白天搶人容易出事，要等天黑時動手。潞王擔心他們天黑找不到那一家。手下人卻說：「認得，認得，剛漆過的紅門閃閃發亮。」恰好，這話被窗外一個宮女聽到後，爲了不讓窮家姐妹再遭蹂躪，就設計先出了王府，告訴了那戶結婚人家。天黑以後，有幾個化了裝的王府衙役，找了半天，再也找不到紅漆大門了。從此，衛輝府各家各戶都用黑漆漆門，辦喜事也不用紅漆了。〔註 14〕

三是《偷媳婦的來歷》，從前山東博山一帶地方，娶媳婦不很熱鬧，而是夜裡靜悄悄地偷著娶，故叫偷媳婦。傳說本來博山一帶也和其他地區一樣，娶媳婦都是吹吹打打的。明朝時候，這地方出了一個大惡霸，叫翟三鬍子。因爲他有權有勢，無惡不作，當時人們說起他無不談虎色變。這傢伙又是大

〔註 13〕載《太白月刊》第 2 卷第 8 期（1935 年）。
〔註 14〕見《民間文學》1981 年第 5 期。

色鬼，看到人家姑娘坐著花轎出嫁的時候，他就叫狗腿子們硬把花轎抬到自己家裡，等他把人家的姑娘糟蹋夠了才准人家抬走。老百姓只好忍氣吞聲地過日子，特別是男娶女嫁再也不敢公開進行，只有等到夜裡舉行。後來翟三鬍子死了，但人們還害怕第二個和第三個類似翟三鬍子這樣權大勢大的人出來，所以一直不敢在白天迎娶。直到全國解放後才停止了這一習俗。〔註15〕

以上所舉三個例了，有一個共同之處：那造成偷媳婦（或稱夜晚娶婦）的外在原因，就是壞人搶劫花轎，糟蹋新人。此壞人必定有勢有權，窮人因怕與之爭鬥，故只好將嫁女變成夜裡靜悄悄地進行。在這裡，很値得注意的是傳說中的壞人。這個壞人在現實生活中可能就是部落或氏族的酋長、首領，而非傳說中所說的知縣、官僚和惡霸。因爲偷婚是一種比較早期的人類婚姻形態，最早出現於人類階級分化的開端。偷婚傳說的出現要晚於現實中的婚姻，但它畢竟保留了當時某種基本因子，隨著歷史的沖刷，偷婚傳說的許多情節、人物、形態發生了變化，其基本因子，就是傳說中的壞人保存下來了，成爲偷婚傳說的核心部分了。

據研究分析，偷婚這一形式說到底是一種初夜權的反映。我們從以上三則傳說中可以清楚地看到這一點。那就是氏族或部落的首領，或者是寺廟中的和尚發揮自己獨有的優勢，以搶劫出嫁前的行將結婚女子與其性交。

初夜權的最早出現時，還不帶有後世有一定權勢、威信的人對女子貞潔的強行佔有，而是對女子處女膜的忌諱所產生的一種社會需要。由於先人對第一次婚後性交處女膜破壞而出血感到困惑不解，於是以爲惡魔作祟。爲了驅神趕鬼，人們就邀請有威望的長老、部落長來破瓜，以防新人遭到不測。這種風俗幾乎流傳於世界各個民族。據記載，埃及於公元前四百年前即有此風。古羅馬奧格斯特大帝對其下屬即享有此權。法國十六世紀初年一般地主也還擅有這種權力。另外，日本、柬埔寨、俄國以及東印度各處都有這一同樣的風俗。清代范寅的《越諺》一書中有這樣一首歌謠：低叭低叭，新人留歹，安歹過夜，明朝還倍乃。據我國民俗學者研究，其中有類似初夜權的痕跡。這是一宋末元初之謠，由此可知我國宋元之際已有這種風俗了。〔註16〕

到了中世紀，初夜權制有了一定的改變，從同異兩性器官的接觸轉變成

〔註15〕上海《采風》1981年第15期。

〔註16〕方紀生《民俗學概論》（內部資料）第62頁，1980年北京師範大學史學研究所資料本。

爲模擬性的表演了。在歐洲，「當新娘、新郎入洞房後，他們的朋友爲新婚夫婦脫去衣服，安置他們上床，上床後新娘、新郎必須身穿睡衣端坐在床上。接著按照傳統習慣，開始做一種『扔襪子』遊戲。新郎和新娘各出兩位朋友分別坐在床的兩側，這兩個男朋友各持新郎的一隻襪子，從床的一側將襪子朝躲在新郎身後的新娘身上擲去；然後兩個女朋友也各持新娘一雙襪子，從床的另一側將襪子向躲在新娘身後的新郎身上扔去。據說如果誰打中『目標』，那麼擲者不出一年也能找到合適的情侶結爲良緣。」〔註 17〕在我國江蘇各地的婚俗中，亦可以看到模擬性的初夜權的痕跡。凡新房的窗子，都要先糊上紅紙，待新娘進入洞房，再叫一個男孩拿紅筷戳破窗紙，然後取出「包喜」，看新娘子。傳說這裡有個故事，當年水母娘娘生了一個九頭鳥，長有金光璀爛的羽毛，非常漂亮，到處要尋人比美，有一天，它聽說一新娘最美，心裡不服氣，就來到人間，把頭伸出洞房，新娘突然一見九頭鳥，嚇得魂不附身。人們知道九頭鳥作怪，便用棍棒驅趕。後來，人們害怕九頭鳥再來，就用火把放在新房窗口，有的人家怕引起火災，便在窗口貼上紅紙，映著房內燭光，通紅一片。九頭鳥遠看紅通通的，還以爲火燭在燃燒，也就不敢來了。久而久之，相襲成習，一直傳到現在。〔註 18〕傳說中的九頭鳥，可能寓意的就是現實生活的部落或氏族的酋長，由於沒有更多的資料，不敢下此斷言。然而，我們只要看看鬧新房時的舉動，就可以清楚地知道這是初夜權制度的遺跡。男孩象徵男子，紅筷象徵男性生殖器，戮破窗紙象徵著破處女膜，屋裡的燈光或燭光透過窗紙就象徵著處女膜出血。這一切都是早先初夜權的模擬行爲，現在人們大都不十分清楚其中的含義了。有人以爲，窗紙戮穿後，新娘在洞房裡朝窗口一看，正好看到一個胖娃娃的笑臉，象徵著早生貴子。這種說法，已是封建時代的家族觀念和思想意識，而非最初模擬行爲的含義了。

初夜權說到底，是群婚的遺存。關於這一點，恩格斯有一段名言：

> 在另一些民族中，新郎的朋友和親屬七或請來參加婚禮的客人，在舉行婚禮中，都可以提出古代遺傳下來的對新娘的權利，新郎按次序是最後的一個；在巴利阿里群島和在非洲的奧及類人中，在古時都是如此；而在阿比西尼亞的巴里人中，現在也還是如此。

〔註 17〕布雷多克《婚床》第 165～166 頁，王秋海等譯，三聯書店 1976 年版。
〔註 18〕柯揚《中國風俗故事集》第 341～342 頁，甘肅人民出版社 1985 年版。

在另一些民族中，則由一個有公職的人，——部落或氏族的頭目、酋長、薩滿、祭司、諸侯或其他不管是什麼頭銜的人，代表公社行使對新娘的初夜權。〔註 19〕

以後，階級分化了，特別是到了中世紀，領主、官吏等有地位有身份的上層人物對新娘的性要求，已不屬於產生初夜權時代的思想意識了，「失去素樸的原始的性質」，〔註 20〕轉化成爲對別人婚姻的粗暴干涉和無理要求。

從妻居制是人類社會婚姻史上又一種形態，這種婚姻形態是母權制的產物。在母權制社會中，男性是沒有多大權力的，其地位一般都低於女子。在家庭中，掌握經濟、財產大權的是女性，而男子則在從屬地位上。在愛情婚姻方面，女子亦往往主動於男子，可以隨便擺布不中意的男子，而男子則無可奈何。納西族摩梭人流傳的《阿注婚的來由》，說的就是女子在婚姻中處於絕對優勢的事。這是一則以神話爲題材的作品，女神的權力顯然高於男性神祇。獅格干姆女神聽說玉龍山神娶她爲妻，忙說：「我是自由自在的女子，不願做一個男子的妻子，你可以做我的阿注，時常來同我相會，但你不能成爲我的丈夫，因爲我是主人。」〔註 21〕這裡的阿注婚是一種對偶婚，屬於從妻居制之前的婚姻形態，即女不嫁，男不娶，配偶雙方都居住在各自的家中。過去，摩梭人以女方爲家主建立氏族家庭，沒有父親，只有舅舅，母親具有至高無上的權威。到了從妻居時代，仍屬母系社會，因此男子依舊沒有實權，從屬於女系家族之中。從婚姻史的角度來說，也就是男子出嫁到女家，成爲女方家庭中的一個成員。

關於這一婚姻形態，在民間傳說已被發掘出不少來。傣族的《新郎先到妻家住》、苗族的《男子出嫁的故事》、布依族《男嫁女怎樣改成女嫁男》等等，這些傳說從題目就可以了解到其中所要講述的內容。然而可惜的是，從妻居制除了在歷史上有記載，現代社會裡已很難見到這種婚姻形態了。

現在大量存在我國少數民族中間是不落夫家的習俗，這是從妻居制變異而來的婚姻形態。這種形態是母權制向父權制轉變過程中出現的，屬於母權制遭到失敗後尚頑強保留的一種歷史遺跡，也屬於父權制暫時向母權制妥協的一種婚姻形式。

〔註 19〕《家庭、私有制和國家的起源》第 48～49 頁，人民出版社 1972 年版。

〔註 20〕《家庭、私有制和國家的起源》第 48～49 頁，人民出版社 1972 年版。

〔註 21〕徐華龍、吳菊芬編《中國民間風俗傳說》第 581 頁，雲南人民出版社 1985 年版。

這種婚姻形式大都殘留於西南少數民族之中，形成了一個廣闊的地帶。解放前，壯族盛行婚後女子不落夫家的習俗。結婚當晚，新娘不與新郎共枕，而與送親女伴共枕。婚後第三天，女子即回娘家居住，僅在農忙和節日，才由婆婆或丈夫的姐妹、兄弟接回，在夫家住上幾天即又返回娘家。婚後男子仍睡婚前的小床鋪，妻子回來時，夫婦才在自己的小房間裡居住。女子坐家期間，男子每隔一段時間帶著禮物到女家看望妻子，並在女家住上一宿。女子懷孕或分娩後才開始到夫家長期居住。如果三、五年不孕，且弟妹已長大結婚，這時男方有權把女子接回長住，否則女子另行改嫁。〔註 22〕廣西三江縣一帶的紅瑤女子出嫁初期一般不在夫家住。每逢節日和農忙季節，要由夫家備辦禮品派人到娘家去接。回來小住幾天又回娘家去，夫家又要備禮品相送。直到第二、第三年這種禮儀才逐漸減薄。〔註 23〕伭佬族女子也有不落夫家的習俗，結婚後，新娘一般不住男家，而是長住母家，逢農事氣節，才回夫家住幾天，直到懷孕生孩子，才正式長住夫家。〔註 24〕在雲南居住的傣族亦實行從妻居制。「擺夷的婚姻，不是女子嫁到夫家，而是男子贅到女子的家中，在以前男子一定要終身居在岳家。不過現在這種限制已經鬆懈，新郎可以另外成立小家庭，或者把妻子帶到自己的家中。但無論如何總得先在岳家住三年或一年或三月，最少也得住三天。」〔註 25〕到了後來，新婚夫婦婚後返回娘家，叫「回門」，這也是從妻居制的一種殘存。在近代，漢族中間通例是在婚後的第三天回門，所以又叫「三朝回門」。由女家派彩車接新娘歸寧，新郎也同去岳家。新娘在回門的當天必須趕回婆家，不准在娘家留宿，因萬不得已留宿時，新婚夫婦不能同宿一室。《東京夢華錄》卷五記載了宋代回門習俗：

> 婿往參婦家，謂之拜門，有力能趣辦，次日即往，謂之復回拜門，不然三日七日皆可，賞賀亦如女家之禮。酒散，女家具鼓吹從物迎婿還家。

這裡的「拜門」即回門。《詩經・周南・葛覃》有「歸寧父國」句，此句即爲出嫁女子初回娘家的情景。這裡反映的是周代的回門風俗。由此可見回門風

〔註 22〕《雲南少數民族婚俗志》第 65 頁，雲南民族出版社 1983 年版。
〔註 23〕《廣西少數民族風情錄》第 137 頁，廣西民族出版社 1984 年版。
〔註 24〕《廣西少數民族風情錄》第 249 頁，廣西民族出版社 1984 年版。
〔註 25〕姚荷生《水擺夷風土記》第 111 頁，大東書局 1948 年版。

俗歷史相當久遠，其名稱雖有不同，但都重視女家，是從妻居制的遺俗在近、現代婚姻上的表現，一般來說，按中國人傳統觀念，回門之後，新婚夫婦才正式開始新的生活，正說明了這一點。

二、中國婚姻傳說中的宗教習俗

中國婚姻習俗各種各樣，反映了不少宗教方面的意識和行爲，民間傳說中的婚姻部分亦保存了這些宗教習俗。概括起來，這些宗教習俗又可分成三個組成部分：一是驅邪習俗，二是忌諱習俗，三是象徵習俗。

驅邪習俗是民間婚禮中主要部分，是爲了防止外界的具有魔力的自然物和人們傳統思想中的妖魔的侵擾。一般人們以爲在婚禮大喜之中，妖魔容易乘虛而入，給新人帶來不幸。因此，此刻有必要進行驅邪活動，以嚇唬和制止妖魔的入侵。

古希臘時，新娘要向司男女結合之諸神獻納玩具等兒時東西，特別是閨女時截下的頭髮。在南斯拉夫，新娘必須先要繞教堂三周之後，才可入內舉行婚禮。在摩洛哥，當新娘到達夫家村落時，先要在村中寺院來回三次至七次，表示驅除了邪怪。在羅馬，新婦到男家後，即被引到祭台前，祭祀祖先及聖火，然後夫婦奠酒禱告，分食點心。在新西蘭的阿麥利族，即使貴族結婚，也得請僧侶來爲新婚夫婦驅邪禱告。在德國的一個地方，過去曾有這樣一種驅邪習俗，當新娘在灶邊來回繞行時，有人在其背後向她投火，或者要新娘坐在放有燃著的石炭的椅子上。另外，在歐洲及印度、斯里蘭卡等地，自古以來就流傳著新娘初到夫家要繞火三周的傳說習俗。在泰國，新婦到達男家後，首先要祭拜家神，稱爲「拜本頭」，然後才正式進入婚禮儀式。所有以上這些祭祀、禱告儀式，其中心之意就在此於驅邪。

在我國，驅邪習俗也在婚禮之中。不管是平民還是帝王，不管是貧民還是富翁，都不能免除婚禮中的驅邪習俗。《瀛台泣血記》中記載了光緒皇帝結婚時驅邪的場面。當光緒娶靜芬時，照例先向轎子射了三支桃木箭。這種習俗是民眾共同遵循，普通人婚禮中亦常舉行的。關於這一習俗，古時曾經有過一個夫妻鬥法的傳說故事。在結婚的那天，新婦將許多魔鬼藏於花轎，她丈夫知道後，用驅邪的桃木製成了箭。當花轎進門之時，新郎立刻張弓發箭，把那些魔鬼都打跑。從此夫妻和睦相處了。

我國傳統婚禮中，新婦出嫁時要頭罩紅帕，這一習俗不僅舊時漢族許多地方實行之，而且在少數民族地區流行著。

土家族《姑娘出嫁搭夢帕》：不知是什麼時候，在土家族裡，有一戶人家，只生一個獨子。阿爸阿媽對這顆掌上明珠，非常溺愛。伢兒長到十七、八歲，阿爸阿媽想早點抱孫子，就到處給兒子找媳婦。哪知這個伢兒是一個犟脾氣，一連問了十多家，他都不要。後來，把他阿爸氣冒了火，就硬給他找了個又醜又瞎，腦袋上連頭髮都找不到一根的癩子姑娘。結婚這天，娘家知道自己的女兒不好看，就想法用一塊紅布帕子，搭在她的頭上遮醜。拜堂完畢，送入洞房，新郎揭開紅布帕一看，哪裡是什麼又瞎又癩的醜姑娘，卻是一個人見人愛，樹見花開的天仙女。據這個新姑娘說，搭上紅布帕子後，自己如醉如痴，在花轎裡做了一個與仙女換頭的惡夢，醒來後，樣子變乖了。從此以後，土家族不管誰家嫁女，都要搭上一塊紅布帕子到頭上。這塊紅布帕子，土家族人又把它叫做「夢帕」。〔註 26〕

這裡，故事將紅布帕子具有使醜女變成美女的魔力，顯然是理想化的表現，從民俗學的角度來看，其正含義即在於驅邪，而非別的目的。

歷史曾有一種觀點，以爲新娘以布蒙頭，是爲了遮羞，最先提出這一觀點的是唐李冗的《獨異志》，褚人穫在《堅瓠四集》亦引其說：

> 宇宙初開之時，止女媧兄妹二人在崑崙山，而天下未有人民。議以爲夫婦，又自羞恥。兄與妹上崑崙咒曰：「天若遣我二人爲夫妻，而煙悉合；若不，使煙散。」於是煙頭悉合。其妹來就兄，乃結草爲扇以障其面。今人娶婦，用內外方巾花髻爲扇，象其事也。

這是用神話來解釋新娘蒙頭習俗的由來，說兄妹婚時代已產生了羞恥的觀念，是超時代的，屬後人的推測，難以成立。

還有一種觀點，以爲新娘蒙首是一種違禮的行爲。

清代趙翼《陔餘叢考》卷三十一：

> 彙書近時娶婦，以紅帕蒙首。按《通典》杜佑議曰：「自東漢魏晉以來，時或艱虞，歲遇良吉，急於嫁娶，乃以紗縠蒙女首，而夫氏發之，因拜舅姑，便成婚禮，六禮悉舍。」合卺復乘，是蒙首之法，亦相傳已久，但古或以失時急娶用之，今則爲通行之禮耳。

這裡說的是，因受戰亂環境和影響，人多倉卒成婚，故蒙首以欺騙新郎家，造成既成事實。

〔註 26〕吉星編《中國民俗傳說故事》第 350 頁，中國民間文藝出版社 1985 年版。

關於新娘出閣一定要蒙首蓋面的問題，甚多的民俗學家和社會學家都有一致的說法，以爲初民社會女子出嫁是一個大危機，有各種妖魔鬼怪伺於周圍，想乘隙侵害新娘，其中最難防的的是巫婆的「邪眼」，只要一看，就會斷送新娘的終生幸福，甚至置新娘於死地。爲防護起見，所以新娘自出閣到婚禮完成爲止，一直要用輕紗或彩帕遮面，以防邪魔的侵害。〔註 27〕

關於這一點，我們還可以在漢族《新娘子上轎頂蓋頭布的來歷》中得到印證。故事說，洛陽南面的山上，有一黑蛇精看中了修煉成性的桃花仙女，常來糾纏。桃花女嫌它長相難看，又常傷害生靈，所以對它從不理睬。不久，桃花女愛上了砍柴的王小，並想與他成婚。黑蛇精前來作祟，桃花女早有準備，頭頂一塊大紅布，像一團火，使黑蛇精的陰謀未能得逞。一計不成，黑蛇精又派花蟒精在花轎通過的路上，推倒一塊石碑，以壓死桃花女。哪知，花轎前已有一男子手執紅氈，又往石碑上貼了一張帖兒，上面寫著「花紅蓋之」。花蟒精使出吃奶的力氣也搖晃不動。這樣，桃花女又順利地通過婚禮這一關。以後，這裡的青年人辦婚事，爲了闢妖除邪，消災避禍，也就仿效桃花女成親的作法：新娘子上轎要頂蓋頭布，花轎遇到大樹、大石、三岔路口都要用紅氈遮擋並貼上紅帖兒。〔註 28〕這個故事用形象的語言，向人們展示了紅布蒙面的驅邪作用，與民俗學家的研究成果基本是吻合的。

在湘西苗寨，人們接親嫁女時，有一個非常有趣的儀式，就是在新娘到夫家後，要由男方這一族的長輩端來一盆清水，盆裡放一只銀手鐲。新娘要和夫家的男女老少共這盆清水洗臉。這在苗族的婚禮中叫洗和氣臉。爲什麼麼會有這種習俗的呢？傳說本來苗家沒有這一婚禮儀式的。後來不知從哪裡來了個名叫娘牙的女子，人倒長得挺乖，嘴巴說話也很甜，引得一群後生天天陪她唱歌。自從她和獵手結婚後，變得好吃懶做，還會罵人。獵人左說右勸，越勸她越鬧得凶，兩人只好離婚了。娘牙離婚後，仍不安份，專門打聽哪家女子要出嫁，一經打聽得知，就裝做親熱的樣子去接近，趁人不備，把臉貼在女子的面上。只要被貼過臉的女子，出嫁後，立刻就變得好吃懶做，愛吵愛鬧。一時間，苗山鬧翻了天，田荒了無心耕，地荒了不想種。這事被苗家老祖先知道了，派一個叫和氣的人去苗山，並送給他一只銀手鐲。和氣

〔註 27〕馬之驌《我國婚俗研究》第 85 頁，台灣經世書局 1979 年版。

〔註 28〕吉星編《中國民俗傳說故事》第 313～317 頁，中國民間文藝出版社 1985 年版。

把銀手鐲放在一盆清水裡，挨家挨戶讓大家洗臉。凡是洗過臉的人，心裡好像突然亮堂了，明白了以前的吵鬧都是娘牙搞的鬼名堂，就憤怒地把她趕出了苗山。以後，人們爲了全家的和睦相處，就在苗山各寨興起了新娘過門要洗和氣臉的規矩，一直延續至今。〔註 29〕

這裡，娘牙之所以能使出嫁女人變懶變饞，是因爲她施行了一種巫術，將邪魔侵入了人們的心靈。爲了正常的生活，人們需要驅邪。這反映了人們嚮往美好幸福婚後日子的心理和願望，傳說正表達了這種心態。〔註 30〕

除此之外，鬧新房時，人們也要驅邪，這是舊時的一種風俗。在延邊，婚禮中的帳房室內陳設十分講究，「窗前掛有『避邪』弓箭和紅布，大桌小桌上擺有酒具酒菜。地面是用蘆席遮嚴的，席上鋪著氈。」〔註 31〕這是一種用物驅邪的辦法，另外在民間傳說中，則用形象地告訴人們爲什麼要鬧新房：相傳天上紫微星下凡做了皇帝，一次在微服私訪時，無意中發現在討親的一伙人中有一個披麻戴孝的怪面女人，緊緊跟著花轎，原來這女人是個魔鬼。到了新郎家，這女人一閃身躲進了洞房裡面。皇帝看見了，就搬一把椅子坐在洞房門口，不讓新娘進洞房並說明了情況。主人請求驅逐邪魔的辦法，皇帝說：「魔鬼最怕人多，人多勢眾，魔鬼就不敢行凶作惡了。」於是，大家就在這個家裡嘻戲說笑，鬧到五更時分，魔鬼果然逃走了。從此以後，漢族結婚鬧新房了。所以鬧新房的意義，就在於驅邪逐鬼，以達到家庭平安，新人無事。至今仍流傳於民間的戲婦、謔郎的鬧新房活動，其根源也還是在於驅邪，藉對新婚夫婦的嘲弄、戲耍，以通過黑夜——這對魔鬼來說是最好的躲匿時刻，即有了新的一天。

象徵習俗又是一種婚禮中的宗教儀式。

在國外，婚禮中的象徵習俗千奇百怪。例如在英格蘭，人們可以在新婚夫婦後面抛投舊鞋，以示祝賀，甚至在蜜月旅行的長艇上，有時還綁著一隻破舊的鞋子。在意大利，新娘的父母在結婚的那天見面時，常獻給新郎一束薔薇花，以表示祝福之意。俄國人在行婚禮時，必須鎖閉一切門窗，包括煙囪，還要舉行開槍放炮儀式。在摩洛哥，新娘在走向新郎家時，人們要在她

〔註 29〕徐華龍、吳菊芬編《中國民間風俗傳說》第 540～545 頁，雲南人民出版社 1985 年版。

〔註 30〕徐華龍、吳菊芬編《中國民間風俗傳說》第 540～545 頁，雲南人民出版社 1985 年版。

〔註 31〕《延安風土記》第 11 頁，西北大學出版社 1986 年版。

前面鳴槍助威，並且演奏音樂。新娘入洞房後，還要眞槍實彈地向房中射擊，這也是一種奇異的象徵驅魔儀式。在第二次世界大戰前，英國人常在婚禮中爭向新婚夫婦身上灑米，以後又用彩色紙屑替代了米，以象徵祝賀。英格蘭北部的婚禮中，往往由鄰居一人站在新娘的新家庭的門口，以小盤所盛的鬆餅，向新娘迎頭散去。無論是新娘還是觀看的人，誰如純獲得一塊鬆餅，就被認爲是象徵著以後生活幸福。在摩洛哥，人們向新娘撒葡萄、無花果、棕梠子，這些東西象徵著新家庭的和睦愉快，使新娘覺得新郎的家族芬芳、甜蜜。在法國的一些地方，曾流行向新婚夫婦頭上灑去大麻種、麥子，另外，在斯拉夫語系的一些國家和地區，人們亦慣用穀物灑向新婚夫婦和迎親隊伍，這些都象徵著多子，增進生殖力的意思。

在我國婚禮中的象徵習俗亦不乏其例。

一種情況表現在男女結交之時。西南少數民族中男女青年結交是通過拋繡球的辦法來進行的，如壯族、布依族、傣族等都有此俗。傣族青年拋球時，男女「兩方都是隨手亂拋，後來各人發現了可愛的對象，彩球便不再在空中亂下，總是向一定的方向落，慢慢地成爲一對一對的局面。」〔註 32〕「在拋球的時候，如果男子看中了某一女郎，可以問清她的住址，晚上去約騷，女子看中了一個男子，就由提花籃的婦人示意給他，叫他晚上到她家來談心，這種遊戲無形中不知造成多少佳偶。」〔註 33〕這裡描述的是傣族拋彩球的情形，其他民族亦基本如此。彩球在男女青年中就成了愛情的象徵。哪個男子得到了女子拋來的彩球，就說明已獲得了女子的青睞，爲以後感情的發展奠定了基礎。

爲什麼會以彩球作爲愛情的象徵呢？有一則布依族傳說《甩糠包的來歷》這樣說道：有一姑娘聰明能幹、美貌多情，獲得了七個後生的愛慕。姑娘爲考驗後生，製作了七個布包，裡面裝著小麥、高粱、小米等東西。後生搶拿這些裝糧食的布包，唯獨一個裝糠的布包沒人要，後來這個糠包被一個老實能幹的小伙子拿去。姑娘就和這個小伙子結婚了。〔註 34〕這裡值得注意的是布包裡裝的是種子之類的東西（糠包亦屬一種變異），傣族彩球裡裝的是棉籽，壯族繡包裡裝的是穀物。這些都說明人們很重視種子，屬於農耕社會的

〔註 32〕姚荷生《水擺夷風土記》第 182 頁，大東書局 1948 年版。
〔註 33〕姚荷生《水擺夷風土記》第 182 頁，大東書局 1948 年版。
〔註 34〕柯揚編《中國風俗故事集》第 271～273 頁，甘肅人民出版社 1985 年版。

產物。人們在男女青年結交時拋投裝著種子的彩球，反映了這種農業生產的社會意識和心理素質。另外，彩球裡裝滿種子，亦象徵著男女婚後多子多孫。

苦聰人的小伙子去向姑娘求婚，都要帶上自己打到的松鼠，而且一定要單數，相反的那些打不到松鼠的小伙子則被人看不起。松鼠打得越多，越受人尊重，威信越高。換句話說，松鼠在求婚時象徵著小伙子的勇敢和機智。這因爲苦聰人傳說，從前，有個小伙子愛上了一位姑娘，帶去一個大獵物。姑娘不滿足，認爲光憑力氣對付凶惡的大野獸還不能，也要能抓住機靈的小松鼠。小伙子聽了姑娘的話，勤學苦練，終於製成了弓箭，射落了松鼠，送到了姑娘家，和姑娘定了親。以後，苦聰人就用松鼠作爲求婚禮品，一代一代傳下來。〔註 35〕之所以會有這種習俗，其根源就在於苦聰人直到解放初期尚處在狩獵時期，姑娘選擇對象時勢必會挑選狩獵技藝十分高明的小伙子，這一傳說正反映了這一眞實遙遠的歷史背景。

另外一種象徵習俗表現在婚禮進行之時。

坐轎是婚嫁時新娘必須乘坐的交通工具。關於新娘坐轎的傳說有兩則：一則是苗族的《新姑娘坐轎的來歷》，〔註 36〕傳說有一個皇帝遊山玩水，看到一匹石馬，觸景生情，下轎作詩。吟了兩句，聯不出下兩句，就傳旨誰能聯出，就讓誰坐他的轎子，並跟著走三天。正好這時有個出嫁的苗族姑娘路過，聽到皇帝這麼說，就聯成了一首好詩。皇帝不食言，就畢恭畢敬請新姑娘上轎子，還到姑娘的婆家作了三天客。從此以後，苗族姑娘出嫁上轎成了一種習俗。另一則是漢族的《浙江女子盡封王》，傳說宋代有位姑娘救了康王，康王爲了感謝，就說：「你救了我，我回去要用龍鳳花轎接你回宮，封你當娘娘。」後來，康王雖沒有接到所找的那位姑娘，但卻傳下一道聖旨：恩准浙江女子出嫁時，穿戴鳳冠霞帔，乘坐龍鳳花轎。從此，浙江女子出嫁一天像皇后娘娘一樣威風。〔註 37〕

這兩則傳說，有一個共同之點，那就是故事中都出現皇帝。在封建時代，皇帝是最高權力的象徵，坐轎亦是一種有錢的象徵。舊時人家雖窮，但女兒出嫁，總千方百計地讓她坐轎，就出於這種心理。不過，眞正考察一下出嫁

〔註 35〕徐華龍、吳菊芬編《中國民間風俗傳說》第 485～486 頁，雲南人民出版社 1985 年版。
〔註 36〕徐華龍、吳菊芬編《中國民間風俗傳說》第 485～486 頁，雲南人民出版社 1985 年版。
〔註 37〕洪善鼎編《熟語故事精選》第 115～118 頁，中國民間文藝出版社 1986 年版。

女子坐轎的原因，還在於表現了一種母權制的遺跡。父權制時代，女人已無地位，但婚嫁時要顯示一下女性的威勢。因此，民間關於婚嫁坐轎傳說中出現皇帝形象，想藉以證實女性出嫁時的威風是得到最高統治者認可的。這是母權制時代的女人權威在封建時代的殘存，傳說的價值即在於此。

白族的《轆角莊》〔註 38〕、侗族的《姑娘出嫁爲什麼要背出馬》〔註 39〕都有這樣一個情節，那就是姑娘與家中不和，故出家騎馬流浪，任馬走到哪家就與哪家的小伙子成婚。出現這一情節的文化背景，在於騎馬出嫁是我國歷史上曾經有過，還風靡於幾個時代。

新婦出嫁騎馬最早出現在北朝，屬北方少數民族婚嫁遺風。蘇鶚《蘇氏演義》卷上說：

> 婚姻之禮，坐女子於馬鞍之側，或謂北人尚乘鞍馬之義。夫鞍者安也，欲其安穩同載者也。《酉陽雜俎》云：今士大夫家婚禮，新婦乘馬鞍，悉北朝之餘風也。今娶婦家，新人入門跨馬鞍，此蓋其始也。

到了唐代，這種風習仍然不減，不僅普通百姓這樣做，皇宮貴族亦同樣施行這一禮儀。回族傳說《婚時追馬的來歷》〔註 40〕就反映了這一時代婚姻風俗。褚人穫《堅瓠廣集》卷一記載：

> 唐突厥默啜請尚公主，詔送金纓馬鞍，默啜以鞍乃塗金，非天子意，請罷和親，鴻臚卿知逢堯曰：「漢法重女婿而送鞍，故安且久，不以金爲貴。」默啜從之。今人家娶婦，皆用鞍與寶瓶，取平安之意，其來久矣。

這裡可以看出唐代盛行出嫁女子騎坐馬的風俗，因此唐王嫁女要送馬鞍。突厥人無此風俗，差點造成誤會，經過解釋才理解了其中的含義。由此可見，嫁女乘馬送鞍，一種象徵習俗，預示未來生活平安幸福。

拴線是婚禮中的又一習俗，它象徵著新婚夫婦從此成了一家人。這是一種用公認的外露的形式來表明夫妻二人的身份，藉以得到社會的承認。

傣族《拴線的由來》說：很久以前，兩個男女青年相愛了，因爲世俗的偏見，他們沒能成婚。姑娘跳河遇救，被一國王收養。小伙子很悲傷，雖多

〔註 38〕見《白族民間故事選》，上海文藝出版社 1984 年版。
〔註 39〕見《中國民間風俗傳說》，雲南人民出版社 1985 年版。
〔註 40〕《中國民間風俗傳說》第 521～522 頁，雲南人民出版社 1985 年版。

家說親，都沒答應。最後他終於找到所愛的姑娘。國王在婚禮上說：爲了你們今後永不分離，我用紅線將你們拴住，以示永遠相愛。以後，相襲成俗，流行於傣族之中。〔註 41〕據雲南西雙版納傣族編年史《泐史》記載，早在十三世紀傣族就有了拴線的婚俗。他們的紅線是拴在一對新婚夫妻的手腕上，男拴左，女繫右。拴線者除「月老」（媒人）外，寨子裡的長者、男女雙方的親人以及遠道來的客人，都可爲新婚夫婦拴線。因爲人們視拴線爲最隆重的禮節。

唐李復言《續幽怪錄》卷四中有一則《定婚店》亦反映了拴線習俗，不過那時不像傣族拴手腕，而是拴足的。「赤繩子耳，以繫夫妻之足。及其生則潛用相繫，雖仇敵之家，貴賤懸隔，天涯從宦，吳楚異鄉，此繩一繫，終不可逭。」〔註 42〕這裡，我們可以看到在人們心目中紅繩具有魔力，是維繫夫妻關係的重要媒介。

拴繩的最早記載，見《晉書・胡貴嬪傳》。其云：

> 胡貴嬪，名芳，父奮，別有傳。泰始九年，帝多簡良家子女以充內職，自擇其美者，以絳紗繫臂，而芳既入選，下殿號泣。左右止之曰：「陛下聞聲。」芳曰：「死且不畏，何畏陛下？」帝遣洛陽令司馬肇策拜芳爲貴嬪。

宋趙令時《侯青錄》亦記此俗：「晉武帝選女子有姿色者，以緋綵繫其臂。大將軍胡奮女，不伏繫臂。後定親之家，亦有繫臂，續古事也。」這樣看來晉代出現繫臂之事已屬無疑，然而繫臂是否與婚姻有關，開始是否先行於皇宮，都值得進一步探討的。

忌諱習俗是第三種婚姻中的宗教習俗。

忌諱是人對不可解或沒認識的事物的恐懼和讓步，生怕觸及與已不利的東西。在婚禮中，人們有許多忌諱，這是人類早期的宗教意識遺存。以後，人們雖然已經認識了婚姻及其儀禮，但是它已成爲長期以來人們共同遵循的儀禮形式，再說一種宗教意識一旦形成，會在一段很長的歷史階段中作用於人們的頭腦，因此忌諱習俗始終強烈地反映在婚姻禮節和婚禮過程中。

過去在英國倫敦，訂婚時，男女最忌諱拍攝合影照。結婚的衣物、戒指等東西，在舉行婚禮之前是不得穿戴的。即使將戒指試戴在手上，也被認爲

〔註 41〕見《中國民間風俗傳說》第 552～553 頁，雲南人民出版社 1985 年版。
〔註 42〕見李復言《續玄怪錄》卷四。

是不可以的。另外，新娘不得自製出嫁的衣服。在英國，舊時人們還一般忌諱五月份舉行婚禮。因爲他們認爲五月結婚是不吉利的，所以他們的民歌中也有「五月把婚結，後悔來不迭」的說法。

女兒出嫁，由娘家出來時，忌諱腳直接觸及地面，一般須用轎、人或動物等載著運到新郎家。以防地上的妖魔，招來不幸。這是人們早期的思想認識，到了後來，則以爲女兒出嫁時鞋上沾上娘家的土，這是將娘家的財氣帶走了。在英格蘭，新郎由住家到教堂，沿途鋪滿草木、花瓣等物。在肯特的克蘭布洛克這一地方，當新婚夫婦自教堂歸來時，撒道的材料因新郎的職業而定。例如新郎是木匠，則撒木刨屑；新郎爲屠夫的，則鋪羊毛；鞋匠則使用皮鞋屑，鐵匠則使用鐵屑。在世界有些地方，新娘不准碰門坎，需要將新娘抬過門坎。這一習俗，美國、摩洛哥、古羅馬以及歐洲一些國家都曾流行過。在古印度接近孟買的沙爾塞特島上，新郎也視門坎爲危險之物，應該先由舅父扶入家門，然後親自將新娘抱過門坎。在馬來人中間，凡結婚須按長幼先後秩序，忌諱不顧兄而先弟，或姊前妹繼的做法。在那裡，兄姐未結婚前，弟妹一般是不能結婚的。

在我國，亦有種種婚姻忌諱。

阿昌族過去有個傳統的習慣，凡是眉間長旋的姑娘，就以爲是鬼胎，會吃人，尤其會吃自己的男人。因此不論誰家，只要是生了眉間長旋的姑娘，都規定不得出嫁，只能獨身而死。後來通過一件事，〔註 43〕人們才發現眉間長旋的姑娘不是鬼胎，也像其他人一樣可以正常生活，生兒育女，那個舊習俗再也沒有人相信了。這裡說明阿昌族過去是忌諱與眉間長旋姑娘結婚的。當然這種忌諱並不是一成不變的，可以隨著人們認識的提高而被拋棄，或者僅成爲一種儀式而保留下來，或者轉換成另外的內容了。例如，新娘出嫁到男家時，腳不能落地，男家用席、氈、袋等物鋪於路上。此禮儀之原意，在於怕觸犯鬼神。陶宗儀《輟耕錄》記載：「今人家娶婦，輿轎迎至大門，則傳席以入，弗令履地，然唐人已爾。」唐人是否以爲履地即爲觸犯鬼神，尚不得全知，然而這種觀念仍多少存在於民間，作用於人們頭腦，大概不會有錯吧。到了清代，這種傳席變成了象徵家族興旺，子孫滿堂的含意了。王棠《知新錄》記載了這種風俗及其用意：

今人娶新婦入門，不令足履地，以袋遞相傳。今新婦履布袋上，

〔註 43〕見《中國民間風俗傳說》第 622～625 頁，雲南人民出版社 1985 年版。

謂之傳袋。袋代同音。白樂天題娶婦詩云:「古人以氈褥者,官貴家,重其事也。」今世則不用氈褥而用袋者,重其名也。

婚禮上的飲食,我國亦非常地講究,什麼該吃,什麼不該吃,都有一定的含意。江南一帶新婚夫妻要吃蓮子紅棗湯,意爲夫妻心心相連、早得貴子。朝鮮族一般忌諱糜子做的粘糕在婚禮喜慶的時候上席來宴請客人的。爲什麼呢?傳說很早以前,有個貪心不足的懶漢,過了芒種才下地種糜子,種子下地沒幾天,長出了三棵苗。春去秋來,懶漢整天東遊西逛,睡大覺,說也怪,三棵苗長大成了好幾丈高的糜子。到了收獲的時候,來了位和尚幫懶漢砍糜子。和尚掄起斧子,對準一棵糜子,當當砍了幾下,只聽唰啦啦一陣響,榛子那樣大的糜子滿地亂滾,一會沒了懶漢的膝蓋。懶漢高興了,又叫和尚砍第二棵。第二棵糜子掉下來,淹沒到懶漢的肚臍了。懶漢還不滿足,又催和尚砍第三棵。當第三棵糜子落下時,已將懶漢全部淹沒了。正是這樣一種傳說,人們因此在婚嫁時從不拿糜子做成的糕當食品上席。〔註44〕

過去,在一些少數民族中間,互相是禁止通婚的。如苗、侗兩族的青年男女忌諱往來,更不准談情說愛,相互婚配。傳說由於苗寨阿龍和侗寨珠妹不顧雙方族人的強烈反對,通過蜘蛛、喜雀、畫眉的幫助克服了種種困難,終於戀愛成功,致使兩族從此開親。〔註45〕

另外,好多少數民族曾流行過結婚後幾天不同房的習俗。貴州黃平、施秉一帶的苗族有一個傳統風俗,規定新婚夫婦在新婚的頭十三天裡不能同房。爲什麼會有這樣一個特別的規定呢?傳說很久很久以前,有位姑娘才十二歲,爲了不賠「娘頭錢」〔註46〕,就被爸爸嫁到了舅舅家。由於姑娘太小,家務做不來,飯菜煮不熟,不懂得侍候老人和丈夫,被活活地折磨死了。神仙知道了,當眾取消了「娘頭錢」,還說:「男的喜歡誰就娶誰,女的喜歡誰就嫁誰。」神仙爲年輕人許下諾言的這一天,正巧是姑娘死去的第十三天。爲了讓人們記住這位姑娘,規定結婚的頭十三天不准同房。從此,人人自覺遵守,便成了十三天忌諱的由來,一直傳到今日。〔註47〕

像這樣明確規定幾天婚後不同房,其他民族可能不多,但是婚後(特別

〔註44〕見《朝鮮族民間故事選》,上海文藝出版社1982年版。

〔註45〕《中國民間風俗傳說》第584～589頁,雲南人民出版社1985年版。

〔註46〕娘頭錢:即姑媽家的姑娘要嫁到舅爺家,不嫁到舅爺家,要索取三百兩銀子,三百頭牛、三百匹馬。

〔註47〕《中國風俗故事集》第343～345頁,甘肅人民出版社1985年版。

是結婚的當天）晚上不同房的爲數不少呢。壯族新娘婚後頭兩天晚，由送親女伴同新娘共枕。布依族新娘在新婚之夜並不進洞房與新郎同居，而且在第二天就隨送親客匆匆返回娘家居住。只有逢年過節，她方回來住上三五天，此時也總是和小姑或婆婆同住宿，並不跟丈夫同床。〔註 48〕碧約人（哈尼族一支系）新婚第一夜，新娘和新郎不得同房。陪同新娘睡覺的是送親來的姑娘，往往十多個人擠住新房裡，通夜不眠。〔註 49〕侗族亦有這種習俗，新婚之夜，新娘和伴娘同睡洞房，新郎還得另外找地方睡覺。第二天吃過早飯，就帶著新郎家打發的禮物回娘家。〔註 50〕

流行這一新婚不同房習俗的民族，還可以舉出一些，反映了歷史上曾經出現過的從妻居制的遺俗。如果我們再深究一下，就會發現這一習俗的背後，還有忌諱的文化心理在起著作用，並強有力地支配著人們的行爲和規範。這種文化心理經過千百年的傳承、固定，成了風俗習慣的核心，頑強地表現在婚禮之中，婚後不同房習俗則集中體現了這一點。

〔註 48〕《中國婚俗集錦》第 122 頁，瀋江出版社 1986 年版。
〔註 49〕《中國婚俗集錦》第 122 頁，瀋江出版社 1986 年版。
〔註 50〕黔東南苗族侗族自治州文學藝術研究室編《民俗》（內部資料）第 2 集第 50 頁。

西南民族民間舞蹈及其傳說

西南少數民族民間舞蹈是一個神奇的藝術世界，這不僅表現在舞蹈形式的繁複多樣，絢麗華姿，而且表現在其舞蹈本身含有深遠的文化背景和歷史樣象。因此，有意識地探索這一藝術世界，不是無益的。

地處我國西南角的少數民族舞蹈並非一種獨立的藝術樣式，而是一種綜合體。它除了與歌聯繫在一起，還與他們的風俗習慣聯繫在一起，另外，舞蹈與傳說緊密地結合，這更成爲綜合體的一個組成部分。幾乎可以這樣說，每一個西南少數民族的舞蹈樣式都有傳說。這些傳說爲理解民族舞蹈的形式、發展和作用提供了有力的材料。

西南民族民間舞蹈的基本形態

西南少數民族民間舞蹈形態，大致可分爲仿動物舞蹈、民俗舞蹈、勞動舞蹈和情趣舞蹈等。

1、仿動物舞蹈

這是一種對動物進行模仿的舞蹈形式，除了十分注意模仿動物的動作，而且還注意從外形與所模仿的動物相形。這樣，就造成了舞蹈者需要用面具或其他東西來裝扮自己，使其更與所仿動物肖似。

仿動物舞蹈又分成仿獸舞蹈和仿鳥舞蹈兩大類。仿獸舞蹈有傣族的馬舞、象舞、鹿舞、耕牛舞，壯族的單人獅舞，彝族的獅舞，白族的踩馬舞，拉祜族的老牛頂架舞、攆野豬，攆豹子舞，猴子上樹舞等。另外，在彝、納西、白、苗、壯等民族均流行著龍舞，這種舞蹈與漢族的龍舞相差不大，在這些民族的龍舞中，惟算阿昌族的龍別具特色：龍首窄長，尾巴像蟒蛇，身體中段藏在拱頂形長方形籠子式的「龍宮」中，「龍宮」放在架子上，中央立一傘塔，由多人抬著走，一人躲在籠中操縱，使龍的頭尾搖擺，眾人圍舞在四周。這種龍舞來用於集市、聚會和做擺。

苗族的舞龍，有這樣一則傳說：相傳有個苗家婦女去娘家路上，肚子走餓了，就吃了鬼骨頭上長著的一線穀子。誰知這一吃下後，立刻懷孕了，生下一個孩子。孩子長大以後，得到一本天份，從此做了算命先生，而且算哪樣，都算得很準。這引起了金角龍王的妒嫉。金角龍王爲了使算命先生算錯，暗地裡將玉帝旨令修改，延長了落雨時辰，改變了城內外雨量。結果淹死了好多人畜，土地公公差點也淹死，於是他騰雲駕霧到了玉帝那裡，控告金角老龍的罪行。玉帝大怒，命天兵天將把金角老龍捉拿，並說如無人作保，就將宰首。扎嘎苗王得到消息，走到靈霄殿來討保。誰知玉帝卻在扎嘎苗王開口之前，將金角老龍殺死了，並將龍頭懸東門，龍尾懸西門。扎嘎苗王感到捫心有愧，就給金角老龍封神安位，規定苗家每年正月初一放著糯米糍粑和酒肉，點燃香紙蠟燭，祈求金角老龍保證風調雨順，五穀豐登。這樣，就興起了正月舞龍的習俗。〔註1〕據悉，舞龍最早是苗族開始，然後再流播到其他民族中去的。這種說法，到底正確與否，尚待進一步研究。白族的踩馬舞，由十二至十六人表演，腳踩高蹺，身穿五顏六色的紙糊的馬，領舞者扮裝成馬頭，最後一人掛上驢尾。在嗩吶伴奏下，模仿馬的跳躍，很是精彩。彝族的獅舞造型特別，爲鳥嘴獅頭，實際上，這種舞蹈已經將仿獸舞和仿鳥舞加以混合了，但其主要表現形態還在模仿獅子一面，故依舊名爲獅舞。彝族獅舞除了一人飾以鳥嘴獅頭的面具，周圍還有戴著猴、鹿、豹、虎、熊、兔、啄木鳥、喜鵲及怪人假面的人跳「勒如華」(小花臉)，伴隨著獅子齊舞。

湘西苗族亦有舞獅活動，相傳遠古時候，湘西妖魔鬼怪出沒，噴灑病疫瘴氣，殘害苗家人命牲畜，後來文殊菩薩路過苗山，見妖魔橫行，使坐騎金獅下凡，金獅來到苗家，攆走了妖魔，爲苗家除害滅禍。從此，人們喜愛獅子，戶戶敬奉獅子。一年又一年過去了，魔怪又回來了，化妝成笑羅漢，拿個紅布紮的繡球，把金獅引出洞來。金獅見了彩球，不顧一切玩要起來，一直跑到海邊，忘記了回歸苗山。魔怪又重新興妖作怪，使苗家再次陷入苦難

〔註1〕徐華龍、吳菊芬編《中國民間風俗傳說》第842～847頁，雲南人民出版社1985年版。

之中。後來，有個小伙子叫柯岩的，不顧路途遙遠，披星戴月，餐風宿露，終於來到海邊。爲了把金獅接回苗山，柯岩用海角，一邊吹一邊耍，把金獅逗引回苗山了。從此，苗家人怕金獅又走掉，便照金獅樣子，紮成金獅頭，繡好獅子皮，學著獅子的動作，逢年過節舞起來。舞獅時，還要吹海角和化裝成笑羅漢耍繡球。這樣，舞獅子就成了苗家驅邪除害的一種風俗習慣了。〔註 2〕

傣族的仿象舞頗有名，製作一頭象的道具，表演員潛入「象」體之中，撥弄各種機關，使「象」做出動作來。傣族製作的象十分精彩。用竹木作象的骨架，用綢布、紙染上顏色作爲面子，體積比眞象小一些。通身掛滿鮮花珠翠絲穗，背負紅毯金鞍，鞍馱紙裱塔亭，高五尺至一丈，內懸一大銅鈴。舞時，用鼻搏擊，鈴聲叮叮噹噹響個不停。體內用數根繩子牽住頭、鼻、眼、耳、唇、舌等部位和一隻前足，再將繩索的另一頭縛在表演員的頭、手、足上，按一定的規律，使象做出扇耳，晃頭，驅蠅、抬足、行禮、打噴嚏等動作。其態憨乖可愛，常逗得觀眾大笑不已。這頭白「象」放置在平台，由數人抬著，邊走邊舞。另外，還有一種戴象首面具的傣族舞蹈，民間已經絕跡，不過，在佛寺的壁畫中還可見到。在納西族中，亦曾經有過象舞和仿象舞。納西族的仿象舞，據東巴巫師介紹：東巴跳仿象舞時，一手拿著板鈴，一手拿著板鼓，頭略前傾，時而晃動，猶如大象扇耳甩鼻。雙足平起平落，踏下較有力，節奏較慢，顯示了象在行走時穩當而又老成的特性。鈴鼓隨舞隨擺，一拍一聲或兩拍一聲。

2、仿鳥舞蹈

西南少數民族仿鳥舞蹈也是十分豐富的，至今活躍在群眾中，有的成了民族舞台上的保留節目，有的甚至成了一個民族的形象。白族的白鶴舞、傣族的孔雀舞、怒族的喜鵲吃食舞、雞喝水舞、哈尼族的木雀舞、拉祜族的畫眉鳥舞、鬥雞舞、斑鳩吃穀舞、瓦雀（即麻雀）舞等等。

與孔雀舞跳法基本相近的還有兩種仿鳥舞蹈，一是滄源縣勐懂的「戛洛響」，據說是仿一種尾巴很小的鳥跳的舞，其動作更加活躍、小巧、以點步跳，雙手晃動翻腕，兩手在胸前上下擺動，慢慢打開。一是耿馬縣孟定的「戛嚰」（即蝴蝶舞）。這種舞蹈不戴假面，紮起蝴蝶架子，舞蹈動作、風格及基本程

〔註 2〕 吉星編《中國民俗傳說故事》第 389～394 頁，中國民間文藝出版社 1985 年版。

式與瑞麗蠻沙鄉一老藝人孔雀舞相似。由以可見，這兩種舞蹈均與孔雀舞或多或少有一些親緣關係，至少是吸收了孔雀舞中某些語匯、造型和動作而重新加以創造出來的藝術品種。

拉祜族的仿鳥舞很具特色，它用自己獨特的舞步和塑型，較好地突出了主題，使舞蹈性格化，同時又刻劃了鳥的各自習性、情態。例如，班鳩吃穀舞，當「斑鳩」飛落在收割後的稻田時，做左右半蹲腿單腿靠步，頭部朝兩邊晃動或前後頻頻伸縮，表示急切尋食和發現穀粒，急往下咽的逼眞情景。再如，畫眉鳥舞，演員用雙足轉身小跳步，顯畫眉在灌木叢中上下躥跳之狀。左右磨步拱臂，猶如畫眉開尾翹之形。這兩種仿鳥舞，對畫眉鳥、斑鳩的形貌、情勢和特徵作了生動的描繪，將這兩種鳥的性格也通過雕塑感的造型和舞姿維妙維肖地表現出來了。

3、勞動舞蹈

勞動舞蹈基本爲對勞動生產的模擬，再現種種與人類生存相關的勞動場面。

一種是直接表現勞動生產的某個過程或某個場景。這類舞蹈多數再現的農業生產和狩獵生產的情景。農業生產的舞蹈，如拉祜族的勞動舞，從伐木蓋房子，造農具的「色土戛」（砍樹歌）起，逐一跳挖地歌，犁地歌、栽秧歌、捆穀歌等，將播到收獲的各個農作環節都細膩地表演出來了。跳勞動舞時，以執笙的上部做一些抬、砍、挖之類的姿勢，或左手握笙，右手做動作（如喂雞，撒種，割穀），以虛擬爲主，表示勞動的動作。狩獵生產的舞蹈，是表現狩獵過程的藝術形式，其舞豐富、生動，充分顯示了人們戰勝困難和獲得獵物的高興心情。如佤族的「考公」，即狩獵舞，就是歡慶狩獵勝利時跳的一種舞蹈。這種舞蹈通常在獵到虎、豹等大野獸時才跳，而且一跳數日。舞蹈前，將獸皮剝下，蒙在竹編的籠子上，象徵獵物，等把獵物裝飾好，由二至四名男子抬著，其他舞者跟隨著。吹著牛角號，敲起鋩鑼、銅鼓、象腳鼓，繞村寨一周，邊走邊即興歌舞。當路過各家各戶時，大家不時向獵物投擲雞蛋，給舞者獻米，表示祝賀。然後獵物抬到寨子中心，全寨人圍著獵物載歌載舞。這種舞蹈自娛性強，是傳授狩獵技能，總結狩獵經驗的藝術表演。還有直接性的勞動舞蹈，例如：織布、蓋房子等。如景頗族的跳新房舞蹈。每年，景頗人在收完穀子之後，很多人家都要蓋房子，房子造好了，人們紛紛前來祝賀，主人委托鼓手二人，打鈸者二人和敲鋩鑼者一人到寨子邊去迎接客人，主人則捧水酒竹筒等候在新房門口，敬完酒後，邀請客人入新房，在火塘邊就座。然後「摩頭」（歌手）手執蒲扇，領著歡樂的人們跳著平房基，抬房柱、立房柱、架房梁、拴椽子、放橫條、安竹壁、鋪茅草等全部過程，並以「木占」固定曲調演唱《蓋新房的歌》。這類舞蹈富有生活情趣，舞姿輕快，有一定的藝術價值。

4、生活舞蹈

這種生活舞蹈主要是指獲取生活中某一片斷來反映一定思想內容和情趣的藝術而言的。拉祜族的手巾舞、老人舞、娃娃舞，彝族的刀舞、煙盒舞，納西族的「打跳」（即跳歌），崩龍族的磨刀舞，等等。這些舞蹈直接取材於生活，並在生活中吸取和提煉了大量的舞蹈語匯。這是舞蹈史上的一個發展，從模仿與生存、生產直接相關的動物過渡到表現自己的各種生活。

彝族煙盒舞是一種流傳很廣，藝術水平較高的舞蹈形式，有些地方又稱三步弦、跳弦、跳樂、疊腳、打歌等。煙盒舞是一種集體舞蹈，少至三、五人，多至幾十、數百人。名稱來自舞者手彈經過美化的木質煙盒跳舞，以三弦四弦和二胡笛子伴奏。煙盒舞跳法，現有一百多套，內容大多反映當地群眾的勞動生活和自然風情。每當節慶佳日或農閑，煙盒一響，大家就自動地圍成一個圈子，邊歌邊舞，不時還發出粗獷豪放的「喲喲」喊聲，表現了人們幽默逗樂的生活情趣。

5、宗教舞蹈

西南少數民族的宗教大都是原始宗教，因此其舞蹈也大都是原始宗教性質的舞蹈。這裡所說的宗教舞蹈還可細分爲：祭禮性舞蹈、崇拜性舞蹈、喪葬性舞蹈。

祭祀性舞蹈

人的祭祀主要是向鬼神獻媚，以取得它對人的好感，進而能促成人所要辦的事情。在原始人的信仰中，鬼神即祖先。祖先生前對後代起保護、撫養、教育等作用，死後則變成後裔的保護神，使宗祚延長，事業興盛。因此，從氏族社會起到奴隸制社會和封建制社會，祭祀舞蹈都是誇耀、讚賞祖先的最重形式。《周禮・大司樂》記載：「舞《雲門》以祀天神，舞《咸池》以祭地祇，舞《大磬》以祀四望，舞《大夏》以祭山川，舞《大濩》以享先妣，舞《大武》以享祖先。」由此可見，祭天地山岳川澤與祭祖先並重，祖先崇拜和自然崇拜同樣支配著古代人的心靈。

西南民族民間祭祀舞蹈，許多與農業生產勞動直接有關，反映了嚮往豐收的願望。例如：白族本主會跳牛就具有這樣一種含義。舞時，由七男一女表演，一人演扶杆，一人演掌犁，一男一女飾耙田者。嗩吶伴奏，唱渴求風調雨順的歌，做春耕農事的各種動作。這一連串的表演實際上是一種春耕祭祀活動的藝術再現。

崇拜性舞蹈

拜崇心理的產生是由於人們對自然界的不了解，不認識，是生產力低下所帶來的一種思想意識。因此可以這樣說，崇拜性舞蹈的產生是由於將大自然中的許多對象加以神化的結果。拉祜人認爲太陽與火具有非凡的魔力，把它們奉爲圖騰崇信，對它寄予各種奢望和期求。傳統「戛克」（即一種有伴奏的舞蹈）多半在夜間舉行，圍著火而跳躍。苦聰人、撒尼人等都有夜間圍著火堆跳舞的習俗。之所以如此，就因爲這些民族的先民曾過著飢寒交迫的生活，火能帶來溫暖，能烤熟食物，故他們不能不與火相依爲命，把火當成庇護自己的神靈。一旦火種將滅，他們就惶恐不安，反之，經過全力奮鬥使火種再生，人們自然會歡騰起來，圍著火堆跳躍狂舞，直至很久很久。

喪葬性舞蹈

每逢喪葬，雲南少數民族都有隆重歌舞的習俗，如滇東北彝族地區保存著一種集體舞蹈——「器閣」，這種舞蹈不同於哀牢山區的彝族舞蹈優美、細膩、輕快，但卻粗獷、豪放，步法富於變化，表現了彝族人民強悍、豪爽，樂觀的性格。過去只在辦喪事時才跳，是一種喪葬時的特殊舞蹈樣式。直到解放初期，雲南一些邊遠的佤族、景頗族、獨龍族、傈僳族、阿昌族、基諾族仍殘存著極其古老的喪葬習俗，而喪葬舞蹈則是這種習俗中的一個重要組成部分，這種舞蹈一般來說，動作激烈、節奏性強，能將哀悼者的悲痛心理和對死者的悼念充分地反映出來。

居住在貴州黔北一帶的仡佬人有一種踩堂舞的喪葬儀式。每當仡佬族有人逝世後，便把死者停放在堂屋中，然後再在遺體前跳踩堂舞，表示對死者的哀悼和懷念。相傳很久以前，一家仡佬人家因不堪受漢族統治階級的壓迫和剝削，扶老攜幼，逃入難見天日的大山之中。一位老人因氣憤交加，再加上沿途勞累，沒多久就去世了。不久，他們發現埋老人的墳地上有許許多多螞蟻爬來爬去。他們怕螞蟻損壞老人的墓，便邊吹蘆笙邊打錢杆邊用腳踩螞

蟻。時間一長，就成了一種喪葬舞蹈。〔註3〕

6、戀愛舞蹈

這是一種男女青年表示愛慕之情的舞蹈。性愛是人類的本能，人類必須藉兩性的生殖而延續。爲了男女間的接觸，在原始民族中，男女青年雙方都極力求得對方的喜悅，因此不惜以優美的歌喉，當有魅力的姿態，藉以引起對方的注意。在我國少數民族中，歷史上曾經有過至今仍在流傳的戀愛婚姻依然存在。陸次雲所著的《跳月記》、田雯所著的《苗俗記》都記載了苗族每當春月，男女青年吹笙搖鈴，並肩跳舞，男女相悅的情景。當代搜集到的苗族《蘆笙會的來歷》則用形象的文字，說明了一個道理：因爲吹笙和跳舞，榜篙姑娘找到了自己的心上人茂沙。〔註4〕這裡從側面告訴人們舞蹈是男女青年結成伴侶的最好方式。

這一類舞蹈主要是指通過相互舞蹈，男女青年結成伴侶的舞蹈。在雲南少數民族中，男女青年間的談情說愛，往往通過舞蹈作爲媒介，這也就形成了一種氣氛濃烈、和洽的舞蹈樣式。戀愛舞蹈在雲南少數民族中間幾乎每個民族都有，在此我們只介紹彝族支系撒尼人的「阿細跳月」。阿細跳月是西山、圭山撒尼人中最流行最普遍的一種舞蹈形式，一般在節日（如舊歷年、端午節、火把節）的時候才跳，反映的是青年男女自由戀愛生活爲內容。每當節日的晚上，各村寨的男女青年都穿上盛裝，帶著樂器，來到跳月場上。按照他們的習慣，姑娘們先躲在離跳月場二十多步遠的地方藏著刺繡，等到小伙子彈著大三弦、吹著笛子進跳月場，並邀請姑娘來跳舞時，她們才隨著樂器的節奏，跳著整齊的步法迎上前去對舞。直到姑娘們跳累了，弦聲才停止，稍加休息，繼續跳舞，這樣一場一場跳下去。如果你選中對象，而對象不拒絕的話，那麼每一場你都可以請她跳，直到雙方眞正愛上了，即可離開跳月場到山上去玩。姑娘會將自己的花荷包送給小伙子，並約定下次見面的時間和地點。阿細跳月活躍、開朗，反映了撒尼人勇敢剛毅的民族性格。

西南民族民間舞蹈之思想基礎

客觀事實告訴我們：任何一種藝術的產生勢必與人們那時的思想基礎相適應，離開了那種思想基礎也就形成不了那種藝術形式和內容。西南少數民

〔註3〕吉星編《中國民俗傳說故事》第361～362頁，中國民間文藝出版社1985年版。
〔註4〕吉星編《中國民俗傳說故事》第367～371頁，中國民間文藝出版社1985年版。

族的舞蹈的形成同樣如此。

傣族的白象舞就和傣族人民對白象崇敬十分相關，以爲白象象徵著吉祥如意，預兆豐年，是人民群眾理想的化身，體現了人民群眾的願望。傳說有這麼一則故事：在很久以前，勐巴納西國的王后生了一個小王子，起名帕罕勒。恰巧這時，從森林裡走出一頭小白象，佩金戴玉，光彩奪目。國王便把小白象贈給帕罕勒。從此，小白象和小王子形影不離，勐巴納西國也風調雨順，五穀豐登。大家都以爲這是小白象帶來的幸福。鄰國勐拉戛連年遭災，百姓窮困不堪。爲了幫助鄰國消災，帕罕勒就將小白象賧給了勐拉戛百姓。從此勐拉戛也連年豐收，百姓富足起來。父王知道帕罕勒將象送到鄰國，很惱火，貶他爲野和尚，謫居深山。勐拉戛百姓知道此事，將象送回，並把帕罕勒接回來。在歡迎儀式上，小白象跳起了吉慶的舞蹈。這一個流傳於民間的傳說，帶有濃烈的神話色彩，但反映了人們崇拜白象的善良、勤勞的性格。在現實生活中，象與傣族人民密切相關，能幫助耕種莊稼，搬運東西。另外，小乘佛教從宣傳它的教義出發，吸收了民間的某些傳統思想意識，其中有對象的崇信，以後還專門有賧白象的儀式，過去，傣族人爭先恐後到象寺來登記，要求賧白象，由大佛爺指定，輪到哪家，那家就引以爲榮。所有這些都是產生白象舞的最基本的思想依據。

傣族的短鼓舞的產生與圖騰信仰意識有關。據傳說，從前兄弟倆上山挖地種包穀，包穀成熟後，被猴子糟蹋殆盡。第二年，哥哥生氣不去種包穀了，弟弟照樣去種。包穀成熟時，他假裝死人，被猴子抬到猴王那裡，他乘機抓住猴王。猴子們爲了救猴王，只好獻出他們的神物——短鼓。弟弟到地裡一敲短鼓，倒下的包穀全都樹立起來，長出又大又粗的包穀。從此以後，爲了豐收，他就學猴子的調皮動作，把鼓橫掛胸前，一手用竹片打，另一手用拳擊，跳起猴舞。這就是短鼓舞的來歷。此傳說的眞實性如何姑且不論，但有一點可以肯定：這種小舞蹈促使莊稼生長，爲原始宗教的一種形式，是通過人的舞蹈來使土地神高興，促使莊稼的旺盛生長。在各民族的早期社會中，均出現過這種娛神活動。

文山壯族中跳的牛頭舞也類似這種娛神舞，所不同的是，前者娛樂的對象是土地，而後者卻是牛。這裡面也有一個故事：是說古代有個叫勒勇的人不堪土司壓榨，準備去殺土司。誰知事情敗露，只好倉惶逃向深山。土司得知，派出幾十個土司兵追趕。眼看來到一條大河邊，無法渡河時，一條大白牛將勒勇一家馱過河，來到草壩。從此，勒勇一家在這裡耕作，生活很富裕。爲了感謝大白牛的恩德，作了三條規定：不准罵牛，不准打牛，更不准殺牛。一次，一頭牛病死了，勒勇砍下牛頭，模仿著牛的各種動作，這就是牛頭舞的最早起源。牛是人們農業生產的主要助手，豐收的果實中也有它的一份功勞，人們模仿牛的動作跳舞，與對牛的景仰和崇敬心理素質相一致的。

納西族麒麟舞新春佳節期間舉行的一種舞蹈形式。這種舞蹈同樣與納西族人的思想意識緊緊聯繫在一起。因爲麒麟是納西族人民理想中的吉祥動物，新年裡表演麒麟舞預示著全年吉祥如意，風調雨順，國泰民安。麒麟舞中有個阿普壽星是主要角色。他戴著竹子編成的假面具，寬寬的臉，雪白的鬍子，能監管各種禽獸，與納西族傳說中的管天、地、日、月、星辰的阿普一樣，可以驅逐惡神，幫助善神。舞蹈最後是一對牧民和一頭牦牛的舞蹈，表示牦牛現瑞，六畜興旺。到了正月十六，將麒麟舞的道具全部燒掉，象徵麟鳳已返回天國。所有這些內容均深深地打上了納西族人民群眾的思想印記，反映了追求美好生活和對未來無限憧憬的樸素心理。

崩龍族的水鼓是一種打擊樂器，傳說其來歷有好幾種，但有一種說法很能說明問題。傳說：古時候，崩龍族一個青年爲了追回被妖怪抱走的姑娘，與大螃蟹搏鬥，將蟹肉吃了，將蟹殼做成了鼓。後來，逐漸變成了今天的水鼓。這種水鼓也是崩龍族舞蹈水鼓舞中的主要樂器。跳舞時，將水鼓掛在脖子上，邊敲邊跳。雖然傳說沒有說明水鼓舞的來歷，卻將水鼓的產生作了曲折的反映，依然證明了這樣一個道理：水鼓的產生與崩龍族人戰勝自然災害的理想願望緊密相聯，而水鼓又恰是和自然界作鬥爭的結果。從舞蹈史來看，舞蹈的產生往往早於樂器，至少伴奏樂器產生時，舞蹈亦同時有了。由此可見，崩龍族水鼓和水鼓舞是同時出現的，水鼓傳說所反映的思想內涵，同樣也可以印證水鼓舞所要表達的思想內容，這是沒有矛盾的。

現在，我們再從社會根源方面來加以考察雲南少數民族民間舞蹈產生的基礎。這裡所說的社會根源主要是指產生舞蹈的生產力、社會發展階段。

拉祜族的「戛克」是一種原始舞蹈藝術，其中動物舞可能是漁獵採集時代的產物。從原始游獵社會進入相對定居的有農業勞動的時期後，「戛克」出現了相應的內容，不僅直接演示農事勞作，而且用歌舞來娛神，以祈求莊稼的豐收。在傈僳族中，有大量的鳥獸舞，這種舞不光表現捕獲的鹿、狼、熊、兔、猴等，而且也有爲人飼養的雞、羊、馬、豬等，舞蹈形象生動親切，活潑可愛。熊舞的特徵爲笨拙，使人發噱，用以伴奏的《老熊調》也基本按這樣一種旋律，顯示了熊步履沈慢的可愛情態。而烏鴉喝水舞則與熊舞不同，描寫了烏鴉在水邊喝水時，左顧右盼的情形，情態活潑歡快，節奏強烈。傈傈族舞蹈之所以有如此大的區別，主要來自對動物的細緻入微的觀察和體驗。這種觀察和體驗，與傈傈族的生產、生活有著密不可分割的關係。據乾隆《白鹽井志》記載：傈傈族人「披羊皮，掛左插，持弓射獵，每取山禽野獸並松明苫片等入市貨賣。」這就說明傈傈族人生活在山巒層疊的怒江峽谷兩岸，長期以來，一直以打獵爲主要生活手段和食物來源，這就勢必使他們細心地觀察所有動物的生活習性和特徵，於是乎造成了他們的舞蹈藝術中鳥獸舞種類繁多，形象逼眞的特點。同樣，怒族人寄居深山，常年與各種鳥獸相依爲伴，熟知各種動物的活動規律，因此還流傳著許多模仿動物的舞蹈，如鬥羊舞、猴子分包穀舞、鳥王舞，等等。

佤族有一種拉木鼓舞，其形式一般有兩種：一種是在砍木鼓的祭祀活動中，把一段長爲一丈左右，直徑爲二、三尺的原木拉回寨子的舞蹈，一種是在寨子頭或寨中心圍著木鼓房跳的舞蹈。在佤族人看來木鼓是一崇拜之物，平時不准亂動，只有在祭祀、報警、節日去敲打。第一種拉木鼓舞，主要由「魔巴」（即巫師）表演，其餘人也都可以隨同巫師一起跳。拉木鼓隊列爲左右兩長排，均手握長藤拽著拖地的木鼓，邊歌邊舞。遇到險坡時，即讓木鼓滑下，然後追上再拉，到寨門時，算告一段落。第二種拉木鼓舞，多用於慶豐收，辦喜事時，人數不限，老少男女均可參加，白天圍成一圈跳，夜晚則點燃火堆圍著跳。佤族拉木鼓舞動作較爲簡單，但節奏鏗鏘有力，粗獷豪爽，舞姿遒勁。拉木鼓舞的出現與佤族過去信奉泛神的原始拜物教有關，這種思想基礎，在於佤族在相當長的時期內直至解放初期生產力十分低下，還保存著原始社會末期父系氏族社會的殘餘形態。在滄源縣岩帥、單甲、糯良、永和等區的佤族村寨，還是原始村落，屬父系氏族公社。最初建立村落的氏族年長男子即是氏族首領，又是村落頭目。他們基於父系的血統，實行兄終弟及、父死子繼等世襲繼承的基本原則。西盟佤族在解放前，才開始由刀耕火種向鋤耕農業社會過渡，還未產生本民族專業性的手工業。因此佤族宗教中有很大一部分是屬於原始宗教方面的，如祭月亮神、雷神、山神、田神、地神等。拉木鼓舞亦是這種社會意識形態的反映，因爲整個過程中，摻有宗教活動（如趕樹鬼等）。

西南民族民間舞蹈之藝術特色

在談西南少數民族民間舞蹈的藝術特色之前，我們先來看看舞蹈的功用，因爲功用和特徵常常會聯繫在一起。例如，戀愛性舞蹈一般來說，比較熱烈奔放，這是擇偶的需要，只有這樣的舞蹈才能使青年男女的愛戀之火充分燃燒起來。再如，勞動舞蹈是表現勞動場面的，雖無固定節拍，卻有強烈的節奏，這和勞動舞蹈的最初用意是並行不悖的。「古人的勞動，根據比歇爾的意見，是非常沉重的包袱，但當工作有節奏地進行時，勞動就會顯得輕鬆一些。於是，爲了加強或建立這種節奏性，爲了協調共同勞動的動作，人們運用了有節奏的呼喊的方式。由此，產生了歌曲、勞動的詩歌作品，從勞動動作中產生了舞蹈，這種舞蹈起初只是工作的簡單模仿。」〔註5〕再來看看祭祀性的舞蹈，據記載，這類舞蹈在雲南少數民族都曾有過。元代李京《雲南志略》載：「末些蠻……不事神佛，惟正月十五日登山祭天，極嚴潔，男女動百數，各執其手，團旋歌舞以爲樂。」另外，人死後，亦同樣舉行歌舞祭祀。《桂海虞衡志》記載：「窩泥……喪無棺，弔者鑼鼓搖鈴，頭插雞尾，名曰洗鬼。忽歌忽泣，三日松焚之而葬其骨。祭用牛羊，揮扇環歌，拊掌踏足，以鉦鼓爲樂。」乾隆《開化府志》載：「黑土僚……送葬，女婿吹笙跳舞屍前。」今天看來，喪葬時載歌載舞，是乎太不好理解了。但是這種習俗恰好是舞蹈的功利所在。在雲南少數民族的先人看來，人死了是到了另外一個世界，而其靈魂卻是不滅的，與活人一樣有慾望；此外還認爲，這些鬼魂仍與部落維持著一定的關係，仍在監視部落成員的行動或暗中參與這些行動，因此，他們覺得有必要歡送死人到鬼魂世界，這樣他們就舉行了喪舞時的歌舞儀式。

談了舞蹈藝術的功利目的之後，現在我們再來看其藝術特徵，就比較容易理解了。雲南少數民族民間舞蹈的藝術特徵是什麼呢？我們以爲有如下幾個方面：

1、氣氛熱烈歡快

只要稍稍注意一下原始人的舞蹈，就不難發現其氣氛是十分熱烈和歡快的。格羅塞在《藝術的起源》一書記載了非洲原始民族舞蹈的濃烈氣氛，並說：「劇烈動作和節奏動作的快感、摹擬的快感、強烈的情緒流露中的快感——這些成分給熱情以一種充分的解釋，原始人類就是用這種熱情來研究跳

〔註5〕見C·A托卡列夫《外國民族學史》第136頁，湯正方譯，中國社會科學出版社1985年版。

舞藝術的。」（見該書第 231 頁）氣氛熱烈的舞蹈，彝族的阿細跳月可算一個有代表性的。阿細跳月節奏感強烈，舞姿圓滑、優美，情緒自然、豐滿，配以大三弦、笛子等樂器，更加顯得奔放、豪爽。阿細跳月的基本曲調是：

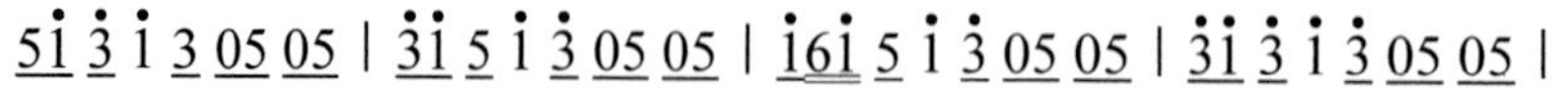

5i̇ 3̇ i̇ 3 05 05 | 3̇i̇ 5 i̇ 3̇ 05 05 | i̇6i̇ 5 i̇ 3̇ 05 05 | 3̇i̇ 3̇ i̇ 3̇ 05 05 |

這樣較強的切分音符和休止符號的運用，就使得舞蹈的節奏加快。當然，我們也應看到阿細跳月的歡快、熱情、開朗的氣氛與他們民族的性格分不開的，其次，又因彝族青年的婚姻基本上不是父母作主，也沒有什麼宗教儀式，而是通過跳月而相愛，所以他們人與人之間毫不拘束，青年男女之間也很大方和自然，這種風俗習慣也造成了阿細跳月的熱烈氣氛。

2、節奏感強烈

關於節奏感問題，前面已有些文字敘述，但談雲南少數民族民間舞蹈的藝術特徵時，似應加以重寫的，否則將是不全面的。

節奏作為舞蹈的基本要素，在民族民間舞蹈中尤其顯得重要。在雲南少數民族中，歡樂的舞蹈需要強烈的節奏，悲痛的舞蹈也有激烈的節奏。怒江傈僳族老人死了，親友齊集到喪家歌舞，小唱爲主，舞蹈動作較爲簡單，但很激烈。一般舞者以木棍跺地板跳踏，響聲如雷，很遠就能聽到。白族的「霸王鞭」流傳在大理、洱源、劍川、鶴慶一帶，這種舞蹈一般在繞山靈時表演的，故探其源頭，可能是過去白族先民祭祀山神林神而表演的一種民間舞蹈。霸王鞭是用一米二長、二厘米左右直徑的竹竿，起槽釘入銅錢數十枚。一般由女性多名表演。舞者手持霸王鞭，用鞭的兩頭交錯碰擊掌、肘、肩、頭、腿等關節，發出清脆而富有節奏的響聲，同時配以多姿的舞蹈動作。在這裡，我們可以看到節奏在霸王鞭舞蹈中起了多麼巨大的作用。

3、手足動作較多

手足動作較多，我是具體有所指的。在雲南少數民族舞蹈中，有的民族的民間舞蹈中足的動作多些，相對的手的動作就少些了；有的民族的民間舞蹈中手的動作多了，相對的足的動作就少了。簡言之，就是有的民族民間舞蹈中手的動作佔據主導地位，而有的民族民間舞蹈中足的動作佔據主導地位。

不過，據我了解，雲南少數民族舞蹈中足的動作較多較大，比手的動作來得更能顯露其主要特徵。舞蹈史告訴我，勞動動作是舞蹈形體發展的原始基礎，原始時期舞蹈藝術一般都善於用足。《呂氏春秋》記載：「昔葛天氏之樂，三人操牛尾，投足以歌八闋。」這裡所表演的是一種原始狩獵舞蹈，可能是野牛舞，在這一舞蹈中，主要動作也是足，邊「投足」，邊高歌，表達捕獲野牛後的歡悅心情。在雲南少數民族民間舞蹈中，還相當隆重地保持了這種特徵，例如跳神、跳牛、跳麒麟、跳燈、跳月、跳弦、跳樂等等，所有這些舞蹈的一個主要動作是用足來完成的。

墨江布朗族在年節期間，一面飲酒對歌，一邊圍圈跳歌。平步進退與膝部屈伸抬腳足爲主要步法。一般進六步，退數步，退兩步稱爲二則歌，退三步稱爲三則歌。由此可見，布朗族跳歌中亦是以足的動作爲主的。麗江地區彝族「打蒂」跳歌時，環繞篝火或對分兩半，相和而歌，依次跳轉腳、磨腳、跺腳、十字步或踏步蘸腳等動作。可知，麗江彝族的跳歌同樣腳的動作相當繁多，並且是跳歌舞的主要構成部分。在德宏、保山地區的傈傈族打歌中，我們也可以看到頻頻用足的舞蹈動作。舞時，男子彈小三弦和吹竹笛領舞，女子伴和跳躍，除用跺步、彎腳刮地外，還有踏步半蹲換腳跳、側跪步跳和一肢膝蓋頂碰另一肢小腿肚的抬腳換腳跳等動作。舉以上數例，均可見腳在雲南少數民族舞蹈中具有很重要的作用，離開了腳的使用，就不稱其爲雲南少數民族的民間舞蹈藝術了。

當然，說雲南民族民間舞蹈用足頻繁，佔有重要地位，並不否認手的動作的使用在有的民族民間舞蹈中亦同樣是不容忽視富有特點的。這兩者的比較，只是相對而言。

例如，在傣族民間舞蹈中，手的動作就相當突出。金平的撈魚舞，除其風格，特點及動律與笠帽相同外，不同的是僅手上做撈魚的動作。扇子舞也如此。舞者一手拿扇，一手拿手巾，邊跳邊舞，可見手的動作是很重要的組成部分。另外，孔雀舞，象腳鼓等舞蹈中，手的舞蹈語匯也有相當的發展。普米族的嘉措舞是一種傳統民間舞蹈。跳嘉措舞時，圍著篝火，幾十個手拉手圍成一圈，翩翩起舞，節奏歡快，動作熱烈奔放。在動作中，除了一般腳的動作外，很講究擺手的動作。舞者自手腕開始都要用一定的力，故顯得柔中帶剛，十分有力。

4、與歌相聯

雲南少數民族民間舞蹈中的歌是必不可少的。我們知道，有音樂的民間舞蹈，是從最早的只有節奏的原始舞蹈進化而來，而歌在民間舞蹈中的出現則又是一大進步。這三種形態的舞蹈在雲南民族民間舞蹈都存在過。只有節奏的原始舞蹈，例如喪葬性舞蹈。有音樂而無歌詞的民間舞蹈，例如狩獵舞蹈。傈僳族的鳥獸舞一般均無歌詞，現在，我們來看看《烏鴉喝水》的音樂：

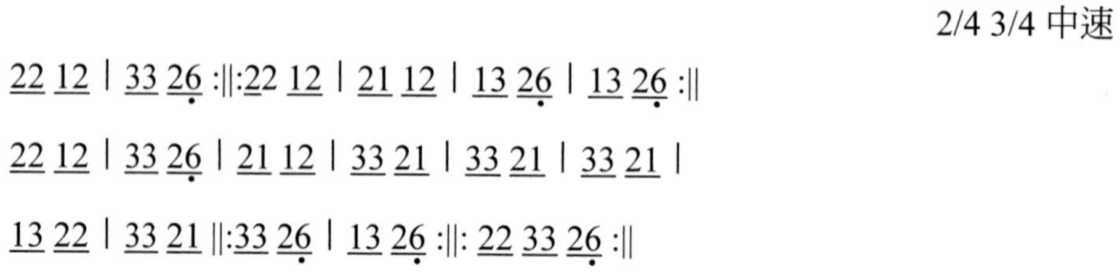

2/4 3/4 中速

22 12 | 33 26 :||:22 12 | 21 12 | 13 26 | 13 26 :||

22 12 | 33 26 | 21 12 | 33 21 | 33 21 | 33 21 |

13 22 | 33 21 ||:33 26 | 13 26 :||: 22 33 26 :||

這一段音樂將烏鴉喝水時的活潑可愛的情態，表現得栩栩如生。

再看《鬥牛舞》音樂：

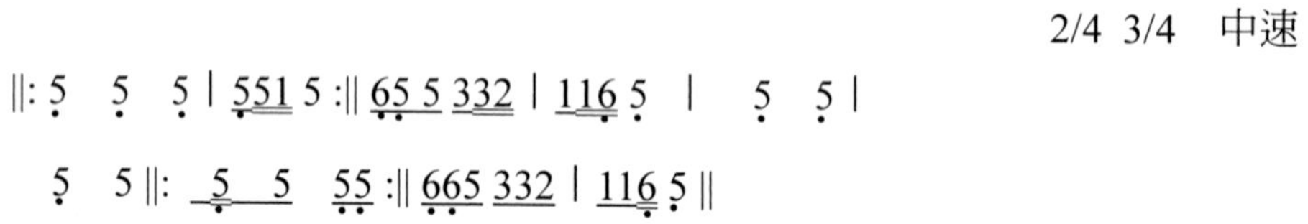

2/4 3/4 中速

||: 5 5 5 | 551 5 :|| 65 5 332 | 116 5 | 5 5 |

5 5 ||: 5 5 55 :|| 665 332 | 116 5 ||

這段音樂模擬了一對對山羊互不相讓進行搏鬥的情景，其鏗鏘有力的節奏，猶如一串串羊角相撞的聲音。

有歌的舞蹈在雲南民族民間舞蹈中是絕大多數。在這些舞蹈中，人們往往是邊舞邊歌，氣氛相當熱烈。在景頗族的目瑙縱盛會一開始就要唱一支歌《目砌勝臘崩》，傳授自己民族的歷史。迪慶藏族的尼西情舞中亦是很講究唱歌的舞蹈。這種舞蹈是用於青年男女談情說愛的，故在跳舞時，毫不放鬆直接用歌來表達對對方的愛慕，或進行眞誠的調情和大膽熱烈的追求。

5、樂器伴舞

在雲南民族民間舞蹈裡，樂器除了有伴奏的作用外，它還隨著舞者一同在舞場上歡歌跳舞，這也可謂是一種藝術特點。

雲南藏族的弦子舞，舞時，用一種形如二胡的器樂——弦子伴舞。這種弦子，藏人稱「兵央」，拉弓與琴桿較短，弓、弦均用馬尾製成，琴筒較粗。由男子跳著演奏，拉者數十人，極有民族色彩。基諾族的大鼓舞就是圍著大鼓進行表演的一種舞蹈。相傳，遠古時期，洪水淹沒了大地，馬黑、馬妞兄妹倆因躲進了大牛皮鼓中才得幸免。在沒有辦法的情況下，兄妹倆成婚繁衍後代，人越來越多，生活越來越好。爲了感謝創世巨神阿毛肖布，他們就敲起鼓來，召喚子孫，圍著大鼓載歌載舞，以表示對阿毛肖布巨神的鳴謝。久而久之，就形成了這種大鼓舞。八角鼓舞是流傳於大理、洱源一帶的白族民間舞蹈。舞者手執一種八角形的手鼓，鼓面用薄紙糊上，鼓邊嵌入數枚銅錢，搖動時不斷作響。舞時，邊舞，邊拍手鼓，邊唱歌。整個舞蹈足得豪爽、粗獷，具有豐富多變的節奏感。另外，還有傣族的象腳鼓舞、抬鼓舞、短鼓舞，納西族的徒手象舞，拉祜族的口琴舞，怒族、傈僳族的琵琶舞，苗、彝、瑤、哈尼等族葫蘆笙舞等等，就不再一一例舉了。

西南民族民間舞蹈與其他藝術的關係

從某種意義上來說，舞蹈孕育了其他的一些藝術品種。作爲一個民族的舞蹈來說，相對比其他藝術如戲劇等就要早得多，由此可見，上述的論斷大概是不會錯的。

戲劇形成與舞蹈的關係

可以這樣說，雲南少數民族的戲劇的形成與其民族的舞蹈是緊密相關的。白族的戲劇——白劇的產生不僅與民間曲藝大本曲和民間戲劇吹吹腔有關，而且還和打歌、繞山靈與民間歌舞形式密切相聯。打歌即爲踏唱，是一種邊唱邊舞的形式，多半在婚喪、社火集會時演唱。人們分成兩隊，圍著火塘，邊轉邊唱。傣族戲劇的產生吸收了各種有益養料，同樣也少不了來自民間舞蹈中的養成營份。例如，跳白馬，這原是一種民間歌舞形式，由兩人騎著篾紮紙糊的馬，逢年過節挨家挨戶邊歌邊舞，表示祝福。又如，跳柳神也是一種民間古老的占凶卜吉、驅魔逐邪的歌舞，演唱者扮成柳神一邊唱一邊舞。這些民間的歌舞形式爲傣族戲劇的成長和發展提供了優越的條件。雲南彝族的彝劇也是吸收了許多彝族舞蹈藝術如花鼓舞、羅佐舞、跳月等的素材而發展起來的，故其至今藝術風格比較質樸、粗獷、富有山野氣息，與民族民間舞蹈的素養是分不開的。

歌舞劇的形成與舞蹈的關係

實際上，在民族民間舞蹈中，有一種邊唱歌邊舞蹈的形式，這就是如今歌舞劇的前身。最有代表性的是景頗族的目瑙縱。這種舞蹈實爲一種罕見的大型歌舞劇。每次有幾千、上萬人參加，歌舞可達三至四天。目瑙縱的舞蹈路線圖，就是傳說中景頗族祖先的遷移路線，實際上也就形成了變化多端的舞蹈隊形。另外，還有化裝表演。例如在《目砌勝臘崩》、《春米舞》結束之後，在鼓鋩的敲打聲中，四個身穿龍袍、頭插多種鳥類羽毛、裝飾著野豬長牙齒，其中有兩個是裝飾犀鳥大嘴「固獨如」（帽子）的「鬧雙」（帶頭的），他們首先跳起舞。所有這些目瑙縱的舞蹈都演示了景頗族祖先艱難創業的生息繁衍的過程，因此可以將它稱之爲現代歌舞劇的雛形。

體育與舞蹈的關係

從人類最早有舞蹈開始，就具有某種體育鍛煉的性質。因爲舞蹈的劇烈運動能調節生理節奏，促進心身健康，時間一久，就被人們注意到了，隨著社會的發展，出現了各種學科的分支，舞蹈和體育就分家了，各自獨立成爲一種科學，因此可見，舞蹈中也孕育了現代體育的低級形態，如今的舞蹈中亦能看出這一點，例如流行於世界的迪斯科、霹靂舞等，就與體育鍛煉有一定的關聯。

在雲南少數民族民間舞蹈中也有這一種現象，如葫蘆笙舞，流傳於彝、苗、瑤、傣、傈僳、拉祜、哈尼、布朗等民族中的葫蘆笙舞不僅是一種舞蹈，而且也是少數民族進行體育鍛煉的一項運動，現已被國家列入民族體育範圍內，做爲體育表演項目。葫蘆笙舞的出現，首先是由於對野生葫蘆的崇信感情，關於這一點，傣族的《葫蘆信》、彝族《梅葛》等民間創作中還保存著。從考古發掘材料來看，在雲南祥雲縣大波那村發掘了年代爲春秋至戰國初年的銅葫蘆笙，形如葫蘆瓜，有一個音孔。另外，還發現了幾件戰國至西漢的青銅葫蘆笙。這些都反映了一個事實，作爲樂器的葫蘆笙早在雲南各土著民族中流傳開了。據唐樊綽《蠻書》記載：彝族、白族先民之「少年子弟暮夜遊行閭巷，吹葫蘆笙，或吹樹葉。」乾隆《白鹽井志》記載：傈僳族先人「攜手頓足，吹蘆笙彈響篾以爲樂。」明《百夷傳》記載：傣族先祖曾「擊大鼓，吹蘆笙，舞牌爲樂。」道光《雲南通志》引《思樂縣志》記載：苦聰人在「娶時親戚會飲，吹蘆笙以爲樂。」所有這些材料均是雲南少數民族喜愛葫蘆笙的旁證。葫蘆笙一吹，就會跳起舞，故名之葫蘆笙舞。對葫蘆笙舞因民族、地區不同稱謂也各不一樣，有「跳歌」、「打跳」、「羅作」、「踏歌」、「踏笙塘」等等。

葫蘆笙舞花樣較多，有站立吹笙、爬梯鑽梯吹笙，騎背順向背向吹笙、踩樁吹笙、倒立吹笙等等。要練成這樣難度較大的動作，這些民族的青年男子堅持幾年、十幾年的工夫，在田邊地角、草地村口練習吹笙技藝。他們吹啊，跳啊，滾啊，翻啊，實際上已將現代體育的一些基本動作巧妙地表現出來，並和舞蹈融合在一起了。難怪現在將葫蘆笙聲列入民族民間體育的運動項目，是很有道理的。

七夕傳說的複合文化及多元取向

傳說古時候有個年輕人，名叫牛郎，父母早逝，跟著兄嫂過活。嫂子常常欺負他，最後還唆使兄弟二人分家，自己佔據了土地和房屋，只把一條老牛分給牛郎。這條老牛卻不是一般的牛，而是天上的金牛星變的，它因爲觸犯了玉皇大帝的天條，被玉帝貶到凡間爲牛。有一天，它忽然開口告訴牛郎，東邊的山下有一個湖，每天黃昏會有七個仙女下到這個湖裡洗澡。只要牛郎偷走她的衣裳，那個仙女無法返回天宮，就會留下來作他的妻子。聽了老牛的話，牛郎果然偷偷藏起其中一位仙女的衣裳。等到仙女們洗完澡要回天宮時，年紀最小的織女才發現自己的衣裳不見了，急得哭了起來。這時牛郎捧著她的衣裳出現，要求織女答應作他的妻子才把衣裳還給她。織女看牛郎忠厚老實，便含羞的答應。兩人成親後生了一對子女，男耕女織，生活十分幸福美滿。但那頭忠心的老牛卻死了。死前它告訴牛郎，在它死後，剝下它的皮，遇到困難時，就會派上用場。織女嫁給牛郎的消息傳回去天庭後，玉皇大帝大爲震怒，就派王母娘娘下凡去抓織女回來。牛郎回家後看不到織女，急得和兩個孩子放聲痛哭。忽然之間想起了老牛的叮囑，就披上牛皮，用一擔籮筐挑兩個孩子，飛快地追趕王母娘娘及織女。靠著牛皮的神奇魔力，牛郎飛也似的追上他們。這時，王母娘娘心中一急，就撥下頭上的金簪子，往地上一劃，馬上出現了一道波濤洶湧的天河，把牛郎和織女分隔兩邊。牛郎和一雙兒女站在河邊大哭，哭聲驚動了玉皇大帝，他一看兩個孩子很可憐，就叫他們全家每年七月七日相會一次。於是每年到了七夕，就有無數的喜鵲飛上天去，搭成了一座鵲橋，讓牛郎、織女一家人渡河相會。據說每年的七夕，人間的喜鵲就會變少，因爲它們都飛上天去搭橋了。而且，一過了七夕，喜鵲頭上的毛都會掉落，就是因爲七夕去搭橋的緣故。又說七夕當天晚上一定會下雨，這是牛郎、織女重逢後喜極而泣的淚水。

一、複合的民俗

相傳七夕拜織女，會有一雙巧手，像織女一樣，會做許多巧事。所以古代有女兒的人家都會在七夕夜，向織女乞求，賜給一雙靈巧的手。這就是乞巧會，又稱乞巧節、女兒節和少女節等。

其實，七夕節還有其他的稱呼和內容。

1、敬魁星

俗傳七月七日魁星的生日。魅星是自然神，是北斗七星的第一星，廿八宿中的奎星，也稱作魁首或魁斗星、魁星爺。從前的讀書人相信魁星和金榜題名有很密切的關係，所以稱中了狀元叫做「一魁天下士」或「一舉奪魁」，他們相信都是因爲魁星主掌考運的緣故。因此，魁星成爲古代讀書人所崇拜的神明。據民間傳說，魁星爺生前長相奇醜，臉上長滿斑點，又是個跛腳。有人便寫了一首打油來取笑他：不揚何用飾鉛華，縱使鉛華也莫遮。娶得麻姑成兩美，比來蜂室果無差。鬚眉以下鴻留爪，口鼻之旁雁踏沙。莫是檐前貪午睡，風吹額上落梅花。相君玉趾最離奇，一步高來一步低。款款行時身欲舞，飄飄蹝處乎如口。只緣世路皆傾險，累得芳蹤盡側欹。莫笑腰枝常半折，臨時搖曳亦多姿。然而這位魁星爺志氣奇高，發憤用功，竟然高中了。皇帝殿試時，問他何臉上全是斑點，他答道：「麻面滿天星」；問他的腳爲何跛了，他答道：「獨腳跳龍門」。皇帝很滿意，就錄取了他。

另一種完全不同的傳說，說魁星爺生前雖然滿腹學問，可惜每考必敗，便悲憤得投河自殺了。豈料竟被鱉魚救起，升天成了魁星。因爲魁星能左右文人的考運，所以每逢七月七日他的生日，讀書人都鄭重的祭拜。

過去讀書人爲了考取功名，特別崇敬魁星，所以一定在七夕這天進行祭拜，祈求魁星保佑自己考運亨通。在古代，有祭祀魁星的風俗，古代的私塾或學堂都奉祀魁星爺，讀書人對祭魁星更是盛大，在清代台灣文獻中就有關祭魁星的記載，描寫祭魁星是在晚上舉行，各個私塾都競相集資準備餐品來祭拜，整夜喝酒；也有的用演戲來慶祝，甚至也有殺狗來祭祀的。

2、成年禮

「做十六歲」是台南地區特有禮俗，清朝時期府城五條港地區貿易繁華，勞動力密集，在碼頭擔任搬運工的孩子，如果滿了十六歲，就可以支領與大人一樣的全薪。傳說「七娘媽」及「鳥母」是兒童的守護神，七夕是七娘媽及鳥母的生日，家中有十六歲的子女都要「做十六歲」，感謝七娘媽護佑孩子長大成人。儀式由雙親捧著七娘媽亭，立於神案前，年滿十六歲的子女由亭下及神案下穿過，男孩起身後須往左繞三圈，稱「出鳥母宮」，女孩則往右繞三圈，表示「出婆媽」，然後再將七娘媽亭投入火中，奉獻給七娘媽。如果是富裕人家，在祭拜完七娘媽之後，還會設席宴請親友，大肆慶祝一番。「做十六歲」不僅是台南的獨特習俗，也是府城歷史、人文、經濟發展的見證。如何作十六歲？在小孩十六歲那一年的農曆七夕，外婆家必須準備各項牲禮、麻油雞、油飯、麵線、四果、紅龜粿等供品，有的還會加上衣服、鞋帽、手錶、項鏈、腳踏車或是載衣車等物，分別爲男女外孩做十六歲。並請來工頭及親朋好友歡宴慶祝、同時證明小孩已經長大，從今以後可以領取大人全額的工資。

3、尊師節

農曆七月初七，是福建省明溪縣鄉村的「尊師節」，家家戶戶都要準備好禮物，拜訪教師，送「七吉禮」，爭相邀教師到家裡吃飯，孩子們則穿著新衣服如同過春節一樣，他們到教師宿舍，打掃衛生，擦洗桌椅，整理教室。有子女新入學的家庭更是要慶賀一番。左鄰右舍、親朋友好友往往都會提著「文房四寶」來祝賀。做長輩的，這一天不僅要贈送新衣服、手絹、扇子等禮品，還要說金榜題名、衣錦榮歸等話語寄以鼓勵，謂之「做七吉」。

在一些鄉村，這一天群眾要拜「聖人公」，即拜孔子。孔子廟熱鬧非凡，許多家長帶著子女跪拜「聖人公」，祈禱保佑他們知書達理，氣氛莊嚴肅穆，必恭必敬。這一天也是孩子們的故事節，教師要準備好許多故事，組織孩子到野外郊遊，增長見識，讓孩子們過得豐富多彩。明溪人做「七吉」，已經沿襲了四百多年。早在明萬曆四十二年《歸化縣志・歲時》（歸化爲明溪舊稱）載：「七月初七日，各街兒童備酒果設拜，焚所書字紙」。清康熙二十二年《歸化縣志・歲時》載：「七夕，小學蒙童設酒肴，焚所習字紙乞巧」。這些都反映孩子們祈求智慧靈巧的情形，隨著時間的推移，這一天逐漸變成了「尊師節」。今天，明溪縣形成了良好的學習風氣，整個社會尊師重教，孩子們酷愛學習，成績斐然。

舊時，畲村婦女在七夕也有講牛郎織女的故事，談會情郎的悄悄話，唱人間悲歡離合的山歌之外，畲族還有其他關於做「七夕」的習俗，不少是有關女性的內容，而是爲孩子（無論是男性還是女性）都要進行乞巧活動。小孩子初上學。孩子的舅公，舅舅，姑丈等親人和全村人都要爲這個孩子做「七夕」。人們認爲七夕可乞巧，做「乞巧」的孩子會變得更聰明，會讀好書，將來就能考秀才，中狀元。這是關係孩子前途、全村聲譽的事，因此相當隆重。七夕前，孩子家長向親朋戚友發紅帖，家長帶著孩子去拜見先生。親朋戚友收帖後，忙著備禮品。舅公、舅舅要辦禮擔，內有衣服一套，鞋襪一雙，一對帶藤的西瓜，書包一個，文房四寶一套，紙扇一把，還有象徵吉祥的麵糖澆鑄的孔子像一尊，大寶塔一對，小寶塔五對，或者大的二對，小的十對，以及目魚，蟶乾，龍眼乾，荔枝乾等食品。一般親戚只要一雙鞋襪，一包冰糖；朋友則送紅包一個或冰糖二斤，即可。七夕早晨，孩子早早起床，穿上新衣服，在孔子神位前燒三炷香，背書文。早飯後，去學堂請先生，父親在大門口等候迎接。先生到站口，放紙炮迎接進門。先生來到廳堂，拜叩孔子神位。而後，管事的後生進行招待。先敬上冰糖茶，再敬煙。客人到齊後，孩子當眾在先生面前背誦書文，先生考學生。學生考出好成績，先生臉上頓時生輝，即贈送一把漂亮的紙扇，題一對子，如：「學知不足，業精於勤」或「學問無窮，曾參顏回，光陰有限，禹寸陶分」之類，作爲鼓勵。家長送先生一個大紅包以答謝。如果學生不會背誦，一問三不知，先生感到丟臉，有的便當眾責備學生，有的氣得連飯都不吃，甩袖就走了。不過，一般不會出現這種場面，因爲先生會根據學生的學習情況，事先做好安排的。因此，做七夕都是滿堂歡喜。考完學生，酒宴開始。先生是最受尊敬的人，因此坐首席位，舅公、舅舅陪座。酒席是在鼓樂聲中進行的。當嗩吶吹「得勝令」時，家長帶孩子來敬酒，首先敬先生，再敬舅公、舅舅，最後敬左鄰右舍。舅公、舅舅受敬時，要給外甥一個紅包。敬完酒後，繼續上菜喝酒，猜拳行令，直至酸菜上桌，首席貴賓散席，大家才能離開。（汪玢玲等主編《中國民俗文化大觀》）

4、床母生日

在台灣，七月七日是床母的生日。大家知道，台灣是一個多神崇拜的社會，樹有樹神，床也有床神，而民間信仰的床神是是女性神，也叫「床母」，是兒童的保護神。床母生日的時候，通常有小孩的家庭，在孩子十六歲以前都要拜床母。在當天傍晚時，在兒童睡的床邊拜床母；供品包括：油飯、雞酒（或麻油雞），焚燒「四方金」和「床母衣」，拜床母時不宜太長，不像平常祭拜要斟酒三巡，大約供品擺好，香點了以後，就可以準備燒四方金和床母衣，燒完即可撤供，希望孩子快快長大，不能拜太久，怕床母會寵孩子賴床等。床母的由來，據說說是這樣的：古時候有個書生叫郭華，去參加秀才的考試。路過蘇州，住在旅館中，晚上出去買扇子時，竟和賣扇子的姑娘一見鍾情，當夜兩人便成了夫妻。不料郭華竟暴斃於床上。賣扇的姑娘很可憐郭華的慘死，又怕被親戚鄰居知道，就把他的屍體埋在自己床下。後來這個賣扇的姑娘竟懷孕了，十個月以後產下一子。爲了安撫郭華的靈魂，她經常地用酒菜在床上焚香祭拜。有人問她爲什麼這樣作。她說是拜床母可使孩子長得快，從此便有人認眞的仿效她拜床母。也有人認爲賣扇的姑娘拜的是情夫（即台灣話的「契兄」），所以拜床母就拜「契兄公」。據說這個「以訛傳訛」的床母生日就在七夕。

5、七娘媽生日

這也是台灣的習俗。七娘媽就是七星娘娘，是民間將天上七星人格化的結果，其生日也是在七月七日。她也是孩子的保護神。農業社會醫學不發達，孩子常因疾病而夭折，所以人們請求七娘媽保佑孩子，能平安長大。每到十六歲的七月七日當天還願，舉行盛大的祭祀，酬謝七娘媽。據說，七娘媽還有其他的神效：沒有子女的，她能授子女；有子女的，她能保平安。所以有許多小孩，在十六歲以前都要配戴七娘媽的香火。

民間信仰七娘媽者，皆於七夕此日黃昏供祭。供品有軟粿（一種中心壓凹的湯圓，傳說是給織女裝眼淚的）、圓仔花（即千日紅，爲祈求多子多孫）、雞冠花、茉莉花、樹蘭、胭脂、白粉、雞酒油飯、牲禮、圓鏡。必不可少的還有一座紙紮的七娘媽亭，家有滿十六歲者，特供粽子、麵線。祭後，燒金紙、經衣（印有衣裳之紙）、並將七娘媽亭焚燒，無法焚盡的竹骨架丟至屋頂，此稱「出婆姐間」（婆姐，傳即臨水宮夫人女婢），表示該孩童已成年。胭脂、白粉一半丟至屋頂，一半留下自用，據稱可使容貌與織女一樣美麗。

6、牛生日

牧童則會在七夕之日採摘野花掛在牛角上，叫做「賀牛生日」。傳說七夕是牛的生日。

7、晒書節

唐朝訂七月七日爲晒書節，三省六部以下，各賜金若干，以備宴席之用，也稱爲「晒書會」。夏季特有的炎熱陽光，又促成了另一項七夕的習俗——晒書、晒衣。漢崔寔（逝於170年）的《四民月令》說：（七月七日）曝經書及衣裳不蠹。現代的科學報告指出，日光中所含的紫外線，的確具有殺菌的效果，可見《四民月令》的這項記載頗符合科學精神。歷史上關於文人晒書、晒衣的習俗有過幾則有趣的小故事，據王隱（約317年前後在世）的《晉書》卷十記載，司馬懿當年因位高權重，頗受曹操的猜忌。有鑒於當時政治的黑暗，爲求自保，他便裝瘋病躲在家裡。魏武帝仍然不大放心，就派了一個親信令史暗中探查眞相。時值七月七日，裝瘋的司馬懿也在家中晒書。令史回去稟報魏武帝，魏武帝馬上下令要司馬懿回朝任職，否則即刻收押。司馬懿只乖乖的遵命回朝。

另有一種人，在亂世中，以放浪形骸來表達心中的鬱悶。他們蔑視禮法，反對世俗，就是在七夕節裡不晒書。劉義慶（403～444）的《世說世語》卷二十五說，七月七日人人晒書，只有郝隆跑到太陽底下去躺著。人家問他爲什麼，他回答：我晒書。這一方面是蔑視晒書的習俗，另一方面也是誇耀自己腹中的才學。晒肚皮也就是晒書。漢代晒衣的風俗在魏晉時爲豪門富室製造了誇耀財富的機會。名列「竹林七賢」的阮咸就瞧不起這種作風。七月七日，當他的鄰居晒衣時，只見架上全是綾羅綢緞，光彩奪目。而阮咸不慌不忙地用竹竿挑起一件破舊的衣，有人問他在幹什麼，他說：「未能免俗，聊復爾耳！」由這幾則小故事看來，就知道當時七夕晒書的風俗有多盛了。

8、漂河燈

在白族，七月七日還有一種風俗，就是「漂河燈」。居住在雲南鶴慶縣的白族人，每逢農曆七月七日乞巧節，要舉行傳統的「漂河燈」活動。「漂河燈」的場面極爲壯觀。天黑以後，河沿岸早已聚滿了人。漂燈者把一盞盞特製的彩燈點著，放到河水中，任其飄蕩。這些河燈，色彩斑爛，造型各異，什麼龍、鳳、仙鶴、花鳥、蜂、蝶；什麼八仙賀壽、天女散花、水漫金山、牛郎織女，眞是千姿百態，妙趣橫生。加之這些彩燈在河中隨波漂浮，波光燈影交相輝映，宛如一條燈的河流。觀燈的人們，摩肩接踵，興趣盎然，眼觀五彩的燈河，耳聽助興的鑼鼓、絲竹笙簧之樂，完全沉侵在歡樂之中。白族人爲什麼要「漂河燈」呢？這裡面有一個優美的傳說。在遠古的時候，九龍山上有一個部族，部族首領是一位慈祥的母親。母親有兩個兒子，長大後，母親爲兩個兒子娶了親。大兒子去到壩區安了家，當了壩區漢族部落酋長，兒子留在山區，當了山區白族部落酋長。在這位母親五千歲那年，漢族部落受到外來民族的侵略，老大帶領全部落人奮起抗擊。可是敵眾我寡，形勢危急。老大派人向母親和弟弟求援。得知這個消息，母親立即叫老二帶上所有白族青壯年，去支援漢族老大哥。同時還聚集了許多糧食，用以援助漢族兒女。可是兩個部落相隔千里，白族再無勞力送糧。於是，老母親同部落裡的老人一起商量，終於想出了好辦法。他們伐樹鋸成樹段，一破兩開，掏成槽船。這樣，糧食便可裝進槽船內，放到九溪河中，讓槽船順流漂下，流到漢族部落境內。爲了提醒漢族兒女的注意，按照部落傳統的通訊方法，在槽船上覆蓋樹枝樹葉，並放了照明裝置。此法非常管用，漂放的糧食全都安全到達漢族部落。有了糧食和援兵，漢族部落最後趕走了侵略者。打這以後，爲了讚美母愛，歌頌民族團結，紀念正義戰勝邪惡，白族人逐漸把漂放槽船演化成漂放河燈的習俗，沿襲至今。

綜上所述，七月七日所表達的形態，也不完全與乞巧有關，而是一種複合型的文化形態的節日。

因此，我們的結論是：歷史上七月七日不完全是女性的節日，而是複合型的民俗節日，它在自己的發展過程中，從複合的文化內涵改變成爲如今單一的節日形態。這樣，七月七日就慢慢地變化成爲乞巧節了。

二、多元的內容

1、七夕節是女性的節日

在我國，農曆七月七日，七夕節，是一個重要傳統節日，也稱之爲乞巧節、女節、女兒節、雙七節等。

在這個節日裡，有許多關於女性活動的內容。

（1）漂針試巧：七月七日，爲「女節」。少女咸以盂盆盛水向日，中漂針，照水中之影，以試巧，復陳瓜果，爭相「乞巧」。姑蘇吳地一帶流傳著七夕「乞巧」的民間風俗。無論大家閨秀，小家碧玉，無論黃花閨女，中年婦人，是夜設桌庭院，置一盆鳳仙花，兩盤油巧果，三枝清香，桌子正中還放一碗，半是河水半是井水的「鴛鴦水」。眾家姐妹們焚香祈禱，遙望織女星，默訴女兒事，希冀平安、幸福、健康。鴛鴦水經一夜露水，表層韌糯，翌日一朝，眾姐妹將一枚繡花針輕放在鴛鴦水面，使其浮而不沉，藉著朝陽之光，窺察繡花針在碗底的投影，是長是短，是粗是細，是扁是圓，是清是濁，藉以判別各人的智愚巧拙，勤懶敏鈍。還有一種「乞巧」風俗是，眾姐妹在月光和星漢映照下，以五色絲線穿接繡花針比巧，誰先穿完為「巧姐」。吳曼雲的《紅鄉節物詞》為證：「穿線年年約比鄰，更將餘巧試針神，誰家獨見龍梭影，繡出鴛鴦不度人」。在山東等地，七夕晚上婦女唱「天皇皇地皇皇，俺請七姐姐下天堂。不圖你的針，不圖你的線，光學你的七十二樣好手段」的歌謠，還要穿針引線的比賽，希望爭得巧手之名。

（2）樹液洗頭：在許多地方人們會在七月七日這一天用一種特殊的樹葉放在水裡浸泡，用來洗頭。據說，這樣洗泡可以使得頭髮更加光滑有色澤。還傳說這樣做，可以使得女孩子年青美麗，對未婚的女子來說，還可以更快找到如意郎君。

（3）花染指甲：許多地區的年輕姑娘，喜歡在節日時用雞冠花染指甲，也是大多數女子與兒童們，在節日娛樂中的一種愛好。

（4）棚下聽悄悄話：在紹興農村，這一夜會有許多少女一個人偷偷躲在生長得茂盛的南瓜棚下，在夜深人靜之時如能聽到牛郎織女相會時的悄悄話，在其他地方，有的是在葡萄架下偷聽牛郎織女的說話，這樣可以得到永遠不變的愛情。

（5）迎仙：廣州的乞巧節獨具特色，節日到來之前，姑娘們就預先備好用彩紙、通草、線繩等，編製成各種奇巧的小玩藝，還將穀種和綠豆放入小盒裡用水浸泡，使之發芽，待芽長到二寸多長時，用來拜神，稱為「拜仙禾」和「拜神菜」。從初六晚開始至初七晚，一連兩晚，姑娘們穿上新衣服，戴上新首飾，一切都安排好後，便焚香點燭，對星空跪拜，稱為「迎仙」，自三更至五更，要連拜七次。拜仙之後，姑娘們手執彩線對著燈影將線穿過針孔，如一口氣能穿七枚針孔者叫得巧，被稱為巧手，穿不到七個針孔的叫輸巧。七夕之後，姑娘們將所製作的小工藝品、玩具互相贈送，以示友情。

（6）月下盟結：膠東地區，有祭拜七姐神的習俗，年輕女子常喜歡在七夕節著新裝，聚一堂，月下盟結七姐妹。有的地區還組織「七姐會」，各地區的「七姐會」聚集在宗鄉會館擺下各式各樣鮮艷的香案，遙祭牛郎織女，「香案」都是紙糊的，案上擺滿鮮花、水果、胭脂粉、紙製小型花衣裳、鞋子、日用品和刺繡等，琳琅滿目。不同地區的「七姐會」，便在香案上下工夫，比高下，看誰的製作精巧。今天，這類活動已為人遺忘，只有極少數的宗鄉會館還在這個節日設香案，拜祭牛郎織女。

（7）淨水視影：江蘇一帶的乞巧活動是取淨水一碗於陽光下曝晒，並露天過夜。即撿細草棒浮於水中，視其影來定驗巧拙。也有許多年青女子採用小針看水底針影來應驗智愚的。其他地區的漢族也多採用這種方式來應驗巧拙智愚。

（8）許願：在這一天，青年男女乞智、乞巧，希望自己的技藝才能高人一等，而已婚的、年老的、貧的、富的，莫不各懷所願。晉周處（240～299）《風土記》上說，七夕當夜，拜牛郎、織女時，馬上下拜，說出自己的願望，不管是乞富、乞壽、乞子，莫不靈驗。但是所乞求的願望一次只能有一種，而且要連乞三年才會應驗。據說七夕的天河，還可預告當年的收成，天河明顯，收成就好，糧價就低；天河晦暗，收成就不好，糧價就貴。有的地區在七夕作「青苗會」乞穀，也是一種許願的活動。

2、七夕是具有巫術性質的節日

（1）取雙七水：在廣西西部，傳說七月七日晨，仙女要下凡洗澡，喝其澡水可避邪治病延壽。此水名「雙七水」，人們在這天雞鳴時，爭先恐後地去河邊取水，取回後用新瓮盛起來，待日後使用。他們認爲雙七水進行洗浴能消災除病，體弱多病的孩子，也常在此日將紅頭繩結七個結，戴在脖子上，祈求健康吉祥。

（2）種生求子：舊時習俗，在七夕前幾天，先在小木板上敷一層土，播下粟米的種子，讓它生出綠油油的嫩苗，再擺一些小茅屋、花木在上面，做成田舍人家小村落的模樣，稱爲「穀板」，或將綠豆、小豆、小麥等浸於磁碗中，等它長出數寸的芽，再以紅、藍絲繩紮成一束，稱爲「種生」，又叫「五生盆」或「生花盆」。南方各地也稱爲「泡巧」，將長出的豆芽稱爲巧芽，甚至以巧芽取代針，拋在水面乞巧。還用蠟塑各種形象，如牛郎、織女故事中的人物，或禿鷹、鴛鴦等動物之形，放在水上浮游，稱之爲「水上浮」。又有蠟製的嬰兒玩偶，讓婦女買回家浮於水上，以爲宜子之樣，稱爲「化生」。

（3）求如意郎君：在民間還有拜織女的活動。「拜織女」純是少女、少婦們的事。她們大都是預先和自己朋友或鄰里們約好五六人，多至十來人，聯合舉辦。舉行的儀式，是於月光下擺一張桌子，桌子上置茶、酒、水果、五子（桂圓、紅棗、榛子、花生，瓜子）等祭品；又有鮮花幾朵，？束紅紙，插瓶子裡，花前置一個小香爐。那麼，約好參加拜織女的少婦、少女們，齋戒一天，沐浴停當，準時都到主辦的家裡來，於案前焚香禮拜後，大家一起圍坐在桌前，一面吃花生，瓜子，一面朝著織女星座，默念自己的心事。如少女們希望長得漂亮或嫁個如意郎、少婦們希望早生貴子等，都可以向織女星默禱。玩到半夜始散。

（4）接露水：浙江農村，流行用臉盆接露水的習俗。傳說七夕節時的露水是牛郎織女相會時的眼淚，如抹在眼上和手上，可使人眼明手快。

（5）蜘蛛乞巧：蜘蛛乞巧是一種巫術行爲，大致起於南北朝。南朝梁宗懍《荊楚歲時記》說：「是夕，陳瓜果於庭中以乞巧。有喜子網於瓜上則以爲符應。」宋代還以蜘蛛占七夕。《東京夢華錄》卷八：「或以小蜘蛛安合於內，次日看之，若網圓正，謂之『得巧』。里巷與技館，往往列之門首，爭以侈靡相向。」光緒《荊州府志・歲時》：「七夕，《事始》云楚懷王初置七夕，婦女是日以彩縷等七孔針，陳瓜果於庭，以乞巧，有喜子網瓜上爲得巧之驗。」

（6）乞巧織女：七夕當天在月下設一香案，供上水果、鮮花，向織女乞巧。據吳淑（947～1002）《秘閣閑話》（見引於《歲時廣記》卷二十七）的記載，蔡州有位丁姓女子，十分擅長女紅。有一年七夕她乞巧時，看到一枚流星掉在她的香案。第二天早上一看，原是隻金梭。從此之後，她的「巧思益進」。

（7）適宜配藥：七夕同時也是適宜配藥的日子。據說一種以松柏爲藥材的秘方，以七月七日的露水調配合成，服一丸可延長十年的壽命。《歲時廣記》卷二七中記載了一種以松柏爲藥材的秘方。這種神奇的藥丸以七月七日的露水調配合成，據說服一丸可延長十年的壽命，服二丸可延二十年。此外，還有餌松實、服柏子，折荷葉等，均號稱爲長生不老的仙藥。比較實用的藥方有晒槐汁治痔，煎苦瓠治眼，摘瓜蒂治下痢等等不一而足。其功效如何，就只有試過的人才知道了。

（8）在七月七日這一天，有的地方婦女們還舉行占卜活動。例如，比較古老的方法還保留在公劉故鄉——旬邑（古豳）地區。乞巧之後，姑娘們手挽成「花花轎」，兩人相抬，送走巧娘娘，其他人相隨，把巧娘娘抬往水潭邊或池溏邊，送其「過天河」會見牛郎。最後，姑娘們或伏在井邊觀看牛郎織女相逢的情景。陝西黃土高原地區，在七夕節的夜晚，婦女們往往要結紮穿花衣的草人，謂之巧姑，不但要供瓜果，還栽種豆苗、青蔥，在七夕之夜各家女子都手端一碗清水，剪豆苗、青蔥，放入水中，用看月下投物之影來占卜巧拙之命。

3、特殊的節日食品

七夕的應節食品，以巧果最爲出名。巧果又名「乞巧果子」，款式極多。主要的材料是油面糖蜜。《東京夢華錄》中稱之爲「笑厭兒」、「果食花樣」，圖樣則有捺香、方勝等。宋朝時，街市上已有七夕巧果出售，巧果的做法是：先將白糖放在鍋中熔爲糖漿，然後和入麵粉、芝麻，拌勻後攤在案上捍薄，晾涼後用刀切爲長方塊，最後折爲梭形巧果胚，入油炸至金黃即成。手巧的女子，還會捏塑出各種與七夕傳說有關的花樣。七夕節的飲食風俗，各地不盡相同，一般都稱其爲吃巧食，其中多餃子、麵條、油果子、餛飩等爲此節日的食物。吃雲麵，此麵得用露水製成，吃它能獲得巧意。還有許多民間糕點鋪，喜歡製一些織女人形象的酥糖，俗稱「巧人」、「巧酥」，出售時又稱爲「送巧人」，此風俗在一些地區流傳至今。

巧果中還會有一對身披戰甲，號稱「果食將軍」。

農曆七月初七，崇明有「七月七，買點烤吃吃，不生痱子不生癤」的說法。是日戶戶煎烤（以麵粉加糖水揉成團，擀成薄皮，切成長方形小片入油鍋煎製）食之，謂「吃烤」（與「乞巧」諧音）。吃烤這一習俗至今尚存，但多已改爲用餛飩皮入油鍋煎製。（《江風海韻》第 141 頁，上海文藝出版社 2004 年）

此外，乞巧時用的瓜果也有多種變化：或將瓜果雕成奇花異鳥，或在瓜皮表面浮雕圖案；此種瓜果稱爲「花瓜」。

在歷史上各朝代則另有不同的節日食品，魏朝流行湯餅，唐朝時候流行斫餅，並訂七月七日三省六部以下，各賜金若干，以備宴席之用。

三、七夕節的演變和發展

一是，七夕乞巧，這個節日起源於漢代，已經成爲公認的事實。

東晉葛洪的《西京雜記》有「漢彩女常以七月七日穿七孔針於開襟樓，人俱習之」的記載，這便是我們於古代文獻中所見到的最早的關於乞巧的記載。南朝梁宗懍《荊楚歲時記》說：「七月七日，是夕人家婦女結彩樓穿七孔外，或以金銀愉石爲針。」《輿地志》說：「齊武帝起層城觀，七月七日，宮人多登之穿針。世謂之穿針樓。」五代王仁裕《開元天寶遺事》說：「七夕，宮中以錦結成樓殿，高百尺，上可以勝數十人，陳以瓜果酒炙，設坐具，以祀牛女二星，妃嬪各以九孔針五色線向月穿之，過者爲得巧之侯。動清商之曲，宴樂達旦。士民之家皆效之。」後來的唐宋詩詞中，婦女乞巧也被屢屢提及，唐朝王建有詩說「闌珊星斗綴珠光，七夕宮娥乞巧忙」。元陶宗儀《元氏掖庭錄》說：「九引台，七夕乞巧之所。至夕，宮女登台以五彩絲穿九尾針，先完者爲得巧，遲完者謂之輸巧，各出資以贈得巧者焉。」

宋元之際，七夕乞巧相當隆重，京城中還設有專賣乞巧物品的市場，世人稱爲乞巧市，也是古人最爲喜歡的節日之一。

明劉侗、于奕正的《帝京景物略》說：「七月七日之午丢巧針。婦女曝盎水日中，頃之，水膜生面，繡針投之則浮，看水底針影。有成雲物花頭鳥獸影者，有成鞋及剪刀水茄影者，謂乞得巧；其影粗如錘、細如絲、直如軸蠟，此拙征矣。」《直隸志書》也說，良鄉縣（今北京西南）「七月七日，婦女乞巧，投針於水，藉日影以驗工拙，至夜仍乞巧於織女。」清于敏中《日下舊聞考》引《宛署雜記》說：「燕都女子七月七日以碗水暴日下，各自投小針浮之水面，徐視水底日影。或散如花，動如雲，細如線，粗如錐，因以卜女之巧。」

但是，從七夕產生的思想起源而言，年代似乎更久遠，是遠古時代的產物，七夕節來源於天體崇拜和星球崇拜。

例如在《太平廣記》卷三〇七《裴度》中就記載了唐代民間星辰崇拜的例子，從而也可以看出那個時代星辰崇拜是比較普遍的現象。據說宰相裴度少年時，有術士稱他「命屬北斗廉貞星神，宜每存敬，祭以果酒。」多年以來裴度一直謹勤奉事。到他擔任宰相以後，因事務繁忙，逐漸荒廢。一次家人生病，「迎巫覡視之，彈胡琴，顛倒良久，蹶然而起曰：『請裴相公！廉貞將軍遣傳語：大無情，都不相知耶？將軍甚怒，相公何不謝之！』度甚驚。巫曰：『當擇良日潔齋，於淨院焚香，具酒果，廉貞將軍亦欲見形於相公。』屆時，裴度果然見到一位金甲持戈，長三丈餘的偉岸將軍。自此之後，裴度「尊奉不敢怠忽也」。

在中國人的觀念中，還認爲星辰具有神秘力量。中國自古以來就有「天上一顆星，地上一個人」的說法，就是說，地上每降生一個人，天上就多添一顆星，每死去一個人，天空就落下一顆星。在民間信仰中，天上眾星體的大小之分，亮度強弱之別與人間的生老病死、貧富貴賤、吉凶禍福有對應關係，於是又形成十分繁雜的星占、星忌等星相說。七夕就是一種占星行爲，是對自己未來進行預測的活動。在紹興農村，這一夜會有許多少女一人偷偷躲在生長得茂盛的南瓜棚下，在夜深人靜之時如能聽到天上牛郎織女相會時的悄悄話，這待嫁的少女日後便能得到千年不渝的愛情。爲了表達人們希望牛郎織女能天天過上美好幸福家庭生活的願望，在浙江金華一帶，七月七日家家都要殺一隻雞，意爲這夜牛郎織女相會，若無公雞報曉，他們便能永遠不分開。諸城、滕縣、鄒縣一帶把七夕下的雨叫做「相思雨」或「相思淚」，因爲是牛郎織女相會所致。膠東，魯西南等地傳說這天喜鵲極少，都到天上搭鵲橋去了。這些活動都是星辰崇拜的延續，是將星辰崇拜與人們現實生活緊密聯繫在一起。

也正是因爲如此，七夕才得以綿延數千年。廣州的乞巧節獨具特色，節日到來之前，姑娘們就預先備好用彩紙、通草、線繩等，編製成各種奇巧的小玩藝，還將穀種和綠豆放入小盒裡用水浸泡，使之發芽，待芽長到二寸多長時，用來拜神，稱爲「拜仙禾」和「拜神菜」。從初六晚開始至初七晚，一連兩晚，姑娘們穿上新衣服，戴上新首飾，一切都安排好後，便焚香點燭，對星空跪拜，稱爲「迎仙」，自三更至五更，要連拜七次。有的地區還組織「七姐會」，各地區的「七姐會」聚集在宗鄉會館擺下各式各樣鮮艷的香案，遙祭牛郎織女，「香案」都是紙糊的，案上擺滿鮮花、水果、胭脂粉、紙製小型花衣裳、鞋子、日用品和刺繡等，琳琅滿目。不同地區的「七姐會」，便在香案上下工夫，比高下，看誰的製作精巧。今天，這類活動已爲人遺忘，只有極少數的宗鄉會館還在這個節日設香案，拜祭牛郎織女。香案一般在七月初七就備妥，傍晚時分開始向織女乞巧。因此可以得出這樣的結論：星辰崇拜是七夕文化的思想根源，而生活中的七夕文化又是星辰崇拜的新的表現形式。

有的地方就出現各種各樣的祭拜星辰的儀式，但是都與其最初的原始形式相差甚遠了。如乞巧：在山東濟南、惠民、高青等地的乞巧活動很簡單，只是陳列瓜果乞巧，如有喜蛛結網於瓜果之上，就意味著乞得巧了。而鄄城、曹縣、平原等地吃巧巧飯乞巧的風俗卻十分有趣：七個要好的姑娘集糧集菜包餃子，把一枚銅錢、一根針和一個紅棗分別包到三個水餃裡，乞巧活動以後，她們聚在一起吃水餃，傳說吃到錢的有福，吃到針的手巧，吃到棗的早婚。如遊戲：在福建，七夕節時要讓織女欣賞、品嘗瓜果，以求她保佑來年瓜果豐收。供品包括茶、酒、新鮮水果、五子（桂圓、紅棗、榛子、花生、瓜子）、鮮花和婦女化妝用的花粉以及一個上香爐。一般是齋戒沐浴後，大家輪流在供桌前焚香祭拜，默禱心願。女人們不僅乞巧，還有乞子、乞壽、乞美和乞愛情的。而後，大家一邊吃水果，飲茶聊天，一邊玩乞巧遊戲，乞巧遊戲有兩種：一種是「卜巧」，即用卜具問自己是巧是笨；另一種是賽巧，即誰穿針引線快，誰就得巧，慢的稱「輸巧」，「輸巧」者要將事先準備好的小禮物送給得巧者。如競賽：在七夕節的時候，少女或少婦在晚上擺設香案，供上鮮花、水果、白粉、胭脂和針線，乞求織女能夠賜給她們一雙靈巧的手。用彩線對月穿針若能穿過，則表示手藝會特別的好，這種乞巧活動在民間非常普遍。有些地方的乞巧節的活動，帶有競賽的性質，類似古代鬥巧的風俗。近代的穿針引線、蒸巧悖悖、烙巧果子，還有些地方有做巧芽湯的習俗，一般在七月初一將穀物浸泡水中發芽，七夕這天，剪芽做湯，該地的兒童特別重視吃巧芽，以及用麵塑、剪紙、彩繡等形式做成的裝飾品等就是鬥巧風俗的演變。雖說這些活動已經不是完整意義上的祭拜星辰，但是它屬於祭拜星辰習俗的延伸和發展，也是七夕文化的一個組成部分，是遠古民俗在現在社會中的新變化，因此我們在說起七夕節的時候，津津樂道地談論的都是後來的豐富多彩民俗事象，而很少談及前者，就足以證明民俗延伸的力量。

即便如此，也不能夠忘記最早的文獻記載，七夕文化最早出現在漢佚名《古詩十九首》中：「迢迢牽牛星，皎皎河漢女。纖纖擢素手，札札弄機杼。終日不成章，泣涕零如雨。河漢清且淺，相去復幾許。盈盈一水間，脈脈不得語。」然後才有了牛郎織女故事，因此可以認爲：這一美麗的神話起源於天體崇拜，是人們對於牽牛星和織女星的附會，更貼切地說是將人間的理想與天上的星體聯繫在一起。以今天的天文學的觀點來說，牛郎星和織女星相距十六光年，甭說兩星靠近（其實就是星球相撞，這是一件悲壯的事），就算牛郎光寫信給織女，以光速傳送都要十六年，等織女收到信後馬上回信，還要再經過十六年才會到牛郎手上，這一來一返就要三十二年，美麗的織女就變成老太婆了。雖然這樣，人們並沒有放棄美麗的幻想，七夕的傳說故事依然在流傳，就是神話故事在今天的繼續！

這種在現實裡不可能的事情，並不妨礙人們對星體的幻想，相反，這樣的幻想在七夕節的民俗活動裡得到了充分的體現。

二是七夕在現代發展過程中，將會沿著以下兩個方向發展：

（1）發展成為新民俗

現在人們將七夕節改變成爲中國的情人節，這也不是沒有道理的，因爲民俗本來是發展的，它會根據不同的時代和不同的心理等各種各樣的因素而發生變化，情人節的出現就是不可避免的事情。這是由於在人們的腦海裡，七夕節就是牛郎與織女的相會，是夫妻之間或者情人之間的見面，與情人節的根本宗旨完全吻合。

其實，舊時，就有類似情人節的活動，拜雙星。所謂拜雙星，就是拜牽牛星和織女星，又稱爲拜銀河。這一活動在舊時北京十分流行。通常是一群少女、少婦聚議，商量過七夕節的方案，選一位家院較大、環境幽靜的家庭少婦主持，供品由大家分攤，採購。在祭雙星前夕，必須沐浴，齋戒，然後大家到主婦家設神偶，大多設在院內的葡萄下，輪流燒香、上供，供品必須有雕刻的花瓜、蜜桃、聞香果等時令鮮品，花瓶內插有鮮花。姑娘、少婦還把胭脂、澱兒粉等化妝品供上，請織女享用。少女在燒香時祈求自己像織女一樣美麗，將來找到如意郎君。少婦則希望織女保佑自己夫妻和睦，早生貴子。祭畢，她們把化妝品一分爲二，一份丟在房頂，象徵送給織女，一份留給自己使用，認爲姑娘使用與織女一樣的胭脂，自己也就會像織女一樣漂亮，心靈手巧。

但是，還有另外一種情況，就是異向發展。如在台灣，將七夕節改變成爲兒童節，就是一個例子。

台灣地處海隅，早年繼中原文化，亦有乞巧會、拜魁星等習俗。後期則漸漸脫離牛郎、織女神話的傳統，而發展出自己的地方特色，以「兒童」爲節日活動主題。

（2）發展成為新市場

在歷史上有這樣的成功的例證。

宋元之際，七夕乞巧相當隆重，京城中還設有專賣乞巧物品的市場，世人稱爲乞巧市。宋羅燁、金盈之輯《醉翁談錄》說：「七夕，潘樓前買賣乞巧物。自七月一日，車馬嗔咽，至七夕前三日，車馬不通行，相次壅遏，不復得出，至夜方散。嘉右中，有以私忿易乞巧市乘馬行者，開封尹得其人竄之遠方。目後再就潘樓，其次麗景、保康諸門，及睦親門外亦乞巧市，然終不及潘樓之繁盛也。夫乞巧多以採帛爲之，其夜婦女以七孔針於月下穿之。其實此針不可用也，針褊而孔大。其餘乞巧，南人多仿之。」在這裡，我們從乞巧市購買乞巧物的盛況，就可以推知當時七夕乞巧節的熱鬧景象。人們從初一就開始辦置乞巧物品，乞巧市上車水馬龍、人流如潮，到了臨近七夕的時日、乞巧市上簡直成了人的海洋，車馬難行、即便貴人，也只能步行。這情形，何其壯觀。觀其風情，似乎絕不亞於古代最大的節日春節。這說明乞巧是古人最爲喜歡的節日之一。

在江蘇嘉興塘匯鄉古竇涇村，有七夕香橋會。每年七夕，人們都趕來參與，搭製香橋。所謂香橋，是用各種粗長的裹頭香（以紙包著的線香）搭成的長約四五米、寬約半米的橋樑，裝上欄杆，在欄杆上扎上五色線製成的花裝飾。入夜，人們祭祀雙星，乞求福祥，然後將香橋焚化，象徵著雙星已走過香橋，歡喜地相會。這香橋，是由傳說中的鵲橋傳說衍化而來。這裡也慢慢地成爲一個集鎮性的文化消費之地。

再如，東莞的女孩子在農曆七月初六晚上有「拜七姐」的風俗，模仿傳說中的七仙女，製作各種精巧的工藝品，顯示女孩子的巧手藝。如今，在望牛墩這個以牛爲標誌的水鄉，傳統的「七姐節」已經被演繹成獨具本鎮濃鬱地方特色和文化特色的民俗風情節。鎮裡的長者一直相信，牛郎與織女在農曆七月七鵲橋相會是值得他們這個以牛爲榮的小鎮每年歡慶的節日。因此，望牛墩也因爲七夕而出名，成爲一個經濟和文化集散地。

在國外也有這樣的例子。

農曆 7 月初七是七夕，是傳說中的牛郎織女相會的日子。但是在日本人是在公元紀年的 7 月 7 日過七夕。七夕前後，在車站、商場等都設有專門場地，供人們把自己的心願寫在紙條上，然後掛起來。吸引了許許多多來自世界各國的人。仙台就把七夕節作爲一個重要的商業、文化活動，在這三天時間裡，就有二三百萬人前往觀光，帶來的經濟利益是相當可觀的。

因此，我們認爲，七夕節是複合型的民俗節日，也是有多元的文化內涵的載體，爲現代社會提供了許多商機，已經有很多地方在對七夕文化進行深入挖掘，可以相信，七夕給我們帶來的不僅是古老的神話，而且是眞正的廣闊的無限的商業和文化的前景。

《白蛇傳》與飲食習俗

一

飲食習俗是人們經過長期（幾代、十幾代或幾十代）傳承所形成的，是某一地區、某一民族的人們對飲食對象、飲食心理和飲食時間等方面的具體反映。

據我所接觸到的《白蛇傳》材料，其中包括公開的和內部的，就發現民間流傳的《白蛇傳》傳說故事中有關飲食習俗的內容十分豐富，這是其一個鮮明的特點。現在看來，《孟姜女》、(《牛郎織女》、《梁山伯與祝英台》這三大故事，在飲食習俗的保留和表現上遠不及《白蛇傳》。可以這樣說，《白蛇傳》情節的發展和在矛盾出現衝突的過程中，飲食習俗的描述是舉足輕重的，起著顯著的作用。不僅如此，飲食習俗在《白蛇傳》）中，還展開了時代的風貌和人民群眾的思想意識。假如抽去這些故事中的飲食習俗，就不成其爲長期以來被民眾所津津樂道的《向蛇傳》故事了。

民間流傳的各種有關《白蛇傳》故事，把飲食習俗與故事的情節發展、矛盾衝突緊緊地聯繫在一起，甚至給人造成這樣一個印象，即飲食習俗是故事的支柱，在推動情節發展、塑造人物性格、設置矛盾衝突等方面，起著積極的作用。

《白蛇傳》的情節與飲食習俗十分相關。我們知道，情節是敘事性文藝作品的主要構成部分，是故事的必備手段。在作品中，爲了情節的需要，往往要設置典型的細節來增強情節的眞實性、可靠性。根據這一藝術創作規律，人民群眾在創作《白蛇傳》故事時，一開始就在情節中插進了湯圓這一江南民眾所普遍熟悉的細節，是別具用心的安排。

湯圓是江南一帶節日佳品，特別是元宵節和清明節時家家戶戶均有飲食習慣。湯團的起源已相當久遠，據楊蔭深先生考證：「唐元眞詩有『彩縷碧筠粽，香粳白玉團。』五代王仁裕《開元天寶軼事》有『宮中每到端午節，造粉團角黍盛於金盤中。』是唐時已有此團的，爲端午節的食品。又唐韋巨源《食譜》中有玉露團，如意團。或團或圓，蓋取其形似而言，今稱大而乾的爲團，小而湯煮爲圓子，其實是同樣的。》〔註 1〕由此可見，至少在唐宋時，已成爲節日的一種重要飲食了。

在整理發表的《白娘娘出世》〔註 2〕一文中，我們可以看到，故事情節的開始因湯團所引起的。傳說呂洞賓因造橋錢款不夠，故變作老頭賣湯團籌銀：這湯團有兩種，大的賣一個銅板一個，小的賣兩個銅板一個。許仙買了一個小湯團，吃後肚子不再餓了，一連多日不吃飯，其爹娘找來評理。呂洞賓說不礙事，伸出右手在許仙後腦上輕輕一拍，湯團就掉出來。不想落到河裡，被白蛇吃去，因而得仙了。爲了感謝許仙的恩德，白蛇變成美女，與許仙結成夫妻了。在江蘇編印的《白蛇傳》（資料本）中也有這樣的傳說，所不同的是：湯團的種類和價格不一樣：這裡爲最大的一個錢買三顆，最小的七個錢買一顆；另一處不同的是賣者，這裡說的是觀音老母扮成賣湯團的老奶奶。前者則是由呂洞賓變化成賣湯團的老頭。在中國民間文藝研究會浙江分會編印的《白蛇傳》資料集中有一個《湯圓之仇》，則另有所不同，主要表現在湯圓從橋上落入水中，有甲魚和白蛇搶食的情節。這甲魚即爲後來的法海，因其未能搶到湯圓這一仙物，故與白蛇積下深仇，「後來法海與白娘子一番刀光劍影的拼搏，其源出於湯圓之仇」。這裡更有機地將法海與白娘子兩個主要對立面之所以成爲仇人作了交代。從上述三種材料來看，都說明了一個道理，即湯團這一食品在《白蛇傳》的情節發展和矛盾衝突中是個重要的環節。

我們知道，民間故事是人民群眾審美趣味的反映，有頭有尾的情節線索是民間故事的一個特點。正因爲如此，《白蛇傳》在民間流傳時也是具有這個特點的，因此就產生了許仙和白蛇吃湯團的情節。

據研究，「《白蛇傳》故事的雛型，似成於南宋」〔註 3〕。此言有一定的道理。從湯團產生的歷史來看，亦可以證明這一點。江浙一帶的人所說湯團更

〔註 1〕《飲料食品》第 28～29 頁，世界書局 1945 年版。

〔註 2〕見《山海經》1982 年第 3 期。

〔註 3〕戴不凡《試論〈白蛇傳〉故事》，載《文藝報》1953 年第 11 號。

近於正月十五吃的元宵，至今江浙還有此習俗，並稱正月十五爲元宵節。南朝宗懍《荊楚歲時記》中說正月十五吃豆粥，未說吃元宵。這說明南朝時人們尚無正月十五吃元宵的習俗。到了唐代，雖說有了各種團子，但據資料所載，即爲宮廷祭品；再說，這些團子爲乾製蒸熟的，與湯團仍有二致；第三，此團是端午食品。退一步說，即使唐代已有湯團，也未必成爲北方人民群眾中一項十分普遍的食品，因爲北方生產包湯的糯穀是非常有限的，「用浮圓子即湯團作爲正月十五日特殊食品，起於宋代。」〔註4〕。周必大（南宋初時人）在其著《平園續稿》中說及正月十五煮沙團方子，云：「沙糖入豆或綠豆，煮成一團，以外生糯米粉裹作大團，蒸或滾湯內煮亦可。」由此可見，宋代（時間上更準確些，應爲南宋）已成爲飲食湯團的最早時期。從這一湯團的飲食史來看，《白蛇傳》傳說裡有觀音菩薩、呂洞賓變成老婆婆、老頭子來賣湯圓，是眞實的、可信的。這一情節的出現與《白蛇傳》最早的故事雛型的時代也是相吻合的。

在《白蛇傳》（江蘇資料本）中，有好些記錄稿都有許仙喂養小白蛇的情節，其基本內容爲：許仙或王小二子適逢偶爾之機（有的說是端午放假）見到小白蛇，收養之。由於精心喂養，小蛇變成了大蛇。不久卻被人（有的說是鄰居，更多的說是老師）發現，許仙只好依依不捨：海蛇放走。白蛇感恩戴德，得道之後，就來與許仙結親了〔註5〕，這就成爲以後矛盾衝突的導火線。

這一情節的矛盾衝突在《白蛇傳》整個矛盾衝突不算十分劇烈，但是很重要的。它交待了白蛇與許仙之所以結緣的必然的內在的聯繫。儘管這個情節帶有因果報應、以恩報德的佛教的教義，但與勞動群眾的美好心靈是聯繫在一塊的。舊時代，勞動群眾是作爲一個被壓迫階級的形象而出現在歷史舞台上的，飲食多寡常與其生命緊緊相聯。在他們看來，能將自己僅有食糧去給別人，以維持他的性命，這是高尚的。許仙正是他們創造出來的能代表這一思想的典型人物。

《白蛇傳》故事的矛盾衝突的最高階段可謂是水漫金山寺。在這矛盾衝突中，同樣反映了不少飲食習俗。

白蛇女無奈把小青喚，叫一聲青兒細聽我言：這和尚今天不官人放，須要你東海把兵搬，搬來蝦兵蟹將。我定要發大水，漫他金

〔註4〕《中國古代史常識・專題部分》第379頁，中國青年出版社1980年版。
〔註5〕見《白蛇傳》江蘇卷第4、38、44、53、60頁。

山。有小青聽此言，不敢感慢，駕妖風來到了東海岸前，對龍王子丑寅卯講一遍。

一霎時，蝦兵蟹將往上翻，鯉魚精撥開路頭前走，七星烏龜在後邊，螞蝦頭頂槍一桿旗，蛤螺螽拿著錘一桿，刺蜈蚣的三尖刀，泥鰍手執雙鋒劍，白鱔立樹把水漲，鯉魚不住把浪翻，各樣水兵都來到，押隊本是癩頭龜。〔註6〕

這是鼓子曲中的一段，集中地描繪了水漫金山時，水族們各自勇戰的壯景。這實際上也是一幅海（河）鮮圖，只不過是將鯉魚、蝦、蟹、泥鰍、鱔魚等海（河）鮮擬人化，並將人間戰爭時的武器交給了它們。除此以外，只能是一種現實生活中的魚蝦等。人民群眾在塑造這些形態時，在組織這一類矛盾衝突時，沒有對海（河）鮮的眞實的認識和品賞，是不可能有如此的想像的。同時，我們也應看到蝦兵蟹將組織進水漫金山的矛盾衝突之中，也與鎮江的地理位置有關。鎮江金山北臨長江，離東海雖有二、三百公里。但有長江直抵。依此來看，白蛇水漫金山，水族相助，全在情理之中了。

二

我們知道，飲食是一種生理現象，同時又受到人們思想意識的制約，例如，什麼食物可食或不可食，某一食品的食用時間的規定和禁忌等等。

在前面已談及的湯團，現在民間一般爲正月十五時食用，當然也不一定絕對限制於此時，其他時間也是可以食用的。但在宋代不僅正月十五可以食用，而且在端午還作爲祭供的食品。據孟元老《東京夢華錄》卷八載：「自五月一日及端午前一日，賣桃、柳、葵花、蒲葉、佛道艾，次日家家鋪陳於門首，與粽子、五色水團（即湯團——引者注）、茶酒供養，又釘艾人於門上，士庶遞相宴賞。」這種以湯團作爲供品，於端午上供與唐代宮廷裡的做法基本相同。這說明古代人在對待團這一食品上存有宗教意識，認爲團和粽一樣是祭祀先人的最好食品。這一習俗到清代時依然流行江浙，只不過已不在端午而至清明了。

清顧鐵卿《清嘉錄》卷三：「市人賣青團、熟藕，爲居人清明祀先之品。」何以要用團來祭祀祖先呢？「廬志，寒食祭先，以易冷粉團。並引昌希哲歲時雜記，謂西浙民俗，以養火蠶，故於此日禁火。今俗用青團、紅藕，皆要

〔註 6〕見傅措華編《白蛇傳集》第 57 頁，上海出版公司 1950 年版。

冷食。猶循禁火遺風，然與鬼神享氣之義不合。」此說到底對否？因限於篇幅，不作探討，但有一點可以看出，這也還是種宗教意識在飲食習俗中的反映。正因爲如此，在《白蛇傳》故事中就出現了白蛇在吃了湯團而得道成仙的情節。

《白蛇傳在江南》的記錄稿裡，有蘇州人不食牛肉的習俗。這裡有一情節，話說許仙被老師處罰，只好將白蛇送到學堂門口的蘇州河裡。在蘇州河裡天長日久，吃不上東西，飢餓難挨。正巧當時有條耕牛死了，而蘇州有不食牛肉的習俗，就將死牛拋入河裡。白蛇見了，拚命啃吃，最後還鑽進牛頭裡，把河水攪得翻翻滾滾。人們還以眞龍出現，即忙擺案祈禱。〔註7〕這一情節爲以後白蛇之所以能在河裡吃上許仙嘴裡吐出的湯團作了交代。這是一個承上啓下的情節，又是一個能較好表現人們飲食心理的情節。

不食牛在今天看來有些不可思議，但在歷史上的的確確存在過。宋洪邁所撰的《夷堅志》（中華書局 1981 年版）中就不止一處記載當時的各種傳說，爲說明問題，謹錄兩則於下：

> 周階，字升卿，泰洲人，寓居湖州四安鎮。秦楚材守宣城，檄攝南陵尉，以病疫告歸。夢就逮至官府，緋袍人訐按治囚，又有綠者數十人，以客禮見，環坐廳事。一吏引周問曰：「何得酷嗜牛肉？」叱令鞭背，數卒摔曳以去。周回顧乞命，且曰：「自今日以往，不惟不敢食，當與闔門共戒。」坐客皆起爲謝罪，主者意解，乃得歸。夢覺，汗流浹體，疾頓愈。至今恪守此禁，時時爲人言之。（第 192 頁）

> 秀州人盛肇，居青龍鎮超果寺，好食牛肉，與陳氏子友善。陳遣僕來約旦日會食，視其簡，無有是言，獨於勻碧錢紙一幅內大書曰：「萬物皆心化，唯牛最辛苦。君看橫死者，盡是食牛人。」肇驚嗟久之，呼其僕，已不見。且而詢諸陳氏，元未曾遣也。肇懼，自此不食牛。（第 295 頁）

類似這樣的民間傳說在洪邁的《夷堅志》中還有一些，這都反映了在宋或宋以前曾流行過不食牛肉之風，即使在宋代已始破這一風俗，但作爲思想意識還一時消滅不了，仍頑強地表現在他們的口頭創作中。《白蛇傳在江南》述說白蛇吃了牛肉，鑽進牛頭戲耍。「蘇州河周圍看的人很多，看到眞龍出現，

〔註 7〕見《江蘇資料本》第 58 頁。

身子是白的，二角是黑的。就擺香案祈禱三天，拜佛。」這裡的眞龍，是人們以爲死牛變化後身，所以大家祈禱三天。當然，這一篇口頭創作不是宋代的，但在思想意識上卻與宋代人們不食牛肉之風習是相通的。

這種思想意識的基礎有三方面：一是人們對牛的憐憫心，認爲牛是動物中最勤苦的。至今我與一些同行談到這個問題，有人依然持有這一觀點。二是江浙是富庶之鄉，無宰殺耕牛作爲食用的習慣。三是佛教的嚴重影響，也是這三者之中最重要的一點。我們都知道，至今在南亞一些信仰佛教的國家裡，牛被認爲是聖潔無比的，因此印度、尼泊爾等國家都有崇拜牛的風俗，並將牛稱爲神牛，甚至受到法律和社會的保護。據佛教經典載，牛的臉、頸、背分別住著濕婆、比濕奴和大梵天，牛尿是聖河，牛奶是聖海，牛眼是日月神，牛尾是蛇王神，總之，牛全身都是聖物或聖地。東漢初年，佛教從西域傳入我國漢族地區，成爲中國封建制度的精神支柱之一。隋唐以後產生了天台宗、華嚴宗、禪宗、淨土宗等許多宗派。宋代更是佛教盛行的時代。據說，宋代政權建立以後，一反前代後周的政策，給佛教以適當地保護來加強國內統治的力量。建隆元年，先度童行八千人，停止了寺院的廢毀。繼而又派遣沙門行勤等一百五十七人去印度求法，使內官張從信往益州（今成都）雕刻大藏經版。這些措施促使佛教的恢復和發展。南宋後，雖對佛教有所限制，但總的來說，佛教還是能保持一定的盛況的。由此看來，蘇州人不吃牛肉的時間已較難定，但有一點可以肯定，與佛教的影響是十分密切的。

飲雄黃酒是我國人民群眾在端午節的習俗。據《清嘉錄》卷五記載：「五日，俗稱端五，並供蜀葵石榴蒲蓬等物，婦女簪艾葉榴花，號爲端午景。人家各有宴會慶賞，端陽藥市酒肆魄遺主顧，則各以其所有雄黃芷朮酒糟等品，百工亦各輟所業。群入酒肆哄飲，名曰自賞節。」又載：「研雄黃米，屑蒲根，和酒以飲，謂之雄黃酒。又以餘酒染小兒額及手足，隨洒牆壁間，以祛毒蟲。」

由此可知，飲雄黃酒是端午節中一個很重要的傳承久遠的習俗。

在《白蛇傳》中，飲雄黃酒是一很重要的的情節。這一情節不僅反映在民間故事、民問說唱等形式中，而且保留於任何一種改編的《白蛇傳》戲劇裡，可見這一情節是多麼關鍵。它對人物性格的塑造，對矛盾衝突的推動，是十分重要的一筆。

這一飲雄黃酒的情節，將白娘子喝雄黃酒時複雜而恐懼的心情和神態具體地表現出來。爲什麼會有這樣的故事情節呢？這與民間對雄黃的特殊心理有關。

以前民間十分迷信雄黃辟邪袪蟲作用，曾非常流傳，特別是端午非飲雄黃酒，或繫雄黃袋不可。飲雄黃酒例，前面已有所舉，此再舉繫雄黃袋的事例：「吳曼出江鄉節物詞小序云，杭俗，婦女製繡袋絕小，將雄黃繫之衣上，可辟邪穢。」〔註 8〕之中所引僅指杭州一地，其實此俗流傳地域廣闊得多。

人們對雄黃的崇信的歷史已相當久遠，據筆者粗淺涉獵古籍，發現在唐或唐以前的筆記幾乎沒有關於雄黃的記錄，到了宋代以後才出現多種有關雄黃的傳說。蘇軾《東坡志林》載：「黃州岐亭有王翊者，家富而好善。夢於水邊見一人爲人所毆傷，幾死，弛翊而號，翊救之得免。明日偶至水邊，見一鹿爲獵人所得，已中幾槍。翊發悟，以數千贖之，鹿隨翊，起居未嘗一步捨翊。又翊所居後有茂林果木，一日，有村婦林中見一桃，過熟而絕大，獨在木梢，乃取而食之。翊適見，大驚。婦人食已棄其核，翊取而剖之，得雄黃一塊如桃仁，乃嚼而吞之，甚甘美。自是斷葷肉，齋屠一食，不復殺生，亦可謂異事也。」這裡所載，可能是宋代一則民間故事，但它告訴人們：一、雄黃可食，二、食之，有奇異的結果。這兩點也就是這一故事的有價值的地方，反映了宋代人們對雄黃的迷信心理。

用雄黃來浸酒，在唐代是沒有的。孫思邈《千金月令》只載有「端五以葛蒲或縷或屑以泛酒」的文字，而無醢及雄黃。宋代施宿《嘉泰會稽志》云：「端午日，設蒲觴，磨雄黃酒飲之。」但另據《東京夢華錄》、《夢梁錄》、《武林舊事》等都是反映南宋杭州都市生活和風俗的書籍，均不見有端午節飲雄黃的記載，一個原因是端午飲雄黃是江浙一帶的土風俗，再一個原因是宋時端午飲雄黃酒尚不是非常普遍的習俗。

傳說中吸收了端午飲雄黃酒的風俗，出現了白娘子現形嚇死許仙的情節，由此又引出白娘子往崑崙山盜仙草，它對《白蛇傳》的成熟起了很大作用。它還使白娘子的思想感情趨向深化，爲人物性格的塑造增添了一分光彩。

三

現在，我們再來看看《白蛇傳》故事中飲食習俗所賴以存在的現實基礎如何？爲解決這一問題，我們以法海變成蟹爲例，詳加剖析，即能看到其中

〔註 8〕顧鐵卿《清嘉錄》卷五。

的互相依存的關係了。

《白蛇傳》故事有一精彩的結尾，就是法海最終鬥不過小青和白娘子而變成了一隻四處橫行的螃蟹。(《法海洞》，載《金山民間傳說》，江蘇人民出版社 1981 年版）大家都知道，螃蟹亦是江浙一帶人喜歡的佳餚。據清代顧鐵卿《清嘉錄》卷十載：「湖蟹乘潮上斷，漁者捕得之，擔入城市。居人買以相饋貺，或宴客佐酒，有九雌十雄之目，謂九月團臍佳，十月尖臍佳也。湯炸而食，故謂之『炸蟹』。」可知螃蟹早已成爲人們飲食佳品了，不過，這裡以螃蟹作爲結尾，還是很使人深思的。

《白蛇傳》故事的產生已有相當年代，它在人民群眾中不斷流傳，同時又在不斷加工，最後形成這樣一個結局，有一定的道理。我們知道，民間故事中包藏著勞動人民的思想感情和理想願望。《白蛇傳》中的法海變成螃蟹，反映了正義戰勝邪惡，美好戰勝醜鄙，表現的是人民群眾的美學理想。關於這一點，是無可非議的。但僅僅作這樣的解釋，還不夠，其屬於民間創作所具有的共性。這一結尾所有的個性何在呢？我們認爲，法海變成螃蟹還與江浙等地的人民群眾的飲食習俗相關，換言之，人民群眾的飲食習俗是法海變成螃蟹的現實基礎。

過去，杭州人一般不吃螃蟹的，至少在南宋時期還有這樣的遺俗。田汝成《西湖遊覽志餘》卷二十四引傅子翼《蟹譜》云：「杭俗嗜蝦蟆而鄙食蟹。時有農夫彥升者，家於半道，性至孝，其母嗜蟹。彥升慮其鄰比竊笑，常運市於蘇湖間，熟之，以布囊負歸。」從這則記載中可知當時杭州人是沒有普遍吃蟹的習慣的，而是喜歡吃蝦蟆的，關於這一點，在《白蛇傳》故事中亦有反映，另外在《能改齋漫錄》和《東齋記事》等宋代筆記中，均有記載。

除杭州人外，其他地方亦有忌吃蟹的傳說。據洪邁《夷堅乙志》卷一錄：

湖州醫者沙助教之母嗜食蟹。每歲蟹盛時，日市數十枚置大瓮中，與兒孫環視，欲食，則擇付鼎鑊。紹興十七年死，其子沒醮於天慶觀，家人皆往。有十歲孫，獨見媼立觀門外，遍體皆流血。媼語孫曰：「我坐食蟹業，才死即驅入蟹山受報。蟹如山積，獄吏叉我立其上，群蟹爭以蟹爪刺我，不得頃刻止，苦痛不可具道。適冥吏押我至此受供，而里城司又不許人。」

孫具告乃父，泣禱於里城神。頃之，媼至設位所，曰：「痛且復可忍！爲我印九天生神章焚之，分給群蟹，令持以受生，庶得免。」

遂隱不見，其家即日鏤神章扳，每夕焚百紙，終喪乃罷。

在這段文字後，還寫有「徐博說」的字樣，很顯然是根據徐博講述的內容而記錄下來的民間傳說。之所以產生食蟹死後受煎熬的帶有因果報應的傳說故事，是因爲南宋時期湖州人有著濃厚的忌食螃蟹的心理和習俗。

這些材料說明了一個歷史事實，宋代（特別是南宋）浙江等地人們己開始食用螃蟹，但由於傳統的對蟹的迷信看法，與現實有較大的距離，因此人們十分敏感地將生活中有關傳聞編織成對蟹不敢食用的各種故事。

同時，我們也可以從中看到，此是食蟹的思想激烈爭奪時期。這種傳統的不食褪的思想意識和宋代的關於不食蟹的民間故事對《白蛇傳》中法海變成螃蟹的結局是不無影響的。《洞冥記》中記：「善苑國曾貢一蟹，長九尺，有百足四螯，因名百足蟹。煮其殼謂之螯膏，勝於鳳喙之膏也。」因此可見，蟹最早在人們的頭腦裡，也是一個被神化了是形象。勇敢地吃螃蟹應該說是一種傳統觀念的改變，也就是說，蟹從被人們膜拜，而變化成爲生活中的水產品，看到經過了非常漫長的歷史，而這種歷史印記已經從我們身邊悄悄地抹去，而不再是那種張牙舞爪的神靈，而成爲日常生活的普通菜餚而已。

我爲了尋找有關資料，偶爾翻閱了一下《山海經》，即在《海內北經》發現有「大蟹在海中」的記載。郭璞注此爲：「蓋千里之蟹也。」這說明蟹早爲古人所注意，並將其神話了。至於蟹是否能吃，《山海經》未予說明，不過，我以爲蟹既被神化，必有一定的崇信意識在裡面，更何況是「千里之蟹」，想像之中應是不可食的東西。《太平御覽》卷九四二引《岑南異物志》云：「嘗有行海得洲渚，林木甚茂。乃維舟登岸，爨於水旁。半炊而材沒於水。遂斬其纜，乃得去。詳視之，大蟹也。」這則神奇的傳說，發生於嶺南是可信的。因爲嶺南離海不遠，港河眾多，是蟹賴以生存的理想場所。正是這樣一種現實，爲蟹的神話提供了可靠的基礎。從嶺南往南，越過國界，我們還可以發現不食蟹的習俗，在有些國家人民中同樣存在。元代周達觀著述的《眞臘風土記》，其中亦談到了古代柬埔寨不吃蟹的習俗：「蛤、蜆、螺螄之屬，淡水洋中可捧而得。獨不見蟹，想亦有之，而人不食耳。」周達觀是經過實地考察，故其所說不會假的。

柬埔寨人，我國杭州等地的人之所以鄙食蟹或不食蟹，我疑是古代越族飲食習俗遺跡。唐人顏師古注《漢書・地理志》引王贊語：「自交趾至會稽，七八千里，百奧（越）雜處，各有種姓。」這就是說，從我國東南沿海至越南中部，是越族人活動的狹長區域。在這一區域中的越族各支系因其風俗習慣大致相同，所以造成了不食蟹的飲食習俗。而緊靠近越國的柬埔寨，由於民族遷徙、文化交流等因素，使其民眾產生不食蟹的習俗是完全可能的。

《白蛇傳》中的潛性意識

粗看一下這個題目，似乎有驢唇不對馬嘴之嫌，然而深入研究一下，就會發現《白蛇傳》中的確存在有性意識；不過，這種意識不是明顯的，而是潛藏的。近來，大量的有關《白蛇傳》的故事從民間被發掘起來，這種性意識愈加鮮明，有的已從潛藏狀況之中，逐漸變成了帶有明顯的性符號和性內核的正常狀況。

蛇的寓意

在我們東南沿海的江蘇、浙江、江西、福建、廣東、台灣、廣西等地，廣泛地流傳著蛇的故事和傳說，著名的要數蛇郎君的傳說。據傳一農夫外出種田或幹其他活計，路上被蛇纏住，蛇要農夫將其女嫁之，否則農夫就會死去。女兒爲了搭救父親性命，捨身嫁給了蛇郎。蛇與女子成親後，搖身一變，成了一個漂亮的王子，隨後他們過上了幸福的生活。

這是一則十分古老的傳說，反映了一個不爲人注目的潛性意訊，蛇是一個男性，或者說男性是用蛇的形象來表示的；此外，蛇與女子結婚，這本身說明男女之間的性行爲的開始，在封建時代，沒有結婚也就沒有性行爲，這是符合人們的正統的道德觀念和思想準則的。以此看來，我們可以進一步地說，蛇與女性的結婚，則象徵著他們之間性交。何況在有些蛇郎君傳說中說他們還生了女兒或兒子，更證明了這是他們性交的結果。

有人以爲，蛇郎君傳說與古代越人的圖騰崇拜有關，這是無疑的。許慎《說文》載：「閩，東南越，蛇種也，故字從蟲。」越人的圖騰崇拜是蛇，蛇郎君的傳說是受圖騰崇拜的影響而產生的。在民間，人們並不以爲存在什麼圖騰崇拜，而認爲現實生活中就存在著蛇與人交的事實，反映在傳說裡的有關蛇的種種說法就證明了這一點。

新搜集的《白蛇前傳》就是一例。

故事說：一天，張天師上峨嵋山捉拿狐狸精，遇見了叫朱莽的獵手，救了張天師的命，爲了感謝朱莽的救命之恩，張天師將妹妹嫁給了他，誰知朱莽乃是一頭巨蟒，不幾日，就將張天師妹妹的精氣吸盡。張天師得知後，悔恨不已，揮劍宰了朱莽。其妹妹因與朱莽已是一月夫妻，懷孕在身。過了三年零六個月，才生下一個大蛋。妹妹積病在身，沒過幾天，就死了。張天師恐肩背著蛋不方便，從江西龍虎山到浙江湖州後，便將蛋藏在青石板凳下，以後這蛋就變成一條小白蛇，與許仙結下了不解之緣。〔註1〕

在另一則《白蛇傳說》中，也是說的張天師將妹妹嫁於蛇精的故事，其中談到人與蛇性交的感受：

天師說能做呀，能做就把妹妹把他了。以後，定親、做親，就結婚。結婚以後，哪曉得這個妹妹行房時候呢？他身上冰涼；搐（纏）得不好過，妹妹不好過呀，第二天回門了，來家就和媽媽苦苦嘰嘰哭。

媽媽說：「女兒呀，你才給人家哭什麼呢？」

女兒說：「哥哥替我做的這門親事不對，好像這個人不是人，是蛇，渾身呀冰涼，行房渾身搐不好過。」姑娘就直哭。

娘等到天師來家問：「兒呀，你替你妹妹做的好事呀？」

「媽媽，這是怎麼說」

「你妹妹說這個人是蛇呀，渾身冰涼。」

「哎，老母親，怎麼會是蛇哩？」

他媽媽把天師一打。她說：「你還是個眞人哩？什麼眞人呀？」俗話說：張天師被娘打，有冤無處申，就從這兒傳下來的。

張天師說：「媽媽，你不要打，不要打。明天，讓我去把妹丈帶回來，陪他吃酒，看看。」

「好！」〔註2〕

〔註1〕見江蘇省民間文藝家協會。鎮江市民間文藝粟協會編《民間文藝信息》（內部資料），第7頁，故事流傳於丹徒縣，講述者爲胡敎法，農民，70歲。

〔註2〕見江蘇省民間文學工作者協會等編《白蛇傳》（資料本），由高缺口述，吉星、康新民記錄。

這兩則傳說，都說丁一個意思，那就是白蛇的出世與人蛇交合有關。當然，白蛇出世的說法。民間都各不相同，但是人蛇相交而產生白蛇的傳聞，最爲古樸，最爲原始，是與蛇圖騰崇拜的原始宗教意識一脈相承。現在收集到的這類故事，已帶有濃厚的仙話意識了。張天師是道教的代表人物，與其相關的傳說很多，但大都被民間傳爲是位法力無邊的神仙。因此，他的出現，更增添了《白蛇傳》的神奇色彩，即使如此，仍不免有許多世俗現象和潛性意識。

關於產蛇奇聞，民間多有流傳：

有一婦，懷孕三年，一旦將分娩，穩婆見產門中一大蛇，頭向外而不出，但見蛇舌時伸時縮。穩婆怯而束手，及邀十餘穩婆至，亦皆面面相面面相覷，無策可籌，後延一老婦，經驗甚富，乃命婦家取豬肝腸雜蔥炒之，其氣甚香，置產戶前，外以粗麻布數尺裹手，防蛇身滑，麻布澀帶，握之令不能縮，且無嚙手之虞。少頃，蛇聞香氣，頭出取食。老婦急握之，用力拔出，其婦乃安。蛇形長不足一尺，粗如臂，尾如鼠尾，不知感何氣而生也。〔註 3〕

之所以造成這種現象，據民間說法，是因爲夏天乘涼，赤身裸臥，或踏草野外，休息田間，感蛇之毒涎，流射於生殖中而形成的。

《古事類苑》裡記載著這樣一則故事：一個女人在野地晝寢，爲失敬的蛇所乘，醒後大聲呼號，看熱鬧的人集了許多，但誰也想不出解救的辦法，這時候，有一漢子從人群中走出，對眾人說：「大家不必驚慌，這條蛇會立刻出來。」眾人不知其然，就問什麼？那漢子答道：「因爲這女人兩頰紅得很漂亮。」一會兒，那蛇果然從女人陰戶中爬出來了。

中國古代帝王每日需嬪妃陪睡，萬一嬪妃月經來了，不能陪君王，就在兩頰處塗上紅色，以作標記，這樣專司選擇侍女的太監就不會再將這些人當選了。久而久之，紅頰就成了月事的特殊記號，隨著歷史的變遷，又成了女性化妝的一種方式。

但從上述這一故事中，我們可以發現這樣一種文化現象，那就是蛇在很長一段時間代表著男性，是男子生殖器的象徵，那蛇聽說女人兩頰紅得漂亮，知道月事已到，爲避免穢氣，只好乖乖地逃出女性生殖器。

關於蛇代表男性的民間信仰，在許多地方可以得到印證。

我國有很多蛇王廟，特別是在東南沿海一帶，供奉的大都是男性之神。

〔註 3〕楊志一、朱來聲編《怪病奇治》第 81 頁，上海大眾書局 1948 年版。

福建漳州南門外南台廟，俗稱蛇廟，其神爲一男僧像。福建平和縣文峰鄉丈柏山三坪寺，傳說三坪祖師用法力制服了蛇妖和虎妖，蛇和虎變成了祖師身邊的侍從。廣東潮州蛇神來自梧州，其像免冠，尊曰游天大帝。北京潭柘寺也有大青二青二蛇神，據說後來大青化去，二青移至廣教寺。廣西梧州三界寺，即青蛇寺，人們稱這裡的蛇爲「青蛇使者」，經常有商人來還願演戲，祭祀神蛇。青蛇從神龕中或樑上爬出來飲酒和吃供品，見人亦不逃避，吃完後蜿蜒而去。

然而，很奇怪的是，《白蛇傳》中的白蛇卻是女性的，這不是有悖於前論嗎？

事實上，之所以造成這種現象，不是說過去蛇代表男性形象是錯的，而是說明了任何一種文化現象都在變化之中，《白蛇傳》裡的白蛇代表女性之形象，這是後來的文化現象，屬於前種文化觀之變異，亦可稱之爲一種發展。

《荊兒斬蛇》:「廣西百色縣，有五雷峰，峰高插雲，山岩中有石穴一，巨蛇潛其間，長十餘丈，圍大十丈，常出噬人，土人畏之，祠爲神。縣官每歲以牛羊致祭，春分前後，巫覡傳蛇神言，令鄉里獻十二三童女置穴口，供神食，不然則禍作。縣官苦之，出重金購貧家女，及有罪者女養之。屆期，盛設香燭彩樂，送童女置蛇神祠旁，前後已用九女矣。」〔註4〕到了乾隆十八年，才出現了荊兒斬蛇之事，此與唐白行簡所撰《李寄斬蛇》大致相同。這裡，我是要說，百色地區的少數民族之所以用童女去讓蛇神享用，很顯然，在他們的觀念中還認爲蛇是男性的象徵。

與此相反的是，乾隆時代，在廣大漢族地區，更流行的是蛇象徵女性的觀念。

乾道間，歷陽芮不疑，從父掃墓，路遇青衣小丫，持簡邀之。頃引至一宅，金碧璀璨，赫然華屋也。內一美麗婦人出迎，分庭抗禮；若素識，相歡坐定，縮觀容貌服飾，眞神仙也。芮爲之心動，少焉，張宴奏樂，麗人捧觴曰：累劫異修，冥緣未合，今夕獲奉，從容爲壽。宴罷登榻，繡衾甲帳，目所未識，遂構衽席之好。未旦，芮求歸。麗人曰：郎何來之晚，何去之速，陌巷草舍，固不容車馬，願以十日爲期。芮曰：大人剛嚴，不得不辭去耳。麗人乃揮淚送之曰：來日當於修閣致謁。至期，未二鼓，麗人先遣僕妾施床帳，具酒餚。俄擁一香車，麗人下輿芮接。從此，每夕輒至，商榷古今，詠

〔註4〕《古今閨媛逸事》卷二，上海進步書局1915年版。

嘲風月，雖文人才士，無有過者，但戒芮曰：我非凡品，得侍巾櫛，夙緣使然，若泄天機，必受大累。芮尫瘠歲餘，父母叩之不言也。母使人密窺之，而密謂之曰：我知汝有奇遇，但慮所飲膳者，恐或幻化，食之疾矣。試掇一味示我。芮即明達麗人。麗人令遺母蒸羊一碟。母嘗之，非僞也。適値屈道人來，自稱精於天心法。父備白其故。屈曰：島洞列仙，爲淫佚之行，吾能治之，況非類乎。遂索線十丈，以針貫小符於杪，藏諸盒中，祝芮曰：君甘妖惑，有死而已。如未甘死，俟彼去時，將此符粘於衣裙，任其帶線而去，彼若正神，明無妨也，聊資一笑之適。芮如之。明日屈先生遍訪野外，有一巨蟒死焉，屍橫百尺，其符在鱗甲，可見也。芮醒焉如醉。〔註 5〕

這則故事，與《白蛇傳》的構建基本相同，不僅反映了有關《白蛇傳》成形、發展和變化的某種痕跡，而且也說明了用蛇（蟒）的變形形象來代替女性形象，是民間常見的現象。這種文化現象，晚於用蛇來象徵男性。據推測，用蛇來代表女性，大約產生於宋代，這與《白蛇傳》故事成形年代，大致相同，反映了社會文化的劇烈變更，由過去著重表現男性轉向逐漸表現女性。這種口頭文學的現象，受到整個大文化背景的制約，出現這一現象是不必避免的，唐代以前的蛇傳說，其所反映的均是男性的蛇郎，基本故事是圍繞著男性主人公的喜樂發怒而展開的。

與此現象相反的，是一種性意識的倒置。在唐以前的蛇郎故事中，求親，求交，求愛的大都來自蛇郎，換句話說，蛇郎是主動要求歡合的一方，而女子則處於被動的地位；宋代以後的蟒蛇傳說之中，表示愛慾的主動一方，往往是蛇美女或蟒佳人，而男子則比較被動，是女性的一種陪襯。許仙則可算是這樣一種人的典型形象了。造成這種現象的原因，就在於封建社會對婦人的不公正的看法，往往將禍女潑於女性，認爲她們是淫逸之源，而將男性說成受女性愚弄所致。

關於這一點，我們還可舉一個例子加以證明：

馬定宇，山東人，巡鹽兩浙，至衢州，宿察院中，天曉開帳，見踏旁，有一小紅鞋，心疑之，意門子所遺，而不可深求，袖之，潛投於廁，以滅其跡。抵暮，令門子臥堂中，自扃戶就寢。天明起視，前鞋宛然在故處，公復投之廁。至夜不寢，秉燭靜坐伺焉，將二鼓時，床後窣窣然，似有人行聲，

〔註 5〕《古今閨媛逸事》卷七，上海進步書局 1915 年版。馮夢龍《情史（類略）》，卷二十一《清妖類．蟒精》，台灣天一出版社，1985 年版。

荏苒至几前，拜伏於地，乃一麗人，容色絕代，上下皆衣紅。公大驚，詢其來意。對曰：吾神女也，與君有宿緣，特來相就，前兩遺鞋，以試公耳，幸毋訝。公初不納，後見豐姿艷冶，宛轉依人，遂與共枕，雞鳴別去，倏然無跡。〔註6〕

這裡的女神，即赤蛇精，其三番幾次挑逗馬定宇，足見其淫矣。

傘的寓意

傘是一種擋雨或遮陽的用具，這是眾所周知的，然而在《白蛇傳》中，其意絕非僅此。

借傘是《白蛇傳》中的一個重要情節，是白娘娘與許仙締結良緣的第一步，亦是整個劇情發展的一個基點；沒有借傘，就不會有進一步盜靈芝、水漫金山、斷橋、合鉢等一連串的故事。

正因爲如此，凡是白蛇傳的有關藝術形式（如八角鼓、鼓子曲、子弟書、小曲、南詞、寶卷、灘簧等）都會表現借傘這一情節。

《白蛇山歌》有這樣一段：

二月杏花白如銀，
白娘娘尋找許漢文。
西湖上面來相會，
借傘回來就成親。〔註7〕

在朱海容搜集整理的《白蛇山歌》亦有借傘一段：

正月梅花是新春，
許仙官出門路上仇。
白蛇娘娘看見心中愛，
小青作法起烏雲。
二月杏花是早春，
許仙官半路雨淋淋。
白蛇娘娘家中去借傘，

〔註6〕《古今閨媛逸事》卷七，上海進步書局1915年版。馮夢龍《情史（類略）》，卷二十一《情妖類・蟒精》，台灣天一出版社，1985年版。
〔註7〕傅惜華《白蛇傳集》第139頁，上海出版公司1955年版。

回來還傘結成親。〔註 8〕

這兩首山歌雖說搜集時間相隔近半個世紀，但其基本情節如表述方法大致相似。

在一般人的心目中，許仙將傘借給白娘娘的為多，這可能受到戲劇影響的結果，事實上，在民間傳說中，借傘者，有許仙，亦有白娘娘，很難說這兩者之間，哪個為主，哪個為客，或者說哪個多些，哪個少些，因為傳說的不穩定因子造成了這種狀況。

據《小青青和白娘娘》說，借傘者是許仙，面不是白娘娘：

白娘和小青開個藥店，許仙路過，下雨了，到藥店裡借把傘。

白娘說：「你借傘？」

許仙說：「哎，借個傘。」

白娘說：「明兒要還來呢？」

明兒來還了，白娘和他有這個姻緣。談阿談的，談得很好的，兩個人就結婚。〔註 9〕

在《許仙結識白娘娘》中，借傘者換成了白娘娘。話說許仙去春遊，花錢雇了一條船，遊至湖中，忽遇大雨，就返回岸邊。快靠岸的時候，許仙抬頭一看，在西湖邊有兩個女子：一個白娘娘，一個是小青青，忙叫他們上船來躲雨。兩個女子在船倉裡低著頭，不說話。雨繼續下個不停，許仙帶的一把傘，說：「你倆把傘打回去。」女子說：「你把傘給我，你還是要淋雨嗎？」許仙說：「我是男子漢，淋點雨不要緊。」在借傘時，女子問：「貴公於家住何處？你把地址告訴我們，以後好把傘送去。」許仙講：「我在藥店。」小青說：「這樣吧，你有空，到我們家去玩，我們突在西湖邊不遠，小姐是個大戶人家，叫白素珍。門口是黑漆大門，你一問就曉得，一進門，有花園，有客廳。」後來，許仙去了，果然不錯。〔註 10〕

無論是白娘娘借傘，還是許仙借傘，但都反映了借傘是一個重要情節，並已為家喻戶曉，這成了《白蛇傳》的一個有機的組成部分，絕不可棄之不顧。

為借傘、還傘事，許仙與白娘娘相互往來，終成伉儷，這好像符合現代

〔註 8〕江蘇省民間文學工作者協會等編《白蛇傳》（資料本）第 94 頁。
〔註 9〕江蘇省民間文學工作者協會編《白蛇傳》（資料本）。
〔註 10〕江蘇省民間文學工作者協會編《白蛇傳》（資料本）。

人的戀愛觀念。但是我們再仔細分析一下，就會發現這樣僅僅因借傘，還傘時的廖廖數語和短暫接觸，就促成一件婚姻，就是當代人看來，亦未免太忽促了，更何況在男女受授不親的封建時代，婚姻是一生終身大事，要締結姻緣談何容易。

爲什麼《白蛇傳》要選用傘在婚姻中作媒介呢，我們必須從民俗文化和性文化的角度加以深入研討，就會發現其中的寓意之所在；換句話說，透過文學現象的本身，才可能究其背後所深藏著的文化傳承的因子。

在我國雲南哈尼族支系的卡多人中，要娶親有這樣一個傳統習俗：娶親這天，新郎要請平時最要好的伙伴陪同，在老人帶領下去女家。陪同的人除要穿最好的衣服外，還要帶上陽傘、雨帽（即竹笠）。貴州布依族娶親時，新娘要打著布傘出門，因爲他們一般不坐花轎的。水族結婚時，新郎不迎親，請一個未婚女子和七至九個青年男子代迎。新娘則要撐傘步行到男家去。湖南土家族娶親時，男家請媒人作代理人去女家迎親。其標誌是一把雨傘，作爲迎親隊伍的賀隊。傘在南方一些少數民族婚姻裡是不可缺少的東西，是男女青年結合的一種標誌。

在國外，婚姻時使用傘的習俗，可以追溯到古希臘。歐洲十八、十九世紀的畫家，他們的筆下往往有不少名門閨秀手執細巧的陽傘的圖畫。當代在法國等地，根據當地的習俗，青年男子要對少女表示好感時，往往要送她一把傘。如果女子撐傘在路上行走，那就說明她已經訂婚了。

傘作爲男女之間愛慕的象徵，大概起源較晚，至少要在傘成爲群眾性的普遍使用工具開始時，才有可能將傘作爲愛的媒介。之所以用傘象徵著男女青年的愛情，有其一定的思想基礎。這主要是對傘有著崇信心理。首先傘的使用不先是民眾，而是社會的上層人物；不先在民間，而是在宗教儀禮上，這樣，就產生了對傘崇信的思想基礎。青年男女用傘來表示愛慕之情，其主要心理表現有二：一是傘有蔭處，這與過去結婚要在天未明之時，是有同一道理的。二是傘能開也能合，而且平時一般合時爲多，這樣可象徵男女好合。《白蛇傳》通過許仙雨中借傘給白娘娘這一特定情節，作者已巧妙地暗喻了他們終成眷屬的事實。

如此傘的細節在《天仙配》中亦有，牛郎與織女在老槐樹下進行海誓山盟時，牛郎脅下夾有一把傘，此傘雖未有更多筆墨，但作爲一個道具已經暗示一種婚姻的締結，是一種暗示性的表現手法。不過，如果再進一步研究的話，就會發現傘不僅象徵著男女之間的性的結合，而且更代表一種性的符號。

黔東南州劍河地區，侗族嫁女時，新娘手擎紅傘和布袋（袋內裝墊單一床，衣服一件，作為嫁妝），由哥哥背出門。路上越溪過橋，讓馬行前，新娘隨後。麻江隆昌東家人的婚姻亦有自己的特色，但持傘一節與侗族的大致相同。接親的當夜，新娘要好的伙伴各逗一碗糯米和一碗黃豆到新娘家煮熟打平伙，同新娘講私房話。天蒙蒙亮時，由新娘的兄或弟分別牽著新娘雙手，跨過大門坎，走出院壩。打丫婆隨即攙扶，遞給紅紙傘，新娘便持傘隨行。岑鞏思楊的漢族受到少數民族婚姻習俗的影響，現在不用轎子去接新娘，而是請一對中青年帶著一把傘和一雙新鞋去完成接新娘的任務。

在上述例子中，除了新娘要用傘外，還有布袋和鞋。這裡所說的布袋和鞋，均為女性的代名詞，是女性的象徵。布袋代表女性的生殖器，鞋子亦同樣具有此種含義，至今在農村中，即將成親的姑娘要給自己未來的丈夫做雙鞋，實際上的原始意義在於它是一種女性私有物的奉獻，如今這種原始文化的因子已被淘汰，取而代之的是現代人的愛情觀念，表示一種愛慕。如果用反證法來表現的話，男女之間的愛慕，最根本的是一種性的相互吸引；民間舊時習俗，姑娘做鞋送給自己的心上人，其意義本身就說明它是性的曲折的文化反映。

分析至此，我們亦可以看出傘是男性生殖器最原始的性符號，傘是長形，猶如棍棒一般，象徵著男性生殖器。現代歐洲文明史上，曾保留著這樣一種風俗，那就是在新婚的晚上，新娘例須拿一根木棍給丈夫，請他向自己的下體，敲打幾下；若使這一要求遭到拒絕，那就說明丈夫不愛她，新娘可以此為據，請求離婚。這種風俗，亦是古代的遺風。從前有個叫柏拉丁城的地方，有個神叫魯潑寬司是一保護羊群的神。春天祭祀他時，要殺羊殺狗各一頭，作為祭物。祭畢後，祭司將狗和羊皮剝下來，做成一條條的皮棍。隨後，他們分為二隊，裸著身體，執著皮棍，分向城腳下兜行一回。在那時候，一般婦女（尤其是不育的婦人們）都爭先恐後地跑到祭司前，把她們裸露的臂部向祭司們亂撞，希望得到皮棍的敲打。因為如果打著了，那女人將來一定會受孕生孩子的，據說，現代歐洲新娘自求鞭打的風俗，就根據於此而來。

棍或棒，在古代的神廟中，本來都是神的男性生殖器官的符號。大概因此緣故，婦人們才有那種風俗，以為一受棍的敲打，便足以為受孕的保證了。〔註11〕

〔註11〕張東民《性的崇拜》第50～51頁，北新書局1927年版。

傘不是棍棒，《白蛇傳》又是宋代開始的民間傳說故事，其原始文化的內涵未必久盛不衰。但是我們可以看到，在《白蛇傳》中，傘的確毋庸忽視，是情節發展、變化的重要線索，是白娘娘與許仙婚聯的一大用具。由此可以這樣認爲：原始的性文化的因子流傳於民間已十分久遠，且盛行不止，衝撞著民間文藝作品，也勢必會鑽入《白蛇傳》故事之中，成其爲一個組成部分。

傘即爲一例。

但是隨著社會的進步，傘的性文化的反映，已逐漸爲人們所忘卻，變成了一種簡單的導具，而出現在戲劇等藝術形式中，然而稍稍研究一下人類性文化發展史，就不難發現其中所包藏的性寓意和性意識。

其他的寓意

《白蛇傳》在民間流傳時，其形態多樣，變異奇特，所深藏的是相當古老的文化因素，其中包括有不少潛性意識。

除了蛇、傘之外，民間廣爲流傳的《白蛇傳》種種故事裡，亦可以發現其中的性意識，有些遠超過了潛藏的界線，變成赤裸裸的性行爲和性嚮往。縱觀民間故事的發展史，就不難看出一個故事流傳十分深遠，其中必有性意識作爲添加劑，《白蛇傳》亦逃脫不了這一命運。《白蛇傳》經過戲劇化之後，許多原有的外在的性文化的成分逐漸被純化，被過濾了；然而在民間的各種有關《白蛇傳》中，或多或少地帶有這種性意識的文化因子，成爲人們津津樂道的消遣話題，否則，很難想像，經過百年的時光的磨損，《白蛇傳》依然熠熠發光，至今還流傳於江浙等。

也有《白蛇傳》故事裡，將法海說成修煉時曾是一個癩蛤蟆，由於白蛇吞吃了他的神丸仙丹，從而結下了深仇大恨。此類傳說，民間頗多流傳，雖有變化，但基本說法相似。亦有說法海是烏龜精、蛇精等，不過總的來看，將法海說成是癩蛤蟆的佔據多數。

通過這一說法的表層，可以看到癩蛤蟆之類的蛙類，在人民群眾的心目中，是男性的同義詞。《癩蛤蟆想吃天鵝肉》這個俗語故事中，癩蛤蟆同樣被視爲是男性的象徵。〔註12〕此外，在許多少數民族中流傳的青蛙王子的故事，亦都反映了這一種共同的民族心理。

許仙，在江西民間傳說中，亦被說成是一種青蛙。「現在湖南麻陽城有江

〔註12〕《故事會》1981年第6期。

西幫商人，共立一廟，廟祀許仙，守廟的於每年第一次看見綠黃色背有肉瘤的一種大蛙，說是他們的祖神許仙來了，就要演戲。」〔註 13〕從這裡，我們可以看到商業經濟在作用於人們的頭腦，許仙在《白蛇傳》中是一商賈的形象，江西商人們將其作爲神靈加以崇拜，說明了兩者之間有某種聯繫，反映了同一的經濟意識和文化意識。

此外，大蛙代表是男性，並且有奇特的媚愛和神秘的作用。

在德國，假如一個男人，捉了一蛙，用蘆柴，由蛙的性器官部插入，貫穿全身，再由口部穿出，於是把蘆柴，浸在他妻子的月經血中，妻子即不會再對其他男人，產生愛慕的情感。

在我國，有用蛙類制服女性的巫術。

據《本草綱目》卷五十二記載：「令孀不妒，取婦人月水布，裹蛤蟆，於廁所，一尺，入地五寸埋之。」

以上這些材料，都說明了在民間的傳承文化裡，蛙與男女性意識之間是不無關係的。

蚌殼，在江南一帶，是將其喻爲女性生殖器的，蘇北地區亦有將蚌暗喻爲女性生殖器的種種說法。所有這一切都說明了，在民間文化中，人們是將這兩者聯繫在一起的；之所以造成這種現象，主要在於人們的聯想。從外表上，將蚌與女性生殖器相比喻了，它反映了人們頭腦中的深藏著的性意識。《五龍會與白蛇上世》這則傳說，就記載了有關這一性意識的生動事例：

有一次東海五龍聚會，在他們暢飲王漿後便在東海中翻滾嬉水，各類水族照例都要出來獻歌獻舞，以助熱鬧。這時划來一隻大蚌張開蚌殼，跳出一個標緻的姑娘，手捧一顆寶珠來向五龍獻禮。大黃龍馬上接過寶珠，心裡高興非凡，烏龍是老四只好伸長了長頸子扎在青赤二龍中一起觀看，個個龍涎掛了一嘴。這時，老五小白龍，卻兩眼不眨看著蚌殼姑娘。蚌姑娘對小白蛇亦看個沒完。老話說，龍性最容易騷動，尤其是小白龍最喜歡拈花惹草。這次見蚌姑娘對他有情誼，眞是龍心大悅，就得意忘形地撲過去，把蚌殼姑娘抱在懷裡。大黃龍一見，那還得了，這樣成何體統，竟在好多水族面前要與蚌姑娘交媾，就大聲喝道：「五弟，快把蚌姑娘放下。」小白龍哪裡肯放，就講：「哥哥們喜歡她的寶珠，我喜歡她本人，各愛各的。」大黃龍舉起龍杖要責打小白龍。小白龍就夾著蚌殼姑娘逃到了東海灘上，在那裡做了一夜

〔註 13〕衛聚賢《古史研究》第 3 集第 19 頁，商務印書館 1936 年。

夫妻，後來蚌姑娘生了一條白蛇。〔註 14〕

從這則故事中，我們可以發現這樣幾種潛性意識：一是龍除了有靈性外，而且還有性慾，其實龍即蛇之變種，否則蚌姑娘就不會因與小白龍交合之後，懷孕生下一條小蛇的。二是蚌殼亦是女性的代名詞，這是因爲有「姑娘」相襯，其實棄去「姑娘」一詞，蚌殼亦是女性生殖器的象徵物；如果不是這樣，人們就不會將蚌殼作爲女性，因作爲女性，因爲海洋裡的各種生物是很多，用不著非用蚌殼不可。人們之所以選擇蚌殼作爲小白龍的泄慾的對象，就在於民間有將蚌殼比擬成女性生殖器的潛意識。

蚌，一般有兩個扇面，所以常常被視爲女性生殖器的隱秘象徵。明代馮夢龍《山歌》卷五中就有將蚌喻爲女性的歌謠。其唱道：「洗生薑姐在河頭洗生薑，洗生薑，有蟛蜞走來膀中行，姐道蟛蜞阿哥來做耍，蟛蜞道河乾水淺要聽蚌商量。」

很顯然，這裡是以蚌作爲女性生殖器的暗喻的。

據有關研究成果表明，仰韶文化的貝文就是女陰的象徵。廣東一帶的蛋民有將姑娘稱之蜆妹的習俗。其實，蜆即蚌之同類同形的貝類動物。以貝類象徵女陰，進行生殖崇拜和祭祀活動，在古希臘亦有。古希臘人以貝類祭祀愛神阿芙羅狄蒂，曾雕刻了《貝殼中的阿芙羅狄蒂》雕像，意大利文藝復興時期波提切利的名畫《維納斯的誕生》，都是這一古老風俗習慣和原始觀念的形象反映。

此外，各種民間流傳的《白蛇傳》故事都不同程度地帶有某種潛性意識。如《韋馱三戲白娘》中說到白蛇要下凡，去報答許仙的救命之恩，觀音要其洗操。〔註 15〕女子裸浴的情節表現了故事中，說明了民間創作者所不自覺流露的性意識。又如《馬龍與玉兔》中說及龍與玉兔性交，〔註 16〕等等，都反映了民眾的性意識。

隨著時光的流逝，《白蛇傳》中的性意識逐漸變得黯然，有的已經變成了一種潛性意識，然而還有許多明顯之處，依然時時可見。

總之，《白蛇傳》的性意識，更增添了故事的歷史沉積和文化因素，形成了一個生動豐富、絢麗多姿的民間文化的綜合體。

〔註 14〕江蘇省民間文學工作者協會等編《民間文藝信息》（內部資料）第 3 頁。
〔註 15〕見江蘇省民間文學工作者協會等編《民間文藝信息》（內部資料）。
〔註 16〕見江蘇省民間文學工作者協會等編《民間文藝信息》（內部資料）。

「蝴蝶」的文化因子解讀

《梁山伯與祝英台》是中國傳統的民間故事，也是家喻戶曉的四大故事之一。

我用現代結構主義的分析方法來解讀梁祝故事的話，就不難發現其故事是由不同的文化因子所組成的，如男扮女裝、三年同學、十八相送等等。古人就對梁山伯與祝英台「同學三年」進行過揣摩：「木蘭爲男妝，出戍遠征，而人不知也，可謂難矣。祝英台同學三年，黃崇嘏遂官司戶，婁逞位至議曹，石氏銜兼祭酒，張言之婦，授官至御史大夫，七十之年復嫁，生二子，亦亙代之異人也。」（《五雜組》卷之八）所謂「異人」之說，就是對梁祝故事中「同學三年」文化因子的詮釋。由於歷史的局限，古人不可能對此有更多的闡述，也不可能有使人耳目一新的結論，但是我們畢竟看到了前人對梁祝中的文化因子所進行的解釋。在此，因篇幅的限制，故不可能就梁祝故事中所有的文化因子都進行一番論述，僅就「化蝶」作一點分析。我們覺得在梁祝故事這些文化因子中間，「化蝶」是故事結尾時的不可缺少的一個組成部分，也是故事的思想情感昇華到一個新的境界的展示。

一

梁祝故事是一長期流傳的動人的民間傳說，其起源不會早於晉代。據《辭源》、《辭海》等工具書記載：梁山伯，晉會稽人。相傳山伯曾與上虞女扮男裝的祝英台同窗三載，感情篤厚。臨別前，祝托言爲妹做媒，許媒於梁。後父將祝另許他人，祝未從抗命。梁至祝家求婚亦遭拒絕。梁祝二人在封建禮教的壓迫下先後殉情，並化爲一對蝴蝶。另從各種典籍來看，在明代以前，雖有梁祝故事的流傳，但幾乎都沒有關於化蝶的說法，根據我們所掌握的材料來看，化蝶情節可能從元明時期開始的，而這一情節的作俑者就是馮夢龍，他的《古今小說・李秀卿義結黃貞女》就形象生動地描寫了化蝶的壯烈的場面：

> 英台舉眼觀看，但見梁山伯飄然而來，說道：「吾爲思賢妹，一病而亡，今葬於此地。賢妹不忘舊誼，可出轎一顧。」英台果然走出轎來，忽然一聲響亮，地下裂開丈餘，英台從裂中跳下。眾人扯其衣服，如蟬脫一般，其衣片片而飛。頃刻天青地明，那地裂處，只如一線之細。歇轎處，正是梁山伯墳墓。乃知生爲兄弟，死爲夫妻。再看那飛的衣服碎片，變成兩般花蝴蝶，傳說是二人精靈所化，紅者爲梁山伯，黑者爲祝英台。其種到處有之，至今猶呼其名爲梁山伯、祝英台也。

大家知道，馮夢龍的作品很多是根據民間傳說進行改變的，因此也不可否定上述情節很有可能是來自老百姓的創作；如果這一觀點能夠成立的話，梁祝故事化蝶的結局早在民間已經流傳，只不過民間傳說沒有固定說法，也沒有文字定型，而到了馮夢龍的筆下，將這些民間傳說中化蝶的內容記載下來，成爲他創作的一個組成部分而已。不過，馮夢龍這裡所描述的內容多少還帶有志怪小說的神奇韻味，沒有完全轉化爲民間故事裡特有的普通大眾情感和表述方式，只有到明代以後，市民的文化意識、審美情感和表現方式才發生了根本性的改變。現在我們看到的各種各樣的民間故事裡，更多的是梁山伯和祝英台是死後雙雙化爲蝴蝶，而不是馮夢龍所描寫的梁山伯和祝英台的衣服碎片化爲蝴蝶的情節。因此，我們可以斷言，梁祝故事中的化蝶情節在元明時期形成大概不會出現太大的誤差吧。

除了散文體的故事形式之外，民間還根據梁祝故事原型而創作了其他形式的文藝作品，如說唱、戲曲、剪紙、年畫、歌謠等。就是在這些長期流傳的梁祝歌謠裡，還可以再分爲「十二月花名」、「挖花調」等歌名，特別是在江南一帶，更有傳唱梁祝的習慣。由此看來，江浙一帶有關梁祝歌謠的記載非常之多，就不難想像的了。

《梁祝下凡》是一首流傳在寧波鎮海的民間歌謠，其調名爲「挖花調」。其曰：「天上金童玉女星，玉帝座前兩神明，二人嬉笑動凡心，發落紅塵做凡人。地方浙江慈溪城，西門外頭祝家村，員外家裡富豪門，子孫昌盛過光陰。

生下一女人人愛，取名三字祝英台，英台本是玉女星，過目不忘眞聰明。女兒才貌無批評，喜歡用功讀五經，想要讀書杭州城，父母雙雙勿答應。扮作江湖賣卜人，祝英台賣卦戲雙親，自己來算自己命，誰知父母都騙進。名望要算梁員外，缺少子孫傳後代，金童投胎梁姓家，公子取名叫山伯。日長天久長成人，梁山伯讀書頂用心，做出文章蠻有名，也想讀書到杭城。打開兩扇紗窗門，祝英台改裝扮男人，肩背包裹赴杭城，拜別父母老雙親。一路走來一路行，梁祝途中來相逢，結拜金蘭在草橋，情投意合稱弟兄。同住一路一條心，稱兄道弟趕路程，雙雙來到杭州城，錢塘書院拜先生。野雞當作親兄弟，日同書房夜同被，祝英台時刻避嫌疑，梁山伯無意來調戲。三六四九到我家，暗求師娘作聘禮，祝英台有心贈梁兄。出了杭城到了關，兩人來到紫金山，沿途打動問梁兄，梁山伯呆大心勿動。你我兩人來動身，十八相送到長亭，九妹與你定終生，梁山伯滿口來答應。再說山伯回家來，一心思想望英台，祝英台當即下樓台，梁山伯一見女裙釵。二次三番來打動，只怪梁兄心勿動，弄錯日子今日來，妹身已許馬文才。山伯聽了心吃驚，婚事不成得了病，手中酒杯落下地，口吐鮮血人昏沉。山伯父母心著急，不知我兒得啥病，一月之後命歸陰，祝英台得知苦傷心。泥水師傅呆煞人，行伯墳頭有靈性，花轎抬到胡橋鎭，化爲蝴蝶上天庭。頂頂晦氣馬文才，揀出日腳娶英台，空轎抬來空轎歸，馬文才忖忖只會呆。」（《寧波市歌謠諺語卷》第 17～20 頁，浙江文藝出版社 1991 年）

在這首歌謠裡，蝴蝶依然是其敘事情節的最精彩的結局，所不同的是，歌謠將梁山伯和祝英台說成是天上的兩個星辰：一個是金童，一個是玉女。他們來到人世間意欲成爲夫妻，誰知陰差陽錯，有情人終究沒有結成夫婦，這似乎是一種天意，但它更反映了人的一種神靈觀念。因爲在人們傳統的觀念中，天上的神仙是不吃人間煙火，更不應該有人的七情六慾。應該說，梁山伯和祝英台最終不能結爲夫妻，這在歌謠開始的「天上金童玉女星，玉帝座前兩神明」的敘述裡就有了鋪墊和先兆。雖然這是一種宿命論的觀點，但是舊時代所產生的民間傳統歌謠有這樣的觀點是不足爲怪的，大可不必去苛求那些民間歌謠的創作者。此外，如果僅從一種藝術創作手法來說，這種描述方法也是非常成功的，因爲它將歌謠的開始和結尾有了一個很好的呼應。這不僅表現在梁山伯和祝英台雙雙化蝶，重新回到天庭，而且還在於思想上有著內在的連貫性，表現了民間創作特有的文化元素。

二

蝴蝶，又稱蛺蝶，是現實生活中的一個昆蟲，翅膀闊大，顏色美麗，靜止時四翅豎立於背部，腹瘦長，吸花蜜，種類繁多。這是一種生物學的解釋，將其最主要的特徵進行了展示。明李時珍《本草綱目・蟲二・蛺蝶》:「蝶美於鬚，蛾美於眉，故又名蝴蝶。俗鬚爲鬍也。」然而，在梁祝故事中，蝴蝶所表現出的文化因子就不是生物科學闡述的那樣的觀點，更多的是帶有時代的人文印記鑲嵌其中。

蝴蝶在我國的語言文字和文學作品中，已經成爲年輕男女愛情的象徵，是一種美好事物的媒體。例如「蝶使」就是表示男女雙方性愛的媒介。這在明陳汝元《金蓮記・湖賞》中有記載:「蜂銜蝶使，做媒人紗窗寄詞。」。「蝶使蜂媒」一詞表示傳遞信息或男女之愛，這在宋朱淑眞《恨春》詩之四有證:「蝶使蜂媒傳客恨，鶯梭柳線織春愁。」又，「蝶意鶯情」比喻的是愛戀春色。凡此種種，均可以說明了一個事實，蝴蝶在中國文化中很大程度上表示著一種美好的象徵物。

在民間傳說中，蝴蝶又是神仙的化身。嚴金鳳搜集的流傳於杭州一帶的《蝴蝶仙》的故事有一定的代表性:從前有一對蝴蝶仙在崑崙山修煉已有千年之久，吸蒼穹之雨露，受日月之精華。它們的翅膀十分大，能將老鷹夾在翼下。這年的三月三，蝴蝶仙看見王母娘娘頭上插滿了鮮花，發出一陣陣的誘人的花香，就撲了過去。這一下，王母娘娘大發雷霆，就雙手一拍，將這一對蝴蝶仙罰落人間，一個做了梁山伯，一個做了祝英台。後來，故事發展到了最後，「當祝英台在墓前吊祭梁兄時，忽然晴空驟生烏雲，閃電交加，雷霆萬鈞，劈開梁山伯的墳，祝英台跳入墳中，兩人化爲一對蝴蝶，在彩虹掛垂的空中，又翩翩飛翔，重又皈本爲蝴蝶」(見《梁祝文化大觀》故事歌謠卷)

在中國人觀念中，蝴蝶是有靈性的，有的直接將蝴蝶稱之爲「蝶仙」，這是一個常見的事實。據清姚元之《竹葉亭雜記》卷八記載:「太常寺有仙蝶，褐衣色，一稍大，一稍小。有一翅微缺，人以老道稱之。偶見飛來，或出手祝之曰:老道，我輩欲得見顏色，請少住。蝶即飛落手中。若人有戲之之意，祝之不住也。德文莊公官太宗伯兼管太常甚久，蝶常往來於院中，文莊歿後，蝶忽來殯前旋饒，意若來吊，依依不置，良久乃去。蓋文莊生平公正，足以感之。然亦見蝶之通靈也。」由此可見，蝴蝶通靈性的觀念古已有之，是與梁祝故事中的化蝶的情節一脈相承的。《古今圖書集成・博物匯編・禽蟲典》

第一百六十九卷也記載：「《山堂肆考》：俗傳大蝶必成雙，乃梁山伯、祝英台之魂也。」由此可見，這段文字是對梁祝化蝶的最好注解。

因此化蝶作爲梁祝故事的結尾就有很爲特殊而重要的意義了。

應該說，化蝶是梁祝故事的一個核心內容，其前綴詞是人死後變化成爲蝴蝶。這種化蝶的文化意識在古代就十分流行，是一種輪回觀念的表現形式，反映了人們對自然現象的樸素理解，和對未知世界的朦朧認識。

在人們的頭腦中，蝴蝶是可以轉化的。人可以轉化成爲蝴蝶，蝴蝶也可以轉化成爲人或者其他動物。我國古典小說就有大量的記載，反映了這種轉化的結果。《古今圖書集成・博物匯編・禽蟲典》第一百七十卷中就有這方面的文字：「《搜神後記》晉義熙中，烏陽葛輝夫在婦家宿。三更後，有兩人把火至階前，疑是凶人，往打之。欲下杖，悉變成蝴蝶，繽紛飛散，有衝輝夫腋下，便倒地少時死。」「《癸辛雜識》：楊昊字明之，娶江氏少艾，連歲得子。明之客死之明日，有蝴蝶大如掌，徊翔於江氏旁，竟日乃去。及聞訃聚族而哭，其蝶復來繞江氏，飲食起居不置也，蓋明之未能割戀於少妻子，故化蝶以歸爾。」如此而觀之，蝴蝶作爲一種可以轉化成爲其他昆蟲或動物的觀念，不是一朝一夕就產生出來的，而是人們在長期文化積澱的過程中慢慢形成的。

在志怪小說和民間故事中，有許多講述蝴蝶的內容，除了人變化成爲蝴蝶之外，還有某些東西變成蝴蝶的內容。這類情節也有很多：一有神仙衣物。《羅浮舊志》載：「羅浮山有蝴蝶洞，在雲峰岩下，古木叢生，四時出彩蝶，世傳葛仙遺衣所化。」二有肉化爲蝴蝶。《旌異記》載：「童貫將敗之一年，庖人方治膳，忽鼎釜磔磔有聲。頃之，所烹肉悉化爲蝴蝶。殆且萬數，飛舞自如，直至堂中。貫心怪之，命童僕執撲，皆莫能得。俄兩犬著婦人衣，持梃人立而語：此易撲耳。各揮梃縱擊，蝶紛紛墜。」三有麥子化爲蝴蝶。《搜神記》載：「麥之爲蝴蝶也。」四有剪紙化蝶。《桂苑叢談》記載：「咸通初，有進士張綽者，下第後，多遊江淮。間有道術，或人召飲，若遂合意，則索紙剪蛺蝶二三十枚，以氣噓之，成列而飛。累刻，以指收之，俄皆在手。見者求之，以他事爲阻。」

以上所舉的僅僅是大量古代書籍中的一小部分例子，但是就是這樣的一些材料裡，我們可以輕鬆地梳理出來蝴蝶文化所具有的神秘色彩，它反映了古人對蝴蝶文化的古老觀念。其實，在民間口頭創作裡，蝴蝶來源的傳說更比此要多上數倍或者幾十倍，也就是說蝴蝶文化是更豐富多彩的。

民間傳說中化爲蝴蝶的東西很多，但是夫妻化蝶的故事最早見於《搜神記》:「宋大夫韓憑娶妻，美。宋康王奪之。憑自殺，妻陰腐其衣，與王登台，自投台下，左右攬之，著手化爲蝴蝶。」這或許是梁祝故事有著直接關聯的最爲相近的故事類型，如今我們無法考證它與梁祝故事之間的淵源關係，但是有一點是可以肯定的，那就是夫妻死後化蝶是相同的。當然在《搜神記》裡是韓憑妻一人化蝶，而在《梁山伯與祝英台》中是兩人死後同時化蝶，很顯然後者較之前者有了更多的情節和內容上的發展，這表示一種文化意識上的進步。這不僅可以用這兩個故事所記載文本的時間的前後來證明這一點，而且從故事形態學的角度來看，也可以說明這個事實。民間故事往往會有一個從單一元素逐漸到多元元素、從簡單情節到複雜情節的發展過程，它不僅表現在情節的發展上，更表現在內容所反映的人文情緒方面。韓憑妻化蝶，表現的是一種反抗行爲，其變化多少帶有一點神奇色彩，表示的尤爲直露，使人有一種莫名其妙的感覺。而梁山伯、祝英台雙雙化蝶則顯得委婉得多，至少是在他們死後轉化成爲美麗的蝴蝶，使人容易接受，也符合中國人的思維模式，不僅如此，梁祝化蝶則更多的是表現了多重文化涵義。

這是梁祝故事中化蝶的最基本的思想基礎，離開了這一樸素的思想基礎，就不可能產生梁祝故事那樣感人肺腑的化蝶情節來。

在傳統的故事中，情人或者夫妻死後變成植物（龍鬚草、相思樹、斷腸花、並枕樹等）的情節很多。如元林坤《誠齋雜記》卷上記載:「海鹽陸東美，妻朱氏，有容止。夫妻相重，寸步不離，時人號爲比肩人。後死合葬，冢上生梓樹同根，二身相抱，合成一樹。每有雙雁常宿其上。孫權封其里曰比肩，墓曰雙梓。後子弘與妻張氏，亦相愛慕，吳人呼爲小比肩。」而在梁祝故事中，一對情人死後卻變成蝴蝶是與江浙一帶的自然條件是分不開的。《古今注》云:「蛺蝶一名野蛾，一名風蝶。江東呼爲撻末。色白背青者是也。其有大如蝙蝠者，或黑色，或青斑，名爲鳳子，一名鳳車，一名鬼車。生江南柑橘園中。」由此，可以知道梁祝中蝴蝶結局的產生與江南一帶的自然生態是一致的，如果沒有蝴蝶這一生存於江南的昆蟲，人們是很難想像出這個奇特的富有浪漫色彩的情節來的。

在其他地方的梁祝故事中，化蝶的情節也是屢見不鮮的，例如被收入周靜書《梁祝文化大觀・故事歌謠卷》中的流傳在閩南一帶的《梁祝同化白蝴蝶》、廣東一帶的《三載同窗生死戀》、廣西一帶的《英台作詩托終身》等，如何解釋這一現象呢？在解釋這一現象之前，首先要解決梁祝故事的原始產地在哪裡，只有這個問題得到了解決，就不難看出這些故事中的化了蝶現象。

據宋張津《乾道四明圖經》記載：「義婦冢，梁山伯、祝英台同葬之地也。在縣（即鄞縣）四十里接待院之後，有廟存焉。舊記謂二人少嘗同學，比及三年，而山伯初不知英台之爲女也，其質樸如此。按《十四道四蕃志》云，義婦祝英台與梁山伯同冢，即其事也。」所謂《十道四蕃志》是唐代張讀所著。由此可見，不僅是在宋代，而且也早在唐代就有了關於梁祝故事的記載。因此可以大膽地說，梁祝故事是發生在今寧波一帶，大概是沒有疑義的吧。以後，由於人們的口耳相傳，其流傳的地域越來越廣泛，梁祝故事在全國各地不斷傳播，其化蝶的文化因子也得到了保存，由此可以看出，化蝶作爲梁祝故事的最爲精彩的最爲激動人心的一個組成部分也是十分自然的了。

三

既然《梁山伯與祝英台》中最精彩的一筆是「化蝶」，蝴蝶所暗藏的文化因子，其意義主要有以下幾個方面。

1、反映的是嚮往自由的情緒

在自然界裡，每當春天到來的時候，蝴蝶會自由自在地在空中飛翔，一會兒在花瓣上親吻，一會兒又在草叢裡舞動，表現出一種幽閒自得的樣子。人們會從這裡得到某種聯想，特別是當情感受到壓制的時候，這種對蝴蝶無拘無束地行爲更加有一種強烈的嚮往。在民間傳說《梁山伯與祝英台》的結尾的地方，出現蝴蝶來完成故事，這裡蘊藏著的就是人們對未來自由生活和理想的憧憬。有人說，中國人喜歡大團圓的結局，此話有一定的道理。這在中國文學裡表現得非常淋漓盡致，幾乎所有的作品都可以看到這樣的充滿希望的尾巴。同樣在民間文學裡這種表現方法也是屢見不鮮的。梁祝故事出現蝴蝶來象徵一種美滿、自由，至少可以稱得上是這種傳統大團圓結局的另外一種表現形式。梁山伯與祝英台沒有最終成爲夫妻，但是在他們死後可以化爲蝴蝶來到世上雙雙飛舞，在這種浪漫主義色彩的映照下，蝴蝶因子所反映出的嚮往自由的情緒也就自然地表現出來了。

2、反映的是對美好前景的追求

在梁祝故事裡，蝴蝶因子除了表現爲對自由的嚮往，同時也表現出對美好前景的追求。現實生活中的人們，其理想往往與現實產生衝突，美好的東西因此而遭到破滅性的打擊，價值的東西往往會因爲利益之間的互相緣故而得不到應有的展示，正因爲這樣，人們只有在自己的創作裡來表現這種理想和價值。梁祝故事就是屬於這樣一種類型的民間文學作品，它將現實生活中的男女之間的眞誠的愛情表現得非常富有詩情畫意，美麗動人，會在人們腦海裡留下十分深刻的印象。就是這種夢幻一般的愛情生活遭到了種種阻攔，先是一種男女之間的誤會，然後又是一種家庭的重重阻擾，使這一對有情人沒有能夠成爲夫妻。但是故事積極的意義就在於，它沒有將悲劇作爲故事的結尾，而別開生面地用「化蝶」來再現人生的價值，來表現對崇高的一種精神美的昇華。在此，蝴蝶文化因子不僅起到了故事情節上承上啓下的作用，而且對故事的主題思想起到了畫龍點睛的作用，而對美好前景的追求也就是梁祝故事最基本主題思想之一。

最近北京大學法學院朱蘇力教授在對明代戲劇《同窗記》僅存的兩齣《梁山伯千里期約》和《河梁分袂》爲基礎，從社會婚姻制度的角度對梁祝悲劇重新解讀，得出了這樣一個結論：「所謂梁祝本人要求婚姻自由的說法實際上是在近代社會變遷的背景下，現代中下層自由派知識份子對梁祝故事的重新解讀」，而所謂「階級鬥爭和階級壓迫也並不是此劇之悲劇的主要因素」。這一說法有一定的道理。故事中階級鬥爭和階級壓迫的觀念和情節是後來嵌入的，特別是現代戲劇的加工，更加突出了這方面的內容。雖說梁山伯、祝英台與馬文才這三家雖家境有所不同，但也決不能就因此認定他們是兩個不同階級的人。此外，朱文還說：「梁祝悲劇也不在於包辦婚姻」，「包辦婚姻並不必然構成悲劇，不僅在中國歷史上，甚至在人類歷史上，近代以前的主要婚姻制度形式都是包辦婚姻」。（見《文匯讀書週報》2002 年 4 有 12 日）因爲梁祝故事發生的晉朝，當時的婚姻形態比較開放，還沒有形成像宋代以後那樣非常嚴格的「父母之命，媒妁之言」的婚姻制度，所以梁祝的故事主題也就不可能是反封建的，更不可能對當時社會婚姻制度的一種反抗，表現的僅僅是對一種美好婚姻的追求。因此朱文認爲，梁祝故事是承認包辦婚姻，就顯得過於牽強。因爲包辦婚姻的現象是存在的，但是作爲一種婚姻制度還是在明清時期才是中國婚姻形態的一個重要形式。不能簡單地根據「不經過男女雙方同意，強行爲他們定下婚姻的過程」的定義，就將梁山伯與祝英台說成是一種包辦婚姻的受害者，應該看到這與封建社會包辦婚姻制度形成以後的情況還是有區別的。不過，需要說明的是：朱文所說的是以戲劇爲例，而我們所說的是民間故事爲藍本，因此《梁山伯與祝英台》表現出的主題意義、婚姻倫理和道理情操也是不盡相同的。

不管是戲劇，還是民間文學作品，「化蝶」總是其最後令人難忘的結局，從中所透露出的嚮往自主婚姻和對未來美好前景追求的文化信息，都是非常明顯的。

3、反映的是異性愛情

我們都知道，蝴蝶有雌雄區分，雖然它們並不一定雙雙進行活動，也可以僅僅是單獨地飛舞，但是人們卻在創作中頑強地表現雌雄蝴蝶雙飛雙舞的現實場面，這裡是否有暗中表現的是反對同性之間的愛慕傾向呢？或許這是一個被人們忽視的內容，但是我卻認爲這種現象是存在的，至少在蝴蝶文化因子所表現出的特定情節與梁山伯與祝英台在學習期間沒有表現出男女之愛，是可以說明這個問題的實質傾向來的。祝英台女扮男裝，與梁山伯同窗求學，已有三載，但是梁山伯始終將祝英台當作男性，而沒有與其有斷袖之好，這應該表現出強烈的自愛精神。

按照常理，在社會生活中，一個貌美的女子向另外一個男子表示愛慕之情，一般情況下，那個男子會接受女子的感情，特別是在男女獨處的時候，這種拒絕尤爲困難，但是梁山伯始終沒有接受祝英台拋來的繡球，就是因爲梁山伯將祝英台當作了同性，而不敢有此龍陽之興，雖然說祝英台一再屢屢暗示自己是一個女性，但是梁山伯卻始終沒有領悟過來，這爲故事的悲劇色彩打下了伏筆。同時，我們也從另外一個方面看到，梁山伯是一個異性戀者，這是確信無疑的事實。因爲他沒有對一個漂亮的同桌產生愛戀，而卻喜歡祝英台假稱的她家的「小妹」，這也進一步地說明了梁山伯的異性戀的傾向。在封建社會裡，同性戀是客觀存在的，古代小說中就有這樣的描寫，例如《紅樓夢》裡的薛蟠就是這樣一個具有同性戀的公子哥。根據弗洛伊德的心理學觀點，在長期生活在一起的同性人群裡往往會產生同性戀的傾向。但是梁山伯卻沒有對裝扮成男性的祝英台產生情感糾紛，這正表明了梁山伯沒有那種封建社會特殊人群中那種所具有特殊的愛好，而故事所反映的這種世俗化傳統的戀愛觀念，正是一種主流的愛情文化，因此受到了人們普遍的歡迎。在蝴蝶因子裡，我們也同樣看到這種文化的影子。故事結束的時候，墳墓突然開裂，蝴蝶雙雙飛出，而且這是一對雌雄蝴蝶，展現在人們的面前，這就進一步地證實了《梁山伯與祝英台》故事所表現出的異性戀的價值取向。

4、表現了一種輪回的思想觀念

人死後，會變成各種各樣的動物或者其他的東西，這是中國人的一種十分普遍的輪回觀念，特別是在佛教傳入以後，這種觀念就越來愈深入人心。在《梁山伯與祝英台》故事裡，我們也可以很明顯地看到這樣的觀念。

人死後會變成什麼，在中國人傳統觀念中是有一定的思維定式的，好人死後就會變成相應好的動物或人，而壞人死後就會變成另一類動物以示懲罰。這是一種因果報應、生死輪回的思想觀念，而且根深蒂固地存在於人們的腦海之中。明《五雜組》之五「人部一」記載：「人死化爲虎者，牛哀、封邵、李微、蘭庭雍之妹也；化爲黿者，丹楊宣賽母也；化爲狼者，太原王舍母也；化爲夜叉者，吳生妾劉氏也；化爲蛾者，楚莊王宮人也；化爲蛇者，李勢宮人也。若郗氏之化蟒，則死後輪回，以示罰耳。」而化蝶則表示了愛情的最高境界，是青年男女眞摯和熱烈的感情世界昇華到了一個非常高度的表現，如今這種觀念已經成爲中國人的十分普遍觀念，與梁祝故事在民間的廣泛流傳是分不開的。

在中國文化中，將雙飛的蝴蝶作爲自由戀愛的象徵，這發軔於民間傳說故事《梁山伯與祝英台》，這個感人肺腑、令人淚下的愛情故事以梁祝死後化蝶雙飛爲結局，一方面表達了民間創作者對梁祝的同情與祝願，另一方面也反映了人們對蝴蝶特殊的文化情感。其實，不僅在中國文化裡保存著蝴蝶文化的因子，而且在西方文化裡也同樣可以看到蝴蝶文化因子的存在。在希臘神話裡，有一位女神叫普緒赫，因爲比維納斯美麗而遭到許多人的嫉妒。丘比特曾奉母親之命欲加害於普緒赫，但看見普緒赫之後，卻被她的美貌打動而陷入情網，讓西風之神將她帶到宮裡，並與普緒赫約法三章，只是每天晚上與她幽會，不許她看清自己的臉。普緒赫由於好奇，違背了誓言，因此失去了自己的心上人。維納斯一心要拆散普緒赫與丘比特的戀情，不斷陷害普緒赫。最後，普緒赫在愛神的幫助下，完成了維納斯交下的任務，經過千辛萬苦，終於與丘比特結爲夫妻，過上了幸福的生活。普緒赫希臘文裡是蝴蝶和靈魂的意思。古希臘人認爲，從蛹鑽出來的蝴蝶，代表人的靈魂離開了軀體，這是表示經過痛苦和艱難，得到了昇華的一種表現。因此，我們現在所見的普緒赫形象，往往是身上帶著蝴蝶的翅膀。在基督教文化裡，蝴蝶也常常是人的靈魂復活的象徵。因爲在人們的觀念中，蝴蝶是美好的，能夠給人帶來無限的想象，而且蝴蝶又是具有夢幻一般色彩的東西，用這樣一種文化象徵來表現男女之間的愛情，體現一種朦朧、魅力和飄忽不定的感覺，是再恰當不過了。因此我們覺得，《梁山伯與祝英台》的結尾用蝴蝶來畫上句號，表現了一種情感與意象的完美的結合、現實與理想的高度統一，難怪乎人們會將這樣一個僅僅只有數千字的民間傳說稱之爲中國的四大民間故事之一，的確當之無愧。

直到今天，人們還將現實中的蝴蝶說成是梁山伯與祝英台呢。

在北方的大部分地區，人們多以黃色的寬邊黃粉蝶象徵梁山伯，以白色的尖鈎粉蝶象徵祝英台。

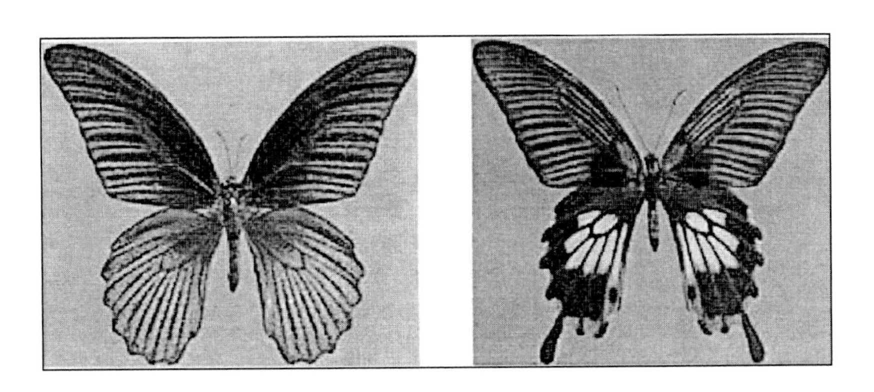

雲南地區多以雄雌美鳳蝶比作祝英台與梁山伯。

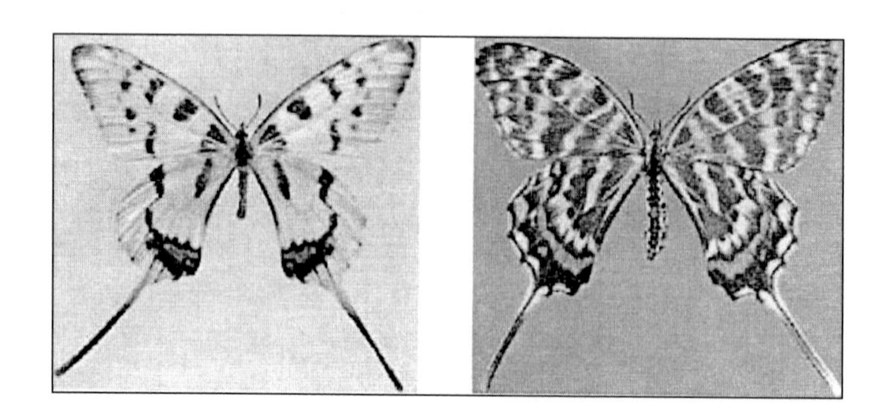

江浙一帶和北京的一些地區則將雄雌絲帶鳳蝶比作祝英台與梁山伯。

此外，無論是哪一種文藝形式對《梁山伯與祝英台》的改編，都保留了故事結尾「化蝶」這一關鍵的神來之筆，其意義就在於人們對這個情節的認可。毫不誇張地說，沒有了「化蝶」的結尾情節，就沒有了《梁山伯與祝英台》令人激動蕩魂的藝術感染的力量。

蝴蝶文化因子的再解讀

在《梁山伯與祝英台》的故事裡，有一個非常精彩的地方，就是結尾，那化蝶的情節讓所有讀過這個故事的人都激動不已。從文藝學的角度來看，這肯定是一種浪漫主義的表現手法，但是從民俗心理來說，這又是一種暗示行爲，是將故事的眞正目的或多或少地隱藏起來，表現的只是其外在的情節和內容，這就是梁山伯祝英台故事「化蝶」結尾的高明之處。

筆者曾經寫過一篇關於蝴蝶文化因子的文章，但是隨著有關梁山伯祝英台各種各樣的民間資料和文物資料的發掘，又覺得這篇文章還沒有寫完，有些話還需要再說一說，所以就用此文對故事裡的蝴蝶文化因子再進行一下解讀，以求能夠從中再發現某些未被人注意的新的東西。

一、梁祝故事在全國許多地方流傳的原因

1、因為我國是一個蝴蝶非常多的國家

蝴蝶在地球上分布很廣泛，南自赤道，北至北極圈內都有它們的蹤跡。在我國，蝴蝶的分布同樣很廣，從東到西，從南到北，幾乎都有蝴蝶的蹤影，浙江、江蘇、山東、河南、河北、廣東、廣西、雲南、四川、陝西、山西、湖南、湖北等地都有蝴蝶的存在。根據統計，蝴蝶的種類繁多，全世界現已記錄的蝴蝶達 14000 多種，中國的蝴蝶有 1200 多種。昆蟲學家依據它們的形態結構、進化發展及血緣關係等條件，把種類繁多的蝴蝶分爲 16 個科，每一科下又分爲若干個屬。在這 16 個科當中，我國就有 12 個科。在廣東由於氣候、地形等自然條件的關係，就有 11 科蝴蝶。另外，再舉舉小灰蝶科爲例，全世界共有 5500 種，其中台灣產的就有 100 種之多。它的體形非常小，但是

很漂亮，食性也很雜。因此，我們可以看到我國也是一個蝴蝶種類非常多的國家。

2、自然科學家的介入

在梁山伯祝英台故事的演化過程中，不僅是民間的故事創作者參與了對故事本身的創作，而且自然科學專家也參加了故事中蝴蝶進行了學科上的分析。

梁山伯和祝英台「化成」的蝴蝶究竟是哪一種蝴蝶呢？這是中國自然科學專家和愛好者所要解答的疑問，因爲他們也是梁山伯祝英台故事的喜好者，用專業的知識來解釋他們喜歡的故事，這無可厚非，從另外一個角度來說，他們的解說又豐富了傳統的梁山伯祝英台故事，將虛構的故事與現實的眞實聯繫在了一起，這也可以視爲是民間故事的現實性的基礎。

中國的蝴蝶品種有一千餘種，有的專家對梁山伯和祝英台蝴蝶進行了認定，確定其有一定的標準：1. 色彩美麗，體型較大。2. 雌雄異型，一目瞭然。3. 盛產於浙江，梁祝的故鄉。另外，也有是認爲，經前輩昆蟲學家認定，梁祝所化的蝴蝶是玉帶鳳蝶。玉帶鳳蝶屬鳳蝶科，有尾突，飄然起舞，十分美麗；雄蝶翅呈黑色，後翅中部有一條黃色的橫帶，「玉帶圍腰」是古代爲官的象徵，此蝶乃梁山伯也；雌蝶前翅也呈黑色，但後翅有大片玫紅色斑紋，可謂「彩裙艷麗」，是祝英台。玉帶鳳蝶分布於浙江和南方各省的柑橘產區，幼蟲以橘葉爲食。因此，他們就認爲，梁山伯祝英台故事產生於浙江和南方各省。

由於蝴蝶的分布很廣，各地的對蝴蝶的解釋也不盡相同。廣東、雲南等省的蝴蝶愛好者，認爲梁山伯與祝英台所化之蝶是多型鳳蝶，又稱美鳳蝶，這也是一種雌雄異型的鳳蝶，雄蝶正面是純黑色的，反面翅基部有紅色斑；雌蝶的後翅色彩鮮艷，花紋多變，多數無尾突，少數有尾突，「多型」蝶之名，由此而得。此蝶的幼蟲也吃橘葉，浙江省也有分布，但不常見。

這些對蝴蝶的分布情況和生物特性及其種種主觀的解釋，在客觀上又爲梁山伯祝英台的故鄉尋找依據。以此看來，梁山伯、祝英台死後所化的蝴蝶不在浙江，那就說明故事不產於浙江，同樣的道理，梁山伯、祝英台所化的蝴蝶產於浙江，那麼故事的故鄉就在浙江，也就沒有異議存在了。

事實上，這是一種不很科學的論證。首先，是因爲有了梁山伯祝英台故事，才有了將現實裡的蝴蝶附會到故事化蝶之中。其次，民間文學是人們的口頭創作，有時其創作的素材來自社會生活，但是它一般不會是現實的翻版，肯定會有所發展，有所創造，決不會停留在事情的表現，特別是會對其中的情節或者細節進行加工和取捨，否則就不是民間文學。正因爲如此，《梁山伯與祝英台》就不再局限是某一個局部區域的作品，而是融合了許多人的創造，同時也融入了本地的風光和禽蟲等相關的自然知識、社會知識，更主要的是作品所反映了中國人的一種非常普遍的情感和認識，這是文化心理上的認同。如果沒有這樣的文化心理上的共同所有的審美意識，是不可能如此流傳各地域的，也不可能成爲一種千古絕唱。

應該說，自然科學家的加入，使得本來已經撲朔迷離的梁山伯祝英台故事起源又增加了不少的謎團。

清編撰的《古今圖書集成・博物匯編・禽蟲典》匯集了歷代典籍如《古今注》、《桂海蟲魚志》、《北戶錄》、《搜神記》、《本草綱目》等，其中輯錄了我國古代關於蝴蝶生物特性的記錄。《爾雅翼》:「今菜中青蟲當春時，行緣屋壁，或草木上，以絲自固。一夕視之，有圭角，六七日其背脫裂，蛻爲蝶出矣。大蝶散卵於橘上爲蟲，青綠既久，則爲大蝶。」過去，人們以爲蝴蝶有害，蝴蝶身上的粉是有毒的，這樣的觀念一直縈繞著頭腦。其實，蝴蝶的成蟲，對自然界不但沒有害處，還有不少種類能夠傳播花粉。但是它們的大多數幼蟲自卵孵化到老熟都啃食各種各樣的植物，危害人們的經濟作物。例如稻苞蟲是水稻的大害蟲；菜青蟲是十字花科蔬菜的大害蟲。當它們猖獗爲害時，都可能使人們在經濟上蒙受巨大的損失。不過大多數蝶類幼蟲取食的並不是人們栽培的主要經濟作物，或者由於它們的個體數量不多，不足以成災，所以不被列爲害蟲。另外，在蝶類裡面還有一些對人類有益的知名種類，例如蚧灰蝶（Spalgis Epius）的幼蟲嗜食咖啡蚧，竹蚜灰蝶（Taraka hamada）的幼蟲，取食竹蚜。這些都有效地抑制了害蟲的猖獗，維持了自然界的生態平衡。1996 年，代表梁山伯的「玉帶鳳蝶」和代表祝英台的「美鳳蝶」被中國昆蟲學會蝴蝶分會認定爲「梁祝蝴蝶」，這就正式將梁山伯祝英台與現實裡的蝴蝶用科學的組織將兩者聯繫在一起了，無疑它是科學與民間文學聯姻的表現，與此同時，也說明了梁山伯祝英台故事的巨大社會影響力。

這些觀點都是從蝴蝶的生物屬性來說的，如果將此作爲對梁山伯祝英台故事裡蝴蝶文化因子的補充，倒也不失爲是一種很好的解釋，但是如果以此來解釋梁山伯祝英台的故事就顯然不足取了。對蝴蝶的自然屬性的特點、外形等方面的描述，是一種昆蟲學的研究，而不是社會科學的研究，因此對梁山伯祝英台故事的研究必須依據其科學的屬性來進行研究，才是一種眞正意義的社會科學（包括民間文學）的研究，脫離對象的學科屬性，就有可能背離其初衷。

3、因為人們無限的文化創造才能

蝴蝶是有生命的，但是它沒有人的那種情感，也沒有人所具有的思想和意識，因此故事裡的蝴蝶則是完全附著了人們的思想感情，也就是說，《梁山伯與祝英台》故事反映的是創造者的情緒和審美需求。爲什麼在故事裡會出現蝴蝶而不是其他的動物或者昆蟲呢。這是因爲蝴蝶是田野裡視覺上有美感的東西，而且這樣的動物在自然界裡十分普遍，人們藉此將悲情的故事賦予了美的結尾，雖然顯得非常不合理，但是又在情理之中。在化碟的最後情節裡，故事的創造者用十分大膽的想像力，將死與活很融洽地結合在一起。

由此，我們可以看出，梁山伯祝英台故事是一個中華民族共同喜歡的故事，在故事的發展過程中，民間的故事創作者用他們的智慧不斷地豐富故事的情節，也在不斷地用各種各樣的藝術形式來表現這一根植於老百姓心裡的故事內容，與此同時，其他領域的人也參加了對故事的解答，其中就包括自然科學工作者對故事中化碟的分析和將化蝶的蝴蝶與現實裡的蝴蝶聯繫起來，並將某種類型的蝴蝶作爲梁山伯祝英台的化身，這又增加了故事的傳奇色彩。

就是因爲有民眾的合力，才使得梁山伯祝英台故事變得越來越有中國人的文化氣息，才贏得了廣大中國人的普遍喜歡，也才形成了代表中國民間文化經典的文學作品。

二、爲什麼會有衆多的梁山伯祝英台的文化遺跡？

在我國許多地方如山東、浙江、江蘇、河南等地爲什麼都發現有梁山伯祝英台的文化遺跡？這裡，表達的又是什麼樣的一種文化信息呢？

近年來，一些地方發現了梁山伯祝英台的有關文化遺跡，並進行挖掘，都發現了一些有關梁山伯祝英台的墓穴、碑刻等，另外也還有民國時期的民間流行的歌謠刻本等不斷被挖掘出來，這都表示梁山伯祝英台影響之深是非其他民間文學作品所能夠比擬、超越的。

中新社濟寧 2003 年 10 月 27 日電發表有這樣一篇文章《梁山伯祝英台墓

記碑再現孔孟之鄉》，對發現明代的梁祝墓碑作了詳細地報導：

今天十二時許，在中國民俗學會理事長、中國社會科學院民族文化研究所研究員、博士生導師劉魁立等專家學者與當地民眾數百人的關注下，高一點八米、寬零點八米、厚零點二四米的「梁山伯祝英台墓記」碑在山東省濟寧市微山縣馬坡鄉出土。據文物部門考證，該碑係明代正德十一年（公元 1516 年）欽差大臣、工部右侍郎、前督察院右副都御使崔文奎所立。他在視察河道途經微山馬坡，發現梁祝墓並重修墓祠。」

出土的墓碑碑額刻有「梁山伯祝英台墓記」八個篆字，碑文八百三十一字，記載了祝英台女扮男裝，與梁山伯同在鄒縣（現山東省鄒城市）嶧山讀書學習三載，後二人因思戀而死，合葬在泗河西馬坡的史情。這是中國十處梁祝墓中惟一有文字記載梁祝故事、且內容比較詳細的碑，也是刻立時間最早的一塊碑。

此次梁祝墓記碑的重見天日，有力佐證了「梁祝」家在山東省濟寧市的眞實性。據濟寧市文物局樊存常先生介紹，這塊墓碑歷史上一直存在，只是沒有引起人們的重視。上世紀 50 年代初，爲配合新婚姻法的頒布，著名考古學家、中國科學院院長郭沫若，根據清代焦循所著《劇說》中「嘉祥縣有祝英台墓碣文，爲明人刻石」之記載，專門派人到濟寧市嘉祥縣尋找此碑未果。70 年代，由於平整河道使梁祝墓深埋地下，更由於歷史記載的錯誤使得墓碑出土被延誤至今。

之所以引上這段長長的文字，就在於說明文章的報導者對此次發現的重視，以及其文化價値的重要性。的確如今還能夠發現這樣一塊碑，非常不容易，也是我們民間文學界的一件大事，値得慶賀。因爲對於一個民間文學作品有如此大的社會影響，並且作爲眞實的事件而被人們認可後，立碑爲證，這是一件了不起的事情。雖然如此，它還不足以說明，梁山伯祝英台故事最早就產生在山東濟寧，從其碑立時間來看，是在明代正德年間，這與典籍所記載的梁山伯祝英台故事的唐代，時間相差甚遠。

據筆者所見，梁山伯與祝英台的愛情是一個很眞實的創作故事。晚唐・張讀《宣室志》記載：「英台，上虞祝氏女，僞爲男裝遊學，與會稽梁山伯者同肄業。山伯，字處仁。祝先歸，二年，山伯訪之，方知其爲女子，悵然如有所失。告其父母求聘，而祝已許馬氏子矣。山伯後爲鄮令，病死，葬鄮城西。祝適馬氏，舟過墓所，風濤不能進。問知有山伯墓，祝臨冢號慟，地忽裂陷，祝氏遂並埋焉。晉丞相謝安奏表其墓曰義婦冢。」大家知道，《宣室志》是一部專門講神說鬼的書，其中也記錄了一些當時社會上流傳的消息，由於社會上已經有了各種各樣的關於梁山伯祝英台的離奇傳說故事，因此也被張讀記錄下來。因爲在現實裡不可能有所謂的「臨冢號慟，地忽裂陷」的眞實情況，而這樣文字的出現完全是張讀的文學創造，由於離奇才是故事的根本，也才有可能被人們口耳相傳，正由於這樣的原因，我們就看到了祝英台女扮男裝的情節。

梁山伯與祝英台的故事流之所以傳到至今，雖然已經有一千多年了，但是絲毫沒有改變其魅力。其原因何在？據筆者所見，就是在於故事的神奇性，沒有故事的神奇性，就不可能在老百姓中間流傳，就不能吸引人們的注意力。

梁山伯祝英台故事的神奇之處，有四個方面組成：

第一，祝英台出身有錢人家，爲了爭取與男孩子一樣有讀書受教育的機會，女扮男裝，這本身就非常富有神奇色彩。

第二，而同窗三年居然沒有被梁山伯識破，這又是一奇。

第三，當梁山伯向祝家求婚時，祝英台已經要嫁馬家，這也算是一奇。

最後，梁山伯憂鬱而死。祝英台跳入梁山伯的墳裡，兩人雙雙化成了翩翩飛舞的彩蝶，這是故事最神奇的地方。

因此，我們可以看出梁山伯祝英台的確是一個十分神奇的傳奇故事。正是由於它非常講究故事的神奇色彩，這在客觀上也爲這一故事的廣泛流傳提供了藝術的前提。隨著梁山伯祝英台故事的家喻戶曉，故事的神奇色彩也就隨之加大，就出現了化蝶的從現實來說非常荒誕的結尾。從梁山伯祝英台故事的起初階段，我們還沒有現在所說的那種神奇化蝶情節，這是爲什麼呢？是因爲唐代記錄的梁山伯與祝英台還比較接近故事原型，沒有太多的人爲的創作成分，基本還是忠實於早期老百姓的口頭創作。

宋以後，化蝶內容的補入，將原來離奇的故事變得越來越神奇化了，出現了化蝶的結尾。雖然最後的跳入墳裡雙雙化蝶，是後來所加的情節，但這是一個神來之筆，因爲它繼承了故事本來的發展脈絡，水到渠成，一點也沒有牽強附會的感覺，反而增加了故事的傳奇成分，進而將故事的悲壯氣氛達到了最高峰。梁山伯祝英台故事之所以千百年來流傳不歇，傳奇的故事本色就是一個不可忽視的民間文學現象。

民間傳說作品演變有兩個重要的軌跡，一個是從眞實變成虛構，一個是從虛構變成眞實。前一種類型的變化，可以從神話、民間人物傳說中可以得到證實。後一種就可以從一般人物故事（如阿凡提等類的機智人物）故事裡可以看到這一點。梁山伯祝英台故事就屬於這樣的類型故事。

宋《咸淳毗陵志》卷二十七記載：「俗傳英台本女子，幼與梁山伯共學，後化爲蝴蝶，其說類誕。然考《寺記》，謂齊武帝贖英台舊產建，意必有人第，恐非女子耳。」《寺記》就是指《善卷寺記》。「意必有人第」，是指其意必有此人和此宅。就是說：善卷山上的寺廟是在祝英台舊宅的基礎上建起來的。

清・吳騫《桃溪客語》又重複了《咸淳毗陵志》所說：「然考《寺記》，齊武帝以英台故宅創建，又似有其人，特恐非女子耳。故地善釀，陳克詩有：祝陵買酒清若空之句。騫嘗疑祝英台當爾時一重臣，死即葬宅旁，而墓或逾制，故稱陵。碧鮮庵其平時讀書之地，世以與僞妝化蝶者，名氏偶符，遂相牽合，所謂俗語不實，流爲丹青者歟。」

在這裡，我們可以看出從宋代開始就有人懷疑祝英台。首先，就有人質疑祝英台是否存在，其次，祝英台是男還是女，也是令人懷疑的問題。清・吳騫《桃溪客語》就說：「然英台一女子，何得稱陵，此尤可疑者也。」

如果《咸淳毗陵志》和《桃溪客語》的懷疑成立，那麼梁山伯祝英台很可能就是一個虛構的故事。當然，這種虛構，不是一點沒有根據，而是有著「祝英台」這樣女性化的名字，和各種歷史記載的文獻資料，再加上民間創作者的大膽發揮和豐富想像，經過千百年的流傳才形成了這樣十分經典的民間文學作品。

由於這種情形的存在，使得梁山伯祝英台故事的起因顯得撲朔迷離，難辯眞僞。從眞實變成虛構，從虛構變成眞實，這是民間人物傳說發展的兩個路徑。其中故事的神奇怪異，是這類故事發展的必備的條件。很多帶有歷史成分的傳說而變成了虛構的故事，就是因爲誇大了人物的作用，如三皇五帝的傳說，就屬於這樣一類，在流傳過程中，人們故意將他們的神奇進行無限的放大，而形成了與正常人完全不同的氣質和力量。機智人物故事則屬於另外一類。這些機智人物，在很多情況下，一般是現實生活中的人，有的還都有名有姓，眞有其人，但是在民間流傳時卻將他們概念化，將一切有關機智的事情全都歸放在某一個機智人物，使之更加詼諧，更加典型。

雖然，梁山伯祝英台故事沒有機智人物故事那樣的概括和集中，但是同樣是在流傳中進行了加工，以至使得梁山伯祝英台故事不斷豐富起來，而成爲今天的傳世之作。梁山伯祝英台故事從虛構變成眞實，不會減少它的魅力，也不會因此失去其存在的價值。先秦諸子中所謂的三人成虎的傳說，就是一個虛構的例子，但並不會由此而失去其光輝。同樣，梁山伯祝英台故事也是這樣一個從虛構變成眞實的例證，其價值和意義一樣不會受到絲毫的損傷。

正是由於梁山伯祝英台故事在漫長歷史的進程中，從眞實變成一種虛擬的東西，人們就有理由將自己生活裡的某種場景、某種風俗、某種器物都可以附會在梁山伯祝英台故事裡，而不再拘泥於故事所發生的眞實地點和眞實人物，只要是能夠表現出自己情感、理想的，就毫不猶豫將別人的東西拿來爲自己所用，這是民間故事的基本創作方法，如果我們理解了這一點，就不會對現在有浙江的鄞州、山東的濟寧、江蘇的宜興、山東曲阜、清水等幾十個地方都有梁山伯祝英台故事的流傳，在全國有七處梁山伯祝英台的墳墓等現況而感到驚訝了。梁山伯祝英台墓碑是在明正德十一年丙子（1516 年）秋八月吉旦立，如今此碑的出土，的確有其轟動一時的效應，也確實是梁山伯祝英台研究史上的一件大事。各種媒體大肆進行宣傳報導，也情有可原，因爲梁祝是一個人人皆知、膾炙人口的悲劇性故事。但是考古的這個發現，並不等於找到梁山伯祝英台故事起源的原始證據。有人因此根據地方新聞媒體的宣傳，就認爲找到很有力的證據，這也是不能夠令人信服的，還必須用其他的資料來佐證，才能夠使自己的觀點成立。

類似這樣的文物考古，或許在以後還會有所發現，但是都沒有從根本上解決問題，特別是故事產生的原型到底是誰？其發源地到底在哪裡？要解決這樣的問題，就不僅僅只由出土的文物來說明，還必須有其他的文字材料來加以說明。再說，出土的文物還應該與梁山伯祝英台故事的最早文字記錄相符合，至少不應該晚於文字記載的材料，否則是很難說服人的。如果說，現在古籍裡的文字材料還很不夠，也很不完整，能夠挖掘到新的文物資料來印證舊有文字資料，或者完全推翻過去的文字那也好，只要有比現在可知的歷史上更早的文物資料出現，這樣才眞正解決梁山伯祝英台故事的起源問題。

不過，我們又要反過來說，即使有了各種各樣的資料證明了梁山伯祝英台故事的原型和發源地，就能夠證明和說明嗎？畢竟梁山伯祝英台是民間的一種傳說，雖然它與現實生活密切相關，但是它不完全是歷史，或者只是歷史的一個影子，更重要的是其故事的本體滿足了人們對故事審美的要求，反映了人們對一種社會理想和人文世界的追求、嚮往。

由於梁山伯祝英台故事反映了大多數人們的理想願望和審美要求，老百姓就會自覺地將故事附會於現實的社會裡，將故事裡的東西與現實聯繫起來。

在山東濟寧，人們就傳說祝英台住濟寧泗河南沿九曲村，梁山伯住鄒邑西居，馬文才住西莊。濟寧梁祝文化研究會訪查得知，九曲村漢代時就有，現位於泗河南岸，濟微公路西側，其祝氏後裔因水災遷至濟寧市任城區岔河村。鄒邑西居在今微山縣馬坡鄉馬坡村附近，梁氏後裔現遷至今微山縣兩城鎮。西莊現在仍存在，馬氏後裔現遷至今馬坡鄉馬坡村。兩城、馬坡、九曲三地相距不到十華里，鄒城嶧山梁祝讀書處離此三地也不到三十公里。

在江蘇宜興也有梁山伯祝英台的各種遺跡，「碧鮮庵」就是祝英台與梁山伯在此讀書三年的地方，近旁尚存「英台閣」、「蝶亭」、「琴劍冢」等遺跡。循善卷洞白石山道西行，有黃泥墩、鳳凰山、觀音堂、土地廟、荷花池、雙井、扶橋（草橋）、茶亭、煞村（惡狗村）、馬家村等，這些地名，至今猶存。相傳就是梁山伯與祝英台當年「十八相送」經過的地方。

不僅如此，由於梁山伯祝英台故事的不斷流傳和演變，人們慢慢地認同了故事中的某種情節、地方與自己相關，並將風俗習慣也與之聯繫起來，這就是爲什麼許多地方都有關梁山伯祝英台故事相關的風俗。

在山東濟寧當地民間還有一個流傳至今的習俗，不知從何年至今，在以馬坡爲中心的方圓三五十華里內，祝氏、梁氏皆不與馬氏通婚，在梁、祝、馬三氏所在的村莊，皆不准演梁祝戲。

現在寧波西鄉、鄞縣高橋鎮有梁祝合葬墓及梁山伯廟。因此寧波有「若要夫妻同到老，梁山伯廟到一到」的諺語。

在江蘇宜興也有與梁山伯祝英台故事相關的蝴蝶會。每年農曆的三月初一，江蘇省宜興的善卷洞的英台讀書處和祝陵都有群眾前來憑吊梁祝，觀賞蝴蝶。而浙江省寧波一帶的人們也在三月初一這一天到位於鄞縣的梁山伯廟以舉行廟會的方式祭祀梁祝。農曆三月二十八日，是宜興祝陵傳統的「觀蝶節」，這一天是民間故事中的祝英台化蝶之日。每逢春末夏初，蝴蝶紛紛聚集此地，形成了彩蝶雲集的自然景觀。這裡的蝴蝶確乎得宜興山川之靈氣，山中杜鵑花開時，便有大彩蝶雙飛不散，俗傳爲梁祝精靈所化。從前每年「觀蝶節」這一天，人們紛紛來到善卷洞踏青、到水洞口觀蝶，一些情侶還雙雙到蝶亭前許願、還願，祈求「蝶仙」保佑愛情長久。

將現實裡相似的東西附會在民間故事裡的事情在古代也有不少記載。

據明代徐樹丕《識小錄》載，梁山伯「廟前有橘二株相抱，花蝴蝶，橘蠹所化也，婦孺以梁稱之」。

張岱《陶庵夢憶・孔廟檜》「己巳，至曲阜謁孔廟，買門者門以入。宮牆上有樓聳出，匾曰『梁山伯祝英台讀書處』，駭異之。進儀門，看孔子手植檜。檜歷周、秦、漢晉幾千年，至晉懷帝永嘉三年而枯。」

這些都說明，梁山伯與祝英台的故事已經完全超出了民間文學的範疇，而成爲現實中一個眞正的事情，並且出現了各種各樣的地點、村莊、人物、植物、動物等等，這一切都似乎在證明故事的眞實性。

正是這樣的原因，在我國許多地方都有梁山伯祝英台的文化遺址。關於爲什麼會出現許多梁山伯祝英台的文化遺址，早在歷史上引起對此有興趣人的關注。清吳騫等人發現了這樣的這種文化現象。吳騫在他所寫的《桃溪客語》中引用了蔣薰《留素堂集》的話說：「清水縣有祝英台墓，嘗爲詩以吊之。又舒城縣東門外有祝英台墓，今善權山下有祝陵，相傳以爲祝英台墓。何英台墓之多耶？」但是究竟是什麼原因造成這樣的現象，吳騫也無法說清楚。

筆者認爲，梁山伯祝英台遺址多的原因就在於：人們的認識、情感與故事發生了共鳴，特別是由於某種事物的相似更加使人產生聯想，久而久之，就發生許多地方都有梁山伯祝英台的種種文化遺跡的現象。

三、梁山伯祝英台故事化蝶表現的含義

化蝶是梁山伯祝英台故事的最精彩的一筆。這一筆的增加不是一蹴而就的，而是與特定的文化思維有關係，而且在歷史上就曾經有過許許多多的化蝶的筆記小說，正是在這樣一種情形下，才有了被大家認可的化蝶的情節。

到了清代，這種情況在清・邵金彪《祝英台小傳》得到反映，就是一非常突然的天降之筆了：

> 祝英台，小字九娘，上虞富家女。生無兄弟，才貌雙絕。父母欲爲擇偶，英台曰：「兒外出求學，得賢士事之耳。」因易男裝，改稱九官。遇會稽梁山伯亦遊學，遂與偕至宜興善權寺之碧鮮岩，築庵讀書，同居同宿。三年，而梁不知爲女子。臨別，梁約曰：「某月日可相訪，將告母，以妹妻君。」實則以身許之也。梁家貧，羞澀

> 衍期。父母以英台許馬氏子。後梁爲鄞令，過祝家詢九官。家童曰：「吾家但有九娘，無九官。」梁驚悟，以同學之誼乞一見。英台羅扇遮面，出身一揖而已。梁悔念而卒，遺言葬清道山下。明年，英台將歸馬氏，命舟子迂道過其處。至則風濤大作，舟遂停泊。英台乃造梁墓前，失聲慟哭，地忽開裂，墜入塋中。繡裙綺襦，化蝶飛去。

也就是說，在清·邵金彪的《祝英台小傳》裡，我們看到梁山伯祝英台在民間不斷加工、流傳變成了具有許多虛擬成分的故事。其實可以這樣說，故事用化蝶來作結尾，不是清人的獨創，而在此之前，就有了化蝶的情節，邵金彪只是利用這樣的情節來達到故事的神奇色彩而已。

有的認爲，化蝶是表現吉祥。

《人與自然》雜誌曾經載文：「梁山伯和祝英台爲什麼『化』成的是蝴蝶，而不是其他飛禽走獸或寵物呢？原因是，蝴蝶是我國傳統的吉祥物，他象徵著和平、自由、愛情和幸福，在許多出土文物和古代畫卷中已經得到證明，人們喜愛美麗的蝴蝶。」

說化蝶是因爲蝴蝶是中國傳統的吉祥物，從現代審美的角度來說，是可以講得通的，的確在我國許多地方都將蝴蝶視作吉祥物，但是古代人們是否也將蝴蝶作爲吉祥物來看待呢，不得而知，但是可以肯定不會像現在這樣認爲蝴蝶是美的吉祥物象徵。

第一，表現的是愛戀

雖然，蝴蝶不一定是吉祥物，但是蝴蝶與女人不無關係。《古今圖書集成·博物匯編·禽蟲典第一百六十九》：「開元明皇每至春時，旦暮宴於宮中，使嬪紀輩爭插艷花，帝親捉粉蝶，放之，隨蝶所止，幸之。後因楊貴妃專寵，遂不復此戲也。」又，「《開元天寶遺事》：都中名姬楚蓮香者，國色無雙。時貴門子弟爭相詣之。蓮香每出，則蜂蝶相隨，蓋慕其香也。」這些記載都說明了，蝴蝶與女子有著非常密切的關係。

梁山伯祝英台故事裡兩個主人公雙雙化蝶，梁山伯變成了雄性的蝴蝶，而祝英台變成了雌性的蝴蝶，這在古代筆記中是不多見的，但是民間故事對此進行了創造，發展了傳統的有關蝴蝶的文化意識，這是很了不起的舉動。

這種雌雄蝴蝶相戀的現象，也得到了昆蟲學的認可。據日本橫濱大學昆蟲學家介紹，現在人們發現「戀愛」期間的蝴蝶會借助於光的信號來「約會」

的，無論雄蝴蝶還是雌蝴蝶的性器官區域都有一個非常敏感的「光感受器」，以發射和接受「赴約」的信號。最有意思的是，並不是所有的雌蝴蝶都會對雄蝴蝶的光信號「召喚」作出響應。一旦這些光信號遭到「隔離」，就意味著「談情說愛」的中斷。進一步仔細的研究表明，大約有 30%的雌蝴蝶愛發這種「脾氣」。碰到這種情況，雄蝴蝶「一氣之下」再也不會發出第二次信號，在遭到身邊「女友」拒絕後，雄蝴蝶又馬上尋求新的「戀愛對象」。

這一科學的結論，又從蝴蝶的生存方式裡找到了它們戀愛的依據，這也是梁山伯祝英台故事的現實基礎，如果沒有一點現實依據，就完全是一種虛無縹緲的幻想，但是民間的創作大多數是有一定的根據的。應該說，化蝶就是人們對現實生活觀察的結果。如果沒有現實作爲基礎的話，要產生這樣故事的結尾，是不可能的。好就好在創作民間故事的都從事農業生產的人，他們對自然的觀察和認識是一種眞正的知識，沒有虛構的情節，因此我們可以斷言，梁山伯祝英台故事的化蝶，是對現實觀察的眞實寫照。如今日本昆蟲學家發現了蝴蝶求愛的秘密，也再一次說明了梁山伯祝英台化蝶成爲愛情的象徵，是有內在的客觀因素的。

因此，我們有理由說，梁山伯祝英台故事化蝶表現的含義，就是用動物的生物本能來表現人間男女之間的愛情。這樣具有科學依據的文學創作，能夠在數百年前就被人們認識，這無疑是一個超前的舉動。

第二，表現的是永生

不僅如此，蝴蝶與人之間的相互變換也是梁山伯祝英台化蝶的重要根據。

《古今圖書集成・博物匯編・禽蟲典第一百六十九》:「《癸辛雜識》: 楊昊字明之，娶江氏少艾，連歲得子。明之客死之明日。有蝴蝶大如掌，徊翔於江氏旁，竟日乃去。及聞訃聚族而哭，其蝶復來繞江氏，飲食起居不置也。蓋明之未能割戀少妻稚子，故化蝶以歸爾。」

因此可以知道化蝶的不一定是女人，也可以是男人。這也就從另外一個層面上說明了無論是男還是女，死後都可以用蝴蝶來作爲化身。這就表示一種永生的觀念。從現代詞匯來說，永生可以是死的代稱，一種委婉的說明。故事裡的梁山伯祝英台化蝶，是永生的一種表現，是主題的一種昇華；或者說死是作爲永生觀念的重要中介，沒有這樣的中介，作品就不會有化蝶故事結尾的出現。這種中介是一種文化，是中國人長期形成的一種永生文化心理和認同感。正是這種從古至今的文化傳承，才使得梁山伯祝英台故事有了堅實的基礎。宜興歌謠《唱祝陵》的最後有這樣四句詞：「每到那三月二十八日觀蝶節，雙飛蝴蝶永長生。梁祝話在人心裡，代代相傳歲寒心。」這裡也是用蝴蝶來作爲梁山伯祝英台長生的象徵。清・史承豫《荊南竹枝詞》：「讀書人去剩荒台，歲歲春風長野苔。山上桃花紅似火，一雙蝴蝶又飛來。」編選者在「一雙蝴蝶」加注釋說：「據說梁山伯與祝英台雙雙化蝶，每年農曆二十八日，數萬蝴蝶集於碧鮮庵舊址。鄉人稱蝴蝶會，而特大的一雙蝴蝶被認爲是梁祝的化身。」（第 298、264 頁）

在梁山伯祝英台故事裡，化蝶基本有兩種情況：一是自然化蝶，二是衣服碎片化蝶。

自然化蝶，就是指祝英台在梁山伯墓前大慟，墓裂而奮身跳入，隨後墓合雙雙化蝶。柳寶福演唱的《梁祝哀史》最後唱道：「忽然雷響墳崩開，英台跳進墳坑內。一雙蝴蝶隨風起，花間蝶飛成雙對。梁山伯與祝英台，千年萬年分不開。」（第 306 頁）類似的化蝶情節在敘事體故事或者其他形式中也有，只不過表現的方式稍有差異而已。

衣服碎片化蝶，就是說在祝英台跳入墓穴時的一霎那，有人阻止不成，而拉碎她的衣服，進而使其衣服化成了蝴蝶。明・馮夢龍《古今小說》裡描寫得非常細緻：「明年，英台出嫁馬家。行至安樂村路口，忽然狂風四起，天昏地暗，輿人都不能行。英台舉眼觀看，但見梁山伯飄然而來，說道：『吾爲思賢妹，一病而亡，今葬於此地。賢妹不忘舊誼，可出轎一顧。』英台果然走出轎，忽然一聲響亮，地下裂開丈餘，英台從裂中跳下，眾人扯其衣服，如蟬脫一般。其衣片片而飛，頃刻天清地明，那地裂處，只如一線之細。歇轎處，正是梁山伯墓。乃知生爲兄弟，死作夫妻。再看那飛的衣服碎片，變成兩般花蝴蝶。傳說是二人精靈所化，紅者爲梁山伯，黑者爲祝英台。」

其他的故事或者歌謠裡，梁山伯祝英台死時化蝶的物品稍有不同，但也都是衣服化蝶的變異。如《梁山伯與祝英台》這樣一首長篇道情裡就有如下的描述：「一聲巨響墳開裂，英台跳進墳坑內。銀心拉到一頭巾，紅色蝴蝶飛出來；四九拉到一段袖，黑色蝴蝶展翅開。紅的就是梁山伯，黑的就是祝英台；彩蝶飛舞彩虹出，金童玉女兩相會。」（第 326 頁）應該說，這裡雖然化蝶的物品不是衣服，而是頭巾和袖子，也都與衣服有一定的關聯，在此，我們姑且將它歸於這一類中，可能也不爲過吧。

因此，我們可以這樣說，以上兩種化蝶的情節在民間都有流傳，一般而言，衣服碎片化蝶的情節更加有戲劇性，也更加條理化，在情節發展方面也更加自然流暢。當然在某種情況下，這種戲劇化的場面很難表達，因此，自然化蝶的現象也同時存在，也都表現了永生的觀念，與故事的宗旨是完全吻合的，所以這兩種故事結尾都被人們所接受，這是可以理解的。

爲什麼會出現衣服與化蝶有關聯呢？這還在於中國傳統的巫術觀念中，衣服與人的靈魂有一定的關係。古人認爲，衣服帶有人的血氣和生氣，是靈魂的黏附物，因此對衣服進行報復，也同樣表示對人能夠起到作用。在黑巫術裡，用針刺戳的對象，往往是穿著衣服的草人或者木人。《酉陽雜俎》續集卷三《支諾皋下》就有一則故事：有一個僧人死後穿的是僧衣，閻王以爲抓錯了，就命令他還俗再來。復活以後，他因穿俗衣而死。故事告訴我們，衣服同樣是有著生命，或者可以這樣說，衣服在某種程度上來說，就代表了人的生命。現代還有死後要將其衣服燒掉，就是象徵著其生命的結束。一般都認爲，燒衣服是爲了給死者在陰間使用，這是後來的一種觀念。另外，過去還流行用衣服來招魂，這也說明衣服與靈魂有著密切的關聯。衣服與魂有著黏附，在古籍記載中可以經常看到。《太平御覽》卷七三六《淮南萬畢術》云：「取亡人衣裹磁石，懸井中，亡者自歸去。」《水經注》卷四十也記載：曹娥因父溺水而亡，求不到屍體，就「解衣投江」，還說：「若値父屍，衣當沉；若不値，衣當浮。」曹娥投衣尋父屍，就表示了衣服與人有著十分直接的關係。因此可以知道，梁山伯祝英台同時雙雙化蝶，是有現實的思想根據的。

在此需要說明的是，化蝶情節的出現，並不是我們現在所說的是一種浪漫主義的表現，其實這種表現手法，是中國古代精神物化的一種。《莊子・齊物論》道：「昔者莊周夢爲蝴蝶，栩栩然蝴蝶也，自喻適志與，不知周也。俄然覺，則蘧蘧然周也。不知周之夢爲蝴蝶與？蝴蝶之夢爲周與？周與蝴蝶則必有分矣。此之爲物化。」因此，可見梁山伯祝英台故事的化蝶並不是什麼浪漫主義，而表達對生命的追求，將梁山伯祝英台死後物化爲蝴蝶，就是人們理想化爲現實裡的物體。從精神的層面上來說，人們用梁山伯祝英台化爲蝴蝶，不僅是追求生命的延續和再現，也是一種「自喻適志」的表現。

在中國故事裡，人死後魂化蝴蝶的記載很多，在其他國家這樣的民間傳說故事也不在少數。

日本的故事中，也有一則關於魂化爲蝶的傳說。東京郊外的某寺墳地之後。有一間孤零零立著的茅舍，是一個老人名爲高濱（Takahama）所住的房子。他很爲鄰居所愛，然同時人又多目之爲狂。他並不結婚，所以只有一個人。人家也沒有看見他與什麼女子有關係。他如此孤獨的住著，不覺已有五十年了。某一年夏天，他得了一病，自知不起，便去叫了弟媳及她的一個三十歲的兒子來伴他。某一個晴明的下午，弟媳與她的兒子在床前看視他，他沉沉的睡著了。這時有一雙白色大蝶飛進屋，停在病人的枕上。老人的侄用扇去逐它，但逐了又來。後來它飛出到花園中，侄也追出去，追到墳地上。她只在他面前飛，引他深入地。他見這蝶飛到一個婦人墳上，突然的不見了。他見墳石上刻著這婦人名明子（Akiko）死於十八歲。這墳雖然已很久了，綠苔已長滿了墳石上。然這墳收拾得乾淨，鮮花也放在墳前，可見這時時有人在看管她。這少年回到屋內時，老人已於睡夢中死了，臉上現出笑容。這少年告訴母親在墳地上所見的事，他母親道：「明子！唉！」少年問道：「母親，誰是明子？」母親答道：「當你伯父少年時，他曾與一個可愛的女郎名明子的定婚。在結婚前不久，她患肺病而死。他十分的悲切。她葬後，他便宣言此後永不娶妻，且築了這座小屋在墳地旁，以便時時可以看望她的墳。這已是五十年前的事了。這五十年中，你伯父不問寒暑，天天到她墳上祈哭，且以物祭之。但你伯父對人並不提起這事。所以，現在，明子知他將死，便來接他：那大白蝶就是她的魂呀。」

在中國，梁祝死後化蝶在古代詩文中多有記載，如宋・薛季宣《遊祝陵善權洞》詩云：「萬古英台面，雲泉響珮環。練衣歸洞府，香雨落人間。蝶舞凝山魂，花開想玉顏。幾如禪觀適，遊鯇戲澄灣。左右蝸蠻戰，晨昏燕蝠爭。九星寧曲照，三洞何獨營。世事嗟興衰，無情見死生。阿能誰種玉，還爾石田耕。」這是最早描寫梁祝化蝶的文字，其表現的也是「蝶舞凝山魂」的觀念和意境。

因此可以這樣說，梁山伯祝英台故事的結尾表現了中國人對生命永恆的追求和對愛情至上的嚮往。

（以上所引作品材料均見《宜興梁祝文化》，方志出版社 2003 年版，特此說明。）

黃道婆的傳說與現實

一、黃道婆是怎樣的人？

古人記載中還是有的。歷史記載的黃道婆，又稱黃婆，生於南宋末年淳祐年間（約公元 1245 年），是松江府烏泥涇鎮（今徐匯區華涇鄉）人。元陶宗儀《南村輟耕錄》卷二四記載：「國初時，有一嫗名黃道婆者，自崖州來，乃教以做造捍、彈、紡、織之具。……人既受教，競相作爲，轉貨他郡，家既就殷。未幾，嫗卒，莫不感恩灑泣而共葬之，又爲立祠，歲時享之。越三十年，祠毀，鄉人趙愚軒重立。今祠復毀，無人爲之創建，道婆之名日漸泯滅無聞矣。」王逢《梧溪集．黃道婆祠詩序》云：「黃道婆，松之烏泥涇人。少淪落崖州，元貞間（1295～1297 年），始遇海舶以歸。」

在這兩則記載文字裡，可以清楚地看到這樣幾點：一、黃道婆是元代人。二、她曾經到現在的海南，在那裡向黎族人學習紡織技術。三、回到松江以後，改造傳統的紡織技術和工藝，使得上海的紡紗織布的技術有了長足的進步，出現新的產品「烏泥涇被」。

但是在民間傳說裡，黃道婆的身世就增加了許多傳奇色彩。說她出身貧苦，爲生活所逼，十二三歲就被賣給人家當童養媳，她白天下地幹活，晚上紡紗織布到深夜，擔負繁重的勞動，還要遭受公婆、丈夫的非人虐待。她忍受不了這種非人生活，一天半夜，在房頂上掏了個洞，逃了出來，躲進一條停泊在黃浦江邊的海船上，後來隨船到了海南島南端的崖州（今廣東省海南黎族苗族自治州崖縣）。

關於這一點，我們可以從民間故事得到證實。

有一流傳在上海的《黃道婆的故事》就有這樣的敘述：

約摸七百多年前，春申江附近，烏泥涇鎮一帶有一個養媳婦姓黃，因爲從小死脫爹娘，嘸沒名字，村上人都她黃小姑。春天，小姑一時勿能落早起，婆阿媽就扯耳朵、揪頭髮。夏天，小姑想去樹蔭下透透氣，婆阿媽一棒頭把她趕下水田裡。秋天，小姑想把單衣翻成夾衣，婆阿媽卻把一捆稻草塞到她手裡，惡狠狠地說：「先搓繩，慢翻衣，等到落雪來得及。」冬天，落雪了，小姑見婆阿媽穿起新棉衣，把自己夾衣翻棉衣，婆阿媽卻拿出幾籮筐棉花對她說：「落雪不及烊雪冷；先剝棉花再翻衣。」過了幾天，雪烊了，小姑想總可翻棉衣了，誰知婆阿媽臉一扳，眼一彈：「嗨！烊雪不如出太陽，再翻棉衣無用場。」黃小姑只好挨凍受餓剝棉籽，十隻手指凍瘡爛得像胡蜂窩。一年做到頭，說人不像人，說鬼像三分。

這時正遇上朝廷招雇官妓，地保見小姑已長大成人，便同她婆母商定身價。這消息給隔壁三嬸嬸曉得了，偷偷地指點小姑，還是早想出路爲好。一天，小姑趁著婆阿媽外出未歸，就逃離虎口，進了一座道院，見有一位老師太在敲磬誦經。她不敢驚動老師太，輕手輕腳走到供桌邊坐了下來。老師太念完經，回到佛像前跪拜祈禱，突然看到睡著一個人，嚇了一跳，想啥人敢在黑夜闖進道院？再仔細一看，是個小姑娘，老師太這才定了心，輕輕把她叫醒。老師太是個好人，非常同情小姑的的遭遇，就把她收留下來。從此，這道院裡又多了一位道女，大家叫她黃道姑。

一天，道院裡來了一位四十來歲的婦女，黃道姑匆匆躲進了禪房。可是不到半根香的功夫，老師太叫人把她從禪房領到住院，拜見新來的那位師姨。黃道姑這時才知道，這位師姨是從海南島崖州到此探親的。黃道姑聽師姨談論海南風光，聽出了神。她想，原來天下還有這麼好的地方？特別聽說崖州盛產棉花、棉布，又看見師姨穿的一身衣衫，的確同本地棉布不同。她想起自己當初用手剝棉籽，剝得脫指甲的情景，很想去看看崖州百姓是怎樣種棉織布的？盤算著要起去崖州，既前避開婆阿媽的追尋，又能學到種棉織布的本領，那該有多好啊！她把這個想法向師姨提了出來，就得勁了她的同意。於是揀了個好日腳，黃道姑跟隨師姨奔向崖州。黃道姑來到崖州，很快就和當地黎家姐妹結下了友情；和她們一起種棉、摘棉、軋棉、紡紗、染色、織布。黎家姐妹織出的五彩繽紛的「黎錦」花被，她更是愛不釋手。

黃道姑在崖州，一住就是三十多年，一個孤苦伶仃的小姑娘，變成鬢髮斑白的老婆婆了。一年春天，她告別了黎族姐妹，回到故鄉。半路上，黃道婆得知，元世祖已設立了「江南木棉提舉司」，徵收棉布，松江一帶已廣種棉花。她回到烏泥涇，還認得幾條老路，幸喜隔壁三嬸嬸還在，不過人們都叫她「三阿婆」了。三阿婆見黃道婆回來，免不了暢敘舊情。三阿婆說：「小姑啊！你想想，伲起早落夜用手剝篩籽也來不及，布怎會織得多呢！官府只曉得要布收稅，勿管百姓死活。」黃道婆聽了，就同她這樣長那樣短地商量如何改進軋棉紡紗的事情來了。

三阿婆的老男人是個木匠，黃道婆就請他採相幫，一商量，決定先改進軋棉籽的辦法。崖州軋棉籽是用兩根細長鐵棍轉動的，黃道婆畫出圖樣，老木匠按圖加工起來。

三天以後，黃道婆來尋老木匠，見一部木製手搖軋棉車已經做好，兩人手搖，一下棉籽，功效既高，剝得又乾淨，又省力（後來改進爲一人手搖車）。黃道婆又動腦筋，把原來一尺來長的彈棉花的竹弓，改成四尺多長的木製繩弦大弓。她又大膽設想，把原來一只錠子的手搖紡織車，改製成爲三只錠子的腳踏紡織車。經過多次試驗，又從三綻加到五錠。工具改進後，黃道婆又在織布技術上加以改進，結果織出了「錯紗」、「配色」、「提花」等五光十色的棉布和「烏泥涇被」，很快就傳遍了松江一帶。（此文發表於《民間文學》雜誌 1980 年第 3 期，後作文字刪減，收入《中國民間文學集成上海卷·上海縣分卷》）

在這一黃道婆傳說裡，在介紹黃道婆身世的中間加入她與道教的非同尋常關係，這就把「黃道婆」姓名的來歷說清楚了。黃道婆爲什麼會有這樣的名字，在這個民間故事裡作了交代，因爲她是個道姑，因此有「黃道婆」的名字，是理所應當的。大家都知道，普通人家的女子在古代是沒有正式的名字。所謂「道婆」，就在客觀上增添黃道婆與道教之間的聯想。而民間傳說就抓住了這樣一種合理的情節，進行推理，就非常自然地演繹了這段故事情節。

另外，在這個傳說中最有鮮明色彩的是，黃道婆與棉花紡織的關係，而在這一層關係裡，黃道婆如何發展棉花紡織技術，是這類故事的中心環節，或者可以這樣說，沒有這樣的情節內容，也就沒有黃道婆的傳說。

應該說，黃道婆留給後人的資料實在太少，即使是民間傳說，也是那麼的稀少，就更不用說，遠離現在的歷史資料了，雖然我們尋找了很多時間也都沒有看到更多的資料出現，因此上述這些內容也就顯得格外的珍貴。

無論是歷史記載，還是民間傳說，都很眞實地描述了黃道婆最根本的人文背景和基本特徵，所不同的是，歷史記載更凝練，更集中，更靠近當時的歷史現實，因此也就更顯得眞實、可靠。而民間傳說對黃道婆的敘述，比較親切、娓娓道來又不失神奇色彩，也就增加故事的流動性，變成口耳相傳的經典民間傳說作品。兩者可以互為補充，相得益彰，也就更能夠增加黃道婆人物的立體感、鮮活感，而不至於只是空洞地將她僅僅作爲一個歷史人物，這就是將歷史記載與民間傳說綜合加在一起進行論述的價值之所在。

二、黃道婆所處的經濟狀況和政治背景

黃道婆在紡織技術上的發明創造，是離不開當時當地的社會、經濟、人文環境等因素，因此我們必須要知道，元代的上海的農村是什麼樣子，那時候的社會發展處於怎樣的階段，如果能夠清楚地知道那一時期的歷史，就可以弄清楚黃道婆的對社會和歷史所做出的貢獻。

現在所說的栽培棉均屬錦葵科棉屬植物，又俗稱棉花，是一種重要經濟作物，一般爲一年生亞灌木，喜歡生長在熱帶和亞熱帶地區，直到今天我們還可以看到那裡還有原始類型的多年生灌木或小喬木。棉花起源於近赤道的熱帶乾旱地區，經長期自然馴化和人工選擇而成近代栽培棉。據說，墨西哥的印第安人早在公元前 5800 年已懂得利用並栽培棉花。

在宋元之際，中國引進棉花種植。按照學術界的通常說法，棉花是通過南北兩路傳入中國的：一條路徑是南方，從印度經由東南亞傳入我國的海南島、兩廣地區，經緬甸傳入我國的雲南地區；另外一條路徑是北方，經中亞傳入我的新疆地區，再到河西走廊。棉花從印度、西巴基斯坦等地進入新疆高昌進行種植，高昌即吐魯番。在吐魯番盆地，當地人就稱其爲白疊。這些在《舊唐書》及《南史》中的《高昌傳》，都有明確的記載。唐貞觀十三年（639）平高昌，置西州都督府，屬河西道。故《唐六典》記載說「西州出

白氎」。白氎即白疊，棉布也。〔註 1〕

唐五代時，內地應該還沒有棉花種植，棉布還是稀有珍貴之物。而棉花種植論者，常常所引用的唐朝詩文中的棉布似乎更多地是指一種流行的新奇之物，而不是指古代所熟悉的東西。比如說，中唐時，賈昌在長安，行都市間，見有賣白衫白疊布，行鄰比廛間。有人禳病，法用帛布一匹，持重價不克致，竟以幞頭羅代之。〔註 2〕由此可見「白疊布」在當時非常珍貴，「持重價不克致」。由於棉布稀有，在人世間很少得到，故在夢幻中出現，又如李重在大中五年罷職後，一夕病中不起，「即令扃鍵其門……忽聞庭中窣然有聲，重視之，見一人衣緋，乃河西令蔡行己也。又有一人，衣白疊衣，在其後。」蔡行己及穿白疊衣之人還與李重一起飲酒、算卜、診病。當李重從夢幻中醒來時，「至庭中，乃無所見。視其門外，扃鍵如舊」〔註 3〕。不論賈昌，還是李重，他們所見到的白疊布和白疊衣，應該是當時十分少見的棉花織成的布，否則就不會那麼感到稀奇。這也從另外一個角度來說，棉布是非常罕見的東西，爲什麼會棉布是罕見之物，是尙無在中原地區大面積地種植棉花，因此人們還不知道棉花爲何物，更不要說是棉布了。正因爲如此，達官貴人見到棉布也會很驚訝不已，即使是做夢也會涉及棉布這一在今天看來非常普通的物品，因此可知，唐朝時候棉花是不常見的東西，也就難怪在那個時候詩文裡會有「白疊布」等物的出現，正是當時經濟社會的眞實的表現。

爲什麼唐代棉布還是不常見的東西，是因爲生產棉花的成本很高，無法與絲麻等織物相抗衡。吐魯番文書中除了絏布的價格外，還有其它紡織品的價格資料。讓我們先看麻布的價格。第 3083 號文書中開列有火麻布價格，每端（五十尺）上估五百文，中估四百九十文，下估四百八十文。如果折合成每尺價格，火麻布比粗緤還略便宜。火麻即黃麻。不過火麻布是否是西州本地所產，此處無法判斷。不過，吐魯番文書中（3083 號）載有維州布的價格。維州在今四川理縣。想來這是維州出產的麻布，運至西州市場銷售者。其價格是每端上估四百五十文，中估四百文，下估三百八十文，比粗棉布便宜約百分之廿。很顯然，西州當地出產最劣等的棉布，比外來的麻布還要貴，

〔註 1〕見劉進寶《唐五代敦煌棉花種植研究——兼論棉花從西域傳入內地的問題》，載《歷史研究》2004 年第 6 期。

〔註 2〕〔唐〕陳鴻祖《東城父老傳》，見《說郛》卷一百十四，文淵閣《四庫全書》本。

〔註 3〕〔宋〕李昉等編《太平廣記》卷三百五十一《李重》。

其競爭能力不強，自是意中事。唐代西北邊疆地區的棉布生產，成本十分偏高，無法與內地生產的絲綢麻布相抗衡。少量棉布進入中原地區的市場，只因有些人出於好奇心，要買這種洋貨。農民們無意種植棉花，因爲無利可圖。〔註 4〕

在這兩條路徑裡，北方棉花的生產，可能比南方棉花生產要早，但是南方棉花生產與北方棉花生產屬於兩個不同的範疇，新疆是中國植棉最早的地區。在東漢墓中出土的蠟質棉花，證明 1700 多年前中國就已利用棉花了。棉花從印度傳入了新疆後，並沒有再向內地進行發展，因此找不到宋代以前在河西及西北地區種植棉花的記載。而中原一帶的棉花，是通過南線傳入的，也就是說中原地區的棉花是從南方傳入的。如方勺《泊宅編》曰：「閩廣多種木綿，樹高七八尺，葉如柞，結實如大菱而色青，秋深即開，露白綿茸然。土人摘取去殼，以鐵杖桿盡黑子，徐以小弓彈，令紛起，然後紡績爲布，名曰『吉貝』。今所貨木綿，特其細緊者爾。當以花多爲勝，橫數之得一百二十花，此最上品。海南蠻人織爲巾，上出細字、雜花卉，尤工巧，即古所謂『白疊巾』。」〔註 5〕這裡所說的白疊，顯然是指南方的棉花種植。棉花的種植與紡織卻直到大約十三世紀才傳入中國內地。因此，可見，北方的棉花種植要比南方早些。而且，二者所需要的先進技術都從中國南部而非西北，傳入長江下游地區。據漆俠先生考證，棉花之於宋代逾嶺表而至兩浙、江東，宋末又逾長江而至揚州，並及於淮南，棉花之由南向北傳播告一結束，也證明了南方棉花種植生產與北方是兩個系統，雖然說南方的棉花生產起步較晚，但是其發展和流布卻非常廣泛、同時具有很強影響力。

因《泊宅編》所記多是宋元祐到政和年間（1086～1117）之事；作者方勺，家居浙江湖州西溪，對福建省的情形，似乎很熟悉。在中國較久遠的古籍中缺少有關棉及植棉的記載，直到 11～13 世紀（宋代），棉才在中國長江流域種植，逐漸成爲人們衣著的主要原料。

江南之所以要引進棉花的種植，主要有這樣的原因：一是經濟的發展，人們的穿著發生變化，傳統的麻、絲等衣料已經難以滿足，因此人們迫切需要有新的東西來替代原來的衣料。而麻被取代的過程大致開始於北宋時代。二是人口的增加，當時的中國人口首次突破 1 億大關，而進入了一個人口增

〔註 4〕原載《幼獅月刊》46 卷 6 期，1977 年。
〔註 5〕〔宋〕方勺《泊宅篇》卷三。

長達幾個百分點的階段。

由於人口的增加，吃飯是個大問題，因此人均耕地擁有量不能減少。農民爲了滿足日益增長的糧食需求，大量的好農田被用來種植水稻等物，而不可能用種麻，因此，用於生產纖維的苧麻卻開始衰落。

棉花的種植恰恰不需要成熟良田，因此，從麻向棉的過渡就成爲一種必然。棉花種在當時荒蕪的難以改良的沙土地上，既不與原來的水稻田爭奪土地資源，又有了自己可以生存的空間，正是在這樣的情況下，上海地區的棉花種植就很自然地被引進，成爲上海重要的經濟類的植物。《輟耕錄》載：松江府東面的烏泥涇，「土田磽瘠，民食不給」。當時的烏泥涇土壤貧瘠，地質鬆散，完全不適宜種植水稻，但是卻是棉花生長的好地方。

因此，對於上海這樣一個人口密集地方來說，棉花的種植相當於有了一個新的發展機遇，因爲棉花的種植不與農田爭奪土地，也不需要麻種植所需要的那些生態條件，能在貧瘠的地方種植，同時上海也有棉花生長所需要的陽光和日照，因此能夠產生更大的經濟收益。在同樣的土地面積上，棉田收獲的棉花纖維數量要明顯高於麻田所提供的纖維量。正是這樣的條件下，南方的棉花生產進行不斷發展之後，上海地區就形成這樣一種棉花生產相對發達的地區。

由於種植棉花面積的擴大，收獲也越來越多，隨著而來的是與之相關的產業和手工業的不斷發展。到明清之際，江南地區的植棉事業更是達到了頂峰，棉花種植在全國得到普遍推廣，在廣大地區分散植棉的同時，在上海等地形成了一些著名的棉產集中區。到了明清時期，國內棉花市場貿易最重要，當時江南市場的商品棉，除由松江府屬各邑大體上即今上海地區各縣所提供的商品棉花佔很大部分外，還有江南其他產棉區的商品棉。松江府及其鄰近地區的棉紡織業更加獲得了長足的進步，進而推動了這一地區手工業、商業、航運業、海上貿易和金融業的迅猛發展。棉紡手工業的分工更細緻和專業化。松江布的品種花色層出不窮，在原有烏泥涇被（番布）的基礎上出現了改良的紋織色布（斜紋布、棋花布、雲布、高麗布）、細密柔軟的三紗布（細布、丁娘子布、尤墩布）、絲紗混紡的兼絲布，這些高級棉布主要供應宮廷和富貴人家。面向大眾的粗布（即平織白布，如扣布、標布、中機、稀布）產量最大，銷路最廣。東北三省、京津山陝、湖廣閩粵、江浙皖贛，乃至日本、英、美等國都有松江布的消費者。

在鴉片戰爭前，據查《松江府續志》對嘉慶十五年（1810）的記載，在正常情況下，按松江府地區的棉田面積與畝產量估計，皮棉年產量可有六十萬擔。松江地區棉手紡織業很發達，土布遠銷全國，素有「衣被天下」之稱，而棉產除本地區紡織等各項需用外尚有餘額，輸往外地的商品棉年可有二十五萬擔。〔註6〕

另外一個政治背景就是民族之間的交流較之過去大大加強了。

大家知道，宋元是民族大融合的時期，隨著宋遼金元民族交往和民族戰爭的交錯進行，民族貿易成爲當時經濟生活中的一個非常重要的內容，其中茶馬互市成爲各政權之間民族來往不可或缺的內容，這樣便帶動了茶葉加工業和畜牧加工業技術的改進。

元立國後，由於元世祖忽必烈採取了積極鼓勵農桑，大力提倡種棉等一系列重農政策，使元代的種棉與棉紡業獲得了迅速的勃興。首先，從地區分布方面來看，元代棉花生產和棉紡織業已從邊疆少數民族地區迅速擴展到全國各地。元朝時，江浙行省不僅是著名的產糧基地，也是盛產棉花和棉布的地區。根據現有材料，江浙棉花產地大致有金華、松江等地。元朝官員程鉅夫在《送人赴浙東木棉提舉》詩中說：「曾歷金華三洞天，風流歷歷記三川，……訪古但聞羊化石，因君又喜木生棉。」〔註7〕程鉅夫（1249～1318），名文海，建昌南城人。至元十六年（1279）授翰林應奉，武宗朝，官至翰林承旨。金華爲浙東婺州路轄縣。該詩說明元朝初年婺州（即金華）地區已在植棉和紡織。另外一個就是松江府，當地群眾爲了維持生活，遂從閩廣引種了棉花。但在初期，棉紡織技術十分低下，黃道婆回到故鄉烏泥涇，帶來了先進的棉紡織生產工具和織布方法，並把先進技術傳授給當地群眾，促使松江、上海一帶的棉織業很快發展起來。

從這裡，可以看出自宋元開始，江南地區開始植棉，同時興起了棉紡織手工業，這一切都爲黃道婆對棉紡織技術的改良和發展，提供了良好的社會基礎和經濟條件。黃道婆所做的一切都是在前人的基礎上發展起來，或者說沒有當時上海地區發達的棉花種植業，就沒有黃道婆技術特長的發揮；沒有

〔註6〕徐新吾《明清時期上海等地江南商品棉在內外銷市場變化中的概況與特點》，載《上海研究叢刊》第9輯，上海人民出版社1993年。

〔註7〕《元詩選》乙集·《程鉅夫》，中華書局，1987年版。

當時棉紡織手工業的存在，也就沒有黃道婆技術的進一步發展和創新。

三、黃道婆的創造及其貢獻

關於黃道婆的創造：

1、創造了新的去籽工藝

上海地區的棉花就是海南島的木棉，只是其外形有不一樣的地方，海南的木棉高大，而上海地區的棉花植株較矮，但是它們都屬於錦葵科棉屬植物。

《不列顛百科全書》（中文版）第 4 卷介紹棉花時說：棉花，「錦葵科棉屬植物的種籽纖維，原產於大多數熱帶國家。植株灌木狀，在熱帶地區栽培者可長達 6 米高，一般爲 1～2 米。花朵乳白色，開花後不久轉成深紅色然後凋謝，留下綠色小型的蒴果，稱爲棉鈴。棉鈴內有棉籽，棉籽上的茸毛從棉籽表皮長出，塞滿棉鈴內部。棉鈴成熟時裂開，露出柔軟的纖維。纖維白色至白色帶黃，長約 2～4 厘米，含纖維素約 87%～90%，水 5%～8%，其他物質 4%～6%。」（516 頁）

元陶宗儀《南村輟耕錄》卷二四：「閩、廣多種木棉，紡績爲布。名曰吉貝。松江府東去五十里許，曰烏泥涇，其地田磽瘠，民食不給，因謀樹藝，以資生業，遂覓種於彼。初無踏車、椎弓之制，率用手剖去子。線弦竹弧置案間，振掉成劑，厥功甚艱。」黃道婆自崖州來，「乃教以做造捍、彈、紡、織之具。至於錯紗配色，綜線挈花，各有其法。以故織成被、褥、帶、帨，其上折枝、團鳳、棋局、字樣。粲然若寫。人既受教，競相作爲，轉貨他郡，家計就殷。」

從這些資料裡，我們可以看出海南、閩廣等地所產的木棉，就是現在所說的棉花。只不過，地區的不同，稱呼有所不同而已。

既然是棉花，要紡織的話就要去除其中的棉籽，而在黃道婆之前，脫棉籽是棉紡織進程中的一道難關。根據近年在新疆古墓中出土的棉籽，當時所種之棉種是所謂的舊大陸非洲棉，即後來中國所謂的草棉。此棉種耐乾旱，適於中國西北邊疆的氣候，它的生長期短，只要一百三十天就可。所以種植棉花不難。但是此棉種的棉絲與棉籽附著堅固，脫子不易，在大彈弓發明以前，去籽是一道很費時的工序。此棉種纖維過短，紡起紗來也很費力。〔註 8〕

〔註 8〕參見《幼獅月刊》46 卷 6 期，1977 年。

棉籽粘生於棉桃內部，很不好剝。13 世紀後期以前，脫棉籽有的地方用手推「鐵筋」碾去，有的地方直接「用手剖去籽」，效率相當低，以致原棉常常積壓在脫棉籽這道工序上。黃道婆在除去棉籽方面很有創新，把黎族人民用的「木棉攪車」（也稱攪車、軋車）介紹過來。攪車是由裝置在機架上的兩根輾軸組成，上面的是一根小直徑的鐵軸，下面的是一根直徑比較大的木軸，兩軸靠搖臂搖動，向相反方向轉動。把棉花喂進兩軸間的空隙輾軋，棉籽就被擠出來留在後方，棉纖維（皮棉）被帶動前方。王禎《農書》在談到攪車的構造時指出：「夫攪車四木作框，上立二小柱，高約五尺，上以方木管之，立柱各通一軸。」〔註 9〕使用時，「二人掉軸，一人喂上綿英，二軸相軋，則子落於內，綿出於外。」〔註 10〕顯然，用攪車軋棉比用手剖除棉子或用鐵杖趕出棉子，其效率要大得多。王禎說：使用攪車「凡木棉雖多，今用此法即去子得棉，不致積滯」〔註 11〕。故「比用輾軸，工利數倍」〔註 12〕。應用攪車後，完全改變了當時用手剝籽或用鐵杖擀去籽的落後狀況，大大提高了生產效率，是當時皮棉生產中一件重大的技術革新。

黃道婆推廣了軋棉的攪車之後，工效大爲提高。這種軋棉方法和技術要比外國先進好幾百年。根據記載，這種清除棉花中的棉籽的機器，叫軋花機，是美國人 E．惠特尼於 1793 年發明的。英國紡織業的機械化，促使美國棉花業市場迅速擴展，而工人緩慢的從原棉纖維中清除棉籽卻阻礙了生產，馬薩諸塞州的惠特尼拜訪了南方的同行，弄清問題所在，他就用一道安裝在旋轉圓筒上的鐵齒輪，使棉纖維通過鑄鐵分離室上的窄縫清除棉籽。由於惠特尼的這項發明，極其簡單，能夠用人力、畜力或者水力，都可以辦到，因此被廣泛仿製而被失去專利。〔註 13〕因此，可以看到黃道婆的清除棉籽的工藝在 13 世紀就已經誕生，要比美國人的創造早上 4 個世紀，這不能不說是黃道婆的功績。

2、傳授紡織技術

在上海，傳統的紡織技術早就被使用，比如紡輪，是早期人類所使用的

〔註 9〕王禎《農書》卷十《百穀譜・木棉》、卷二一《農器圖譜》。
〔註 10〕王禎《農書》卷十《百穀譜・木棉》、卷二一《農器圖譜》。
〔註 11〕王禎《農書》卷十《百穀譜・木棉》、卷二一《農器圖譜》。
〔註 12〕王禎《農書》卷十《百穀譜・木棉》、卷二一《農器圖譜》。
〔註 13〕《不列顛百科全書》（中文版）第 4 卷第 516～517 頁。

紡線工具，至今在國內外落後地區仍在使用，直到 20 世紀 60 年代，這種紡輪還可見到，仍在用它捻紡一些零星的棉、毛絮線。考古發現上海早在距今六千年時就已掌握了這種工具，馬家濱、崧澤、良渚文化時期均有出土，同樣說明上海先民原始時期早就紡紗織布穿著衣衫了，只是衣著的形式無法肯定。青浦福泉山良渚大墓中出土過我國第一件新石器時代的玉制帶鈎。說明氏族貴族的衣著已趨複雜化了。〔註 14〕

在上海以及周圍地區，有關棉花種植和棉紡交易已經十分普遍，如（1）明中葉，華亭：「里媪晨抱紗入市，易木棉以歸；明旦復抱紗以出，無頃刻閑。」〔註 15〕（2）明後期，嘉善：「地產木棉花甚少，……商賈從旁郡販棉花列肆吾土，小民以紡織所成或紗或布，侵晨入市，易棉花以歸。仍治而紡織之，明旦復持以易。」〔註 16〕（3）乾隆，平湖：「婦女燃脂夜作，成紗線及布，侵晨入市，易棉花以歸。」〔註 17〕（4）乾隆，無錫：「吾邑不種草棉，而棉布之利獨盛」，「布有三等：一以三丈爲匹長頭，一以二丈爲匹曰短頭，皆以換花。一以二丈四尺爲匹曰放長，則以易米及錢。坐賈收之。」〔註 18〕（5）乾隆，無錫：「余族人名昆者，……以數百金開棉花莊換布……鄰居有女子，……常以布來換棉花」〔註 19〕。（6）嘉慶，烏程：「去南潯〔鎮〕之東百里而遙，……宜木棉，……市（指南潯）之賈俟新棉出，以錢貿於東之人，委積肆中，高下若霜雪。即有抱布者踵門，較共中幅，以時估之，棉與布交易而退。」〔註 20〕

只不過，元宋時期，這種傳統的棉花紡織技術依然裹足不前，沒有很大的發展，而黃道婆的重返故鄉，帶來新的更先進的紡織技術，也給毫無生氣的上海棉紡織業帶來全新的面貌。元陶宗儀《南村輟耕錄》卷二四：黃道婆自崖州來，「乃教以做造捍、彈、紡、織之具。至於錯紗配色，綜線挈花，各有其法。以故織成被、褥、帶、帨，其上折枝、團鳳、棋局、字樣。粲然若

〔註 14〕張明華《上海地區最早居民的來源及其習俗》，《中國民間文化》第 3 輯，學林出版社 1991 年。

〔註 15〕《古今圖書集成・職方典》卷六九六《松江風俗考》。

〔註 16〕乾隆《浙江通志》卷一〇二，據明萬歷《嘉善縣志》引《涌憧小品》，按今《涌憧小品》無此文。

〔註 17〕乾隆《平湖縣志》卷一。

〔註 18〕黃印《錫金識小錄》卷一。

〔註 19〕錢詠《履園叢話》卷二三。

〔註 20〕施國祈《吉貝居暇唱自序》載周慶雲《南潯志》卷三二。

寫。人既受教，競相作爲，轉貨他郡，家計就殷。」

如果這段記載沒錯的話，這就是說黃道婆返回故鄉的時候，雖然上海植棉業和紡織業已經普及，但是紡織技術仍然很落後。爲此她就致力於改革家鄉落後的棉紡織生產工具，還毫無保留地把自己精湛的織造技術傳授給身邊的人。黃道婆根據自己幾十年豐富的紡織經驗，和廣大勞動人民一起，對當地落後的棉紡工具做了大量改革，創造了一整套的「擀、彈、紡、織」工具，而且她還把從黎族人民那裡學來的織造技術，結合自己的實踐經驗，總結成一套經較先進的「錯紗配色、綜線挈花」等織造技術，所謂「錯紗配色，綜線契花」，就是在白色的棉布上做出各種各樣的花紋。她將這種技術熱心向人們傳授，因此當時烏泥涇出產的被、褥、帶等棉織品，上有折枝、團鳳、棋局、字樣等各種美麗的圖案，鮮艷如畫。一時「烏泥涇被」不脛而走，附近上海、太倉等縣都競相仿效，這些紡織品遠銷各地，很受歡迎。一時「烏泥涇被」聞名全國，遠銷各地。原來「民食不給」的烏泥涇，由於黃道婆傳授了新工具、新技術，提高了紡紗效率，推動松江棉紡織技術和棉紡織業的發展，成爲經濟十分富庶的地區。到了元末，當地從事棉織業的居民有 1000 多家，贏得「衣被天下」的聲譽。黃道婆去世後，松江一帶就成爲全國的棉織業中心，歷幾百年之久而不衰。明正德年間（十六世紀初），當地農民織出的布，一天就有上萬匹。18 世紀乃至 19 世紀，松江布遠銷歐美，獲得了很高聲譽。這是廣大勞動人民辛勤勞動的結果，其中也有著黃道婆對上海棉紡織業的開創所付出的辛勞和心血。

另外，在彈棉設備方面。眾所周知，彈弓是彈鬆棉花的工具。黃道婆之前江南雖已有彈棉弓，但很小，只有一尺五寸長，效率很低。但到元代中期，黃道婆把彈鬆棉花的小弓由一尺多長改成四尺長的大弓，用繩弦代替線弦，而且還用檀木做的椎（槌）子擊弦彈棉代替手指彈撥。這樣效率高多了，彈出的棉花也均勻細緻，使彈棉的速度加快了，提高了紗和布的質量。王禎《農書》說：這種大弓「長可四尺許，上一截頗長而彎，下一截稍短而勁，控以繩弦，用彈棉英如彈氈毛法，務使結者開，實者虛，假其功用」〔註 21〕。元朝末年，又發明了檀椎。檀椎就是檀木製成的椎子。元末詩人李昱說：「鐵軸橫中竅，檀椎用兩頭，倒看星象轉，亂捲雪花浮」〔註 22〕。可見，黃道婆對

〔註 21〕王禎《農書‧農器圖譜》集之十九《纊絮門（木棉附）》，第 416 頁。
〔註 22〕〔元〕李昱《草閣詩集》卷三《木棉絞車》，文淵閣《四庫全書》本。

彈弓的改進，是促進以後檀椎的發明與應用，打下了基礎，並且使元代彈棉效率得到了進一步顯著提高。

就棉紡織的各種工具而論，最值得注意的還是紡車的改進。棉紡車來源於麻紡車，而麻紡車是由紡絲的紡車演變而成的。元仁宗皇慶二年（1313），我國著名的農學家王禎在他所著的《農書》中介紹了這種紡車，並且附有繪圖說明：「木棉紡車，其制比苧麻紡車頗小。夫輪動弦摶，莩維隨之。紡人左手握其棉筒，不過二三，績於莩維，牽引漸長，右手均維，具成緊縷，就繞維上。」〔註 23〕這說明木棉紡車是由苧麻紡車改製而成，其構造有紡輪、車架、踏軸三部分，車之頂端置有莩維，輪上繞有車弦與莩維相聯。操作時手足並用，兩足踏動踏軸帶動紡輪，則輪動旋摶，「莩維隨之」。兩手可握棉筒二、三個，即同時可紡出二、三根紗。這種三維紡車的利用，使紡紗生產率大大提高了。據說這種紡車，就是黃道婆跟木工師傅一起，經過反覆試驗而創造出來的，這樣使得用於紡麻的腳踏紡車變成三錠棉紡車，使效率大爲提高，達兩三倍之多，而且操作也很省力。因此新式紡車很快在松江一帶得到推廣。

古代紡車的錠子數目一般是二至三枚，最多爲五枚。宋元之際，隨著社會經濟的發展，在各種傳世紡車機具的基礎上，逐漸產生了一種有幾十個錠子的大紡車，大紡車與原有的紡車不同，其特點是：錠子數目多達幾十枚，及利用水力驅動。這些特點使大紡車具備了近代紡紗機械的雛形，適應大規模的專業化生產。以紡麻爲例，通用紡車每天最多紡紗三斤，而大紡車一晝夜可紡一百多斤。紡績時，需使用足夠的麻才能滿足其生產能力。水力大紡車是中國古代將自然力運用於紡織機械的一項重要發明，如單就以水力作原動力的紡紗機具而論，中國比西方早了四個多世紀。

元代以後，麻紡織業逐漸讓位於棉紡織業，因此不能從事棉紡的水轉大紡車也隨之銷聲匿跡，似乎是很合乎邏輯的。但是我們應當看到，在明清的工藝技術條件下，水轉大紡車的上述缺陷是可以克服的。在棉紡織業中，改進更爲顯著。如前所述，元代的大紡車因無牽伸細紗條的能力，所以只是用來對絲、麻等準長纖維進行加捻合線。到了清代，由於「紡棉紗、織棉布在廣大農村中已成家戶恆業」，因此「經過紡紗人們長期精心研究，終於創造了利用張力和捻度控制牽伸的紡紗用大紡車，即多錠紡車。這種紡車至今在某

〔註 23〕王禎《農書・農器圖譜》集之十九《纊絮門》（木綿附）》，第 417 頁。

些農村還在繼續使用」。一些地方可能出現使用大紡車紡棉紗的情況。〔註 24〕

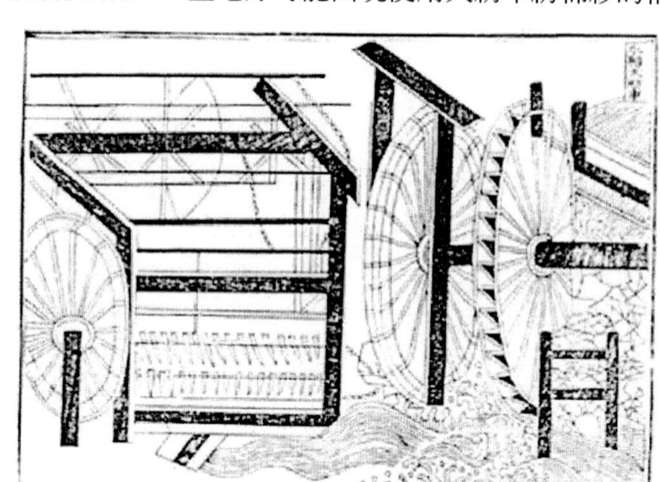

關於黃道婆的貢獻：

1、促進漢族與黎族之間的交流

早在 11 世紀，海南島的黎族爲滿足人們日用之需，已經開始大面積地植棉。清《崖州志》:「木棉花，有二種。一木可合抱，高可數丈。正月發蕾，二三月開，深紅色，望之如華燈燒空。結子如芭蕉，老則折裂，有絮茸茸。黎人取以作衣被。一則今之吉貝，高僅數尺。四月種，秋後即生花結子。殼內藏三四房。殼老房開，有綿吐出，白如雪。紡織爲布，曰吉貝布。」〔註 25〕其實，這裡所說可能有誤，古人將棉花與木棉相混淆了。海南的木棉花，應該就是草本的棉花，只不過由於氣候的關係，那裡的棉花長得比較高大而已。清趙翼《陔餘叢考》卷三十:「唐書所謂古貝之草，其初謂之木棉者，蓋以別於蠶繭之綿，而其時棉花未入中土，不知其爲木本草本。以南方有木棉樹，遂意其即此樹之花所織，迨宋子京修《唐書》時，已知爲草本，故不曰木而曰草耳。」〔註 26〕由此可見，木棉與棉花稱謂不同，但是都古代作爲紡線織布的原材料。這時候海南島所種植的就是現在所說的棉花，而不是長在木棉

〔註 24〕李伯重《中國水龍大紡車與英國阿克萊水力紡織機》，轉引中華文史網《文史綜覽・學林學海》，2004 年 6 月 25 日。

〔註 25〕〔清〕張巂、邢角綸、趙以謙纂修，郭沫若點校：光緒《崖州志》卷三《輿地志三・物產・花類》，廣東人民出版社 1983 年版，第 58 頁。

〔註 26〕〔清〕趙翼《陔餘叢考》卷三十《木棉布行於宋末元初》，商務印書館 1957 年版，第 641 頁。

樹上的可以用來紡織的「木棉花」。

由於海南的氣候，很適合棉花的生長，因此島上的黎族也最先從事紡紗織布，趙汝適《諸蕃志》說黎族「婦人不事蠶桑，惟織吉貝花被、縵布、黎幕」。方勺《泊宅編》記載：「閩廣一帶紡績……摘取出殼，以鐵杖捍盡黑子，徐以小彈弓，令紛起，然後紡績爲布，名曰吉貝。」因此他們穿著的也都是棉織的衣服。雖說，當時內地有了一定的紡織品，但產星不高，布匹的質量一般比較低劣，不能成爲人們主要的衣著用品。而海南島一帶生產的棉織物，品種繁多，織工精細，質量、色彩均居全國之首，作爲「貢品」進入都城臨安（今杭州一帶，南宋時定都於此）的各類棉布就有二十餘種。棉布比之絲織物有著許多長處，王禎《農書》裡說它「無採養之勞，有必收之效；免績緝之工，得御寒之益。可謂不麻而布，不繭而絮。」〔註 27〕黎族人民還能織出堅厚的兜羅棉、番布、吉貝等紡織品，染成各種色彩的黎單、黎棉、鞍搭等，銷往全國各地。

在唐宋時期，黎族的紡織技術就比中原先進。織出的黎錦、黎單聞名於世。他們利用各種不同的紡織工具，從軋棉、彈棉、紡線、染色、理經、織布、刺繡，直到生產出色彩斑斕的錦、被、單、筒裙、花帶等，已形成一整套系統的生產工藝。而且至今，著名的「崖州被」和「雙面繡」，以其技術精巧細密，花色艷麗又富於特色而馳名。到了明代，黎族的紡織又有新的發展，開始利用漢族的彩帛上的絲線，並將其用於紡織品中。明羅日褧《咸賓錄》：黎族「女工紡織，得中國彩帛，拆取色絲和吉貝織花，所謂黎錦被服及鞍飾之類，精粗有差。」〔註 28〕

黎族民間故事《黃道婆在崖州》：黃道婆原名黃小姑。她是七百多年前松江烏涇村人，從小死去爹娘，無依無靠，她八歲當了童養媳，受盡虐待和折磨，後來她漂洋過海，來到海南崖州，落戶在黎寨內草村。

過了幾天，州官果然來了命令：「不准黃道婆在內草村安家落戶。」鄉親們捨不得黃道婆離開，都勸說道：「你暫且到我家躲躲，不要出頭露面。」黃道婆說：「雞蛋碰不過石頭，我不願連累大家，我還是自己另找避身之處。」夜裡，認她爲女兒的一個老大媽，給她準備了乾糧和行李，帶她悄悄上路，到遠離內草村一百多公里的保定村，安置在親戚家裡。

〔註 27〕王禎《農書・農器圖譜》集之十九《纊絮門》（木綿附）》，第 414 頁。
〔註 28〕〔明〕羅日褧《咸賓錄》卷八《南夷志・黎人》，中華書局 1983 年版，第 229 頁。

黃道婆到了保定村，很快又跟保定村的姐妹們熟悉起來，經常在一塊琢磨紡紗織布工藝。人怕出名豬怕壯。一天，多建峒的頭人又忽然登門道：「黃道婆，你要在三天之內，給我織出一幅最美最美的崖州被，我要作爲貢品獻給皇帝。」天下烏鴉一樣黑，黃道婆曉得到處有這般的人，這次她沒有推辭，說：「好吧，請明天來取。」當天晚上，她忙了一整夜，織出了一幅崖州被，染上了顏色，鮮艷極了。

第二天，多建峒的頭人來取崖州被，笑得合不攏嘴，他回到家裡，大擺酒席，宴請遠近頭人，當眾誇耀自己的貢品。大家也都稱讚不已。予是開懷暢飲，鬧騰了半夜，弄得個個酒醉如泥。第二天，那頭人準備起程上京獻貢品，當差人從櫥中取出貢品崖州被時，他大吃了一驚：美麗的崖州被怎麼一夜之間變成了一幅黑粗布。他把牙齒咬得格格響，命令差人馬把黃道婆抓來處死。但當差人來到保定村時，黃道婆早已出逃了。

原來，黃道婆有意捉弄他，把一種容易變色的染料染上崖州被，當天看來十分鮮艷美麗，隔天卻全變成了黑色。黃道婆曉得頭人一定會來抓她問罪，便在姐妹們的陪伴下，逃進五指山腹地裡去了。過了很長時間，她才重返家鄉，又把自己的手藝傳給鄉親。〔註29〕

根據這篇故事的後記記載，在黎族地區流傳的有關黃道婆的民間故事非常多，但是要整理成爲完整的有情節的耐人讀閱的民間故事，已經很困難了。因此故事整理者在「附記」裡說：「關於黃道婆的傳說，在海南島崖城一帶，流傳甚廣，近年來我們曾多次赴崖縣調查，想搜集內容比較豐富完整的作品，可惜未能做到；但零碎的材料還是搜集不少，只不過難以整理成一個完整的故事。」畢竟黃道婆是數百年以前的人，如果不是黃道婆具有非常高的影響力和知名度，也就不可能有這樣的故事流傳。因此可以理解，《黃道婆在崖州》是根據早期搜集的作品，再加上新搜集的材料，綜合加工而成。

對於民間故事來說，這樣的加工不免會被認爲有不科學之嫌，但是在這篇故事裡，基本保留了黃道婆傳說故事的眞實，反映了黃道婆最根本的事跡特徵，也就是說故事在展現人物方面，輔助了其他人物的映襯，特別是與反面角色的衝突和較量，從而更加顯示了黃道婆高超的紡織技術。

在這一黎族民間故事裡，先運用的是逃避的方法來躲避商人的糾纏。

> 黃道婆到了內草村，向姐妹們學習紡織手藝，因爲她心靈手

〔註29〕《中華民族故事大系》第7卷第214～216頁，上海文藝出版社1995年版。

巧，很快就學會了，而且能織出色彩鮮艷、花樣別緻的筒裙和被面。大家見了，都嘖嘖稱讚。室內栽花牆外香，黃道婆的美名從此傳四方。有一天，突然有個外地商人竄進她家，用高價跟她買紡織品，說是要作爲貢品獻給皇朝。黃道婆婉言謝絕說：「我織布還不夠自己穿，哪裡有布出賣。」商人威脅說：「寧願自己沒有穿的，獻給皇朝的貢品卻不可少，否則怕你吃罪不起。」黃道婆答道：「你有錢人只知道跟皇朝打交道，我們沒錢人只知跟土地打交道。你要貢品獻給皇朝就自己織布去。」那商人冷笑說：「這也是州官的旨意，你如不答應，別想有站腳之地。」黃道婆也毫不示弱，下了逐客令：「這裡是我的家，也沒有你的站腳之地，快給我滾！」那商人無可奈何，只好灰溜溜地走了。〔註30〕

但是這樣的躲避是消極的，並不能脫離世俗的社會，相反卻帶來更多的是非，正是在這樣的環境裡，黃道婆高超的紡織技術也在鬥爭中發揮到了極至。在這中間，黃道婆向黎族群眾學習紡織技術卻是眞實的歷史寫照。黎族服飾，過去絕大部分是自紡、自織、自染、自縫的。其染料以採集植物爲主，礦物爲輔。青、綠、藍等顏料多用植物葉子製成，黃、紫、紅等色彩利用植物花卉加工而成，棕色是利用樹皮或者塊切成碎片後投入少量石灰（溪河螺自燒而成的石灰）煮水製成。

著色時，將布料、線團放在染缸中浸數回，使其均勻，料身染上色彩後，變得堅挺，因爲植物顏料，自身都含有膠質，既是染料，又是漿料。同樣，黎族民間的紡織工具也是非常先進的，有軋花機、彈棉弓、捻線紡輪、腳踏紡車、繞線架、擷染架、踞織機等。雖不複雜，但所生產的棉織工藝品卻馳名中外。

在這一故事裡，黃道婆學習黎族紡織技術，並通過自己的努力和研究，使傳統的黎族紡織技藝有了更高的發展。通過想像，將常人根本無法做到的事情，黃道婆做到了，而且還用自己獨到的技術，教訓了一心想用黃道婆的崖州被去巴結皇上的頭人。

在這一故事裡，其內核，就是黃道婆高超的紡織技術，和她織出來的布匹，如果沒有黃道婆的紡織技術作爲故事的支撐，就不會這樣精彩的民間傳說，或者可以換一句話來說，黃道婆民間傳說最大看點，就是她的紡織技術，

〔註30〕《中華民族故事大系》第7卷第214頁，上海文藝出版社1995年版。

和所表現出來的生動有趣的情節內容。

黃道婆隻身流落他鄉，淳樸熱情的黎族同胞不僅在生活上給予她無微不至的照顧，而且把先進的紋織技術毫無保留地傳授給她。當時黎族人民已經掌握了比較先進的棉紡織生產技術，生產的黎單、黎飾、鞍搭聞名內地。黃道婆虛心學習紡織技術，並且融合黎漢兩族人民的紡織技術的長處，逐漸成爲一個出色的紡織能手。黃道婆在崖州生活了二三十年之久，但是她一直懷念自己的故鄉，在元朝元貞年間（1295～1296），她帶著黎族人民先進的紡織工具（踏車和椎弓等），依依不捨地辭別了黎族同胞，搭順道海船回到了闊別三十多年的烏泥涇。

2、提高了上海地區婦女的經濟地位

自明代後期開始，上海一帶的農村紡織業迅速發展，成爲農家經濟的主要支柱之一。而在農村紡織業中，農家婦女是主要勞動力。按照計算，在清代前中期大部分時間內，江南農婦棉紡織的勞動日收入大約相當於長工平均勞動日收入的 70%。如果一個農婦一年從事紡織 130 日，那麼她的淨收入合 3.6 石米，已夠她本人一年的口糧；如果她一年紡織 260 日，那麼淨收入爲 7.2 石米，夠兩個成年人吃一年。乾隆時尹會一說：在江南，「（紡織）一人之經營，盡足以供一人之用度而有餘。」莊有恭則說：「江南蘇、松、常、太四府州，戶口殷繁，甲於通省。人稠地窄，耕者所獲無多。雖賴家勤紡織，一人一日之力，其能者可食三人，次亦可食二人。」因此，從上海一帶的地方志中可見，紡織技能較高的農婦，通過辛勤的勞動，不僅可以養活她的家人，而且還能支持兒女讀書求學，在某些情況下甚至還可以發家致富。〔註 31〕

根據一般經濟學的觀點，家庭中婦女地位的低下是由於經濟的不獨立，如果婦女參與了並掌握經濟大權的話，她們的地位就會有顯著的提高，在過去的上海農村婦女還相對具有一定的獨立性，就是因爲她們從事棉紡織活動，以此來改善家庭的生活。特別是黃道婆作爲上海紡織業的先行者的女性，更是農村婦女的榜樣，從而也大大提升了婦女在家庭裡的經濟地位。

3、促進了松江的發展

上海在宋代還是一個小鎮，但是到了元至元二十七年（1290），松江府成

〔註 31〕李伯重《「上海現象」與明清以來江浙地區紡織業的發展》，見《光明日報》2002 年 8 月 15 日。

爲著名的產布區和產棉區。大量的從事棉花種植和棉花紡織的人，集聚在松江，形成繁榮的商業集鎮。正由於「以戶口繁多」，元代開始設立「上海縣」（《元史》卷二六《地理志》），成爲華亭東北一巨鎮。到元末，上海不僅是一個粗具規模的貿易海港，也是華亭、嘉定等地棉布的集散地。這其中很重要的一個原因，就是黃道婆從黎族人民那裡學習而來的先進棉紡織生產工具和工藝，推動了松江地區棉紡織業的發展。元朝末年，僅松江一地從事棉紡織業的就有一千多家，所製棉布不僅數量多，而且質量也很高。「布，松江者佳」〔註32〕，於是松江城的人口迅速增加，商業很快成爲全國棉紡織業的中心。

4、改變人們穿著的習慣

到元代，江南地區有了產量豐富的棉花和棉布，特別是黃道婆的紡織技術的革命，使得棉布成爲生活中的必需品，也就是說棉布製作的衣服等，不再是貴族王孫的專用品，普通老百姓也能穿上棉布製成的衣服，還不能不說是棉花種植普及以及紡織工藝提高以後的一大進步。

從此以後，文藝作品中描寫人們穿著棉布衣衫的文字，就顯得越來越多，這是爲什麼？因爲新鮮的事物更能夠引起文人騷客的關注和興趣，這樣就很容易將他們所見的事情記載於他們的筆下。《元詩選》載：「七十老兄生理浮，未寒先試木棉裘。」〔註33〕（《元詩選》乙集・劉詵）《全元散曲》載：「留待晴明好天氣，穿一領布衣，著一對草履，訪柳尋春萬事喜。」〔註34〕《全元散曲》又載：「罷念榮華，間別官家，泥布襪。」〔註35〕詩人張雨云：「鐘動雞鳴雨還作，依然布被擁春寒。」〔註36〕詩人王冕也說：「老翁老婦相對哭，布被多年不成幅。」〔註37〕說明元朝士庶和廣大貧民的衣服、被子、鞋襪都是用棉布做成的。

而在宋代，由於棉花生產甚少，棉布產量無多，以蠶絲爲原料的絲織品價格日益增高，故一般貧窮人常用紙做衣冠。王禹偁《道服》詩云：「楮冠布

〔註32〕〔元〕徐碩《至元嘉禾志》卷六《物產・帛之品》，成文出版社有限公司（台北）1983年版。
〔註33〕《元詩選》二集卷十五《劉詵・中秋和學翁兄》，文淵閣《四庫全書》本。
〔註34〕馬彥良《〔南呂〕一枝花・春雨》，見隋樹森編：《全元散曲》，中華書局1964年版，第150～151頁。
〔註35〕張可久《〔中呂〕上小樓・題釣台》，見《全元散曲》，第981頁。
〔註36〕《元詩選》初集壬集《張雨・聽雨樓》，第2415頁。
〔註37〕《元詩選》二集卷十八《王冕・猛虎行》，文淵閣《四庫全書》本。

褐皀紗巾。」〔註38〕楮是當時造紙的主要原材料，故稱楮冠。「幸有藜烹粥，何慚紙爲襦。」〔註39〕此外，還有紙帳、紙被、紙衣等。到元代，有了產量豐富的棉花和棉布，普通老百姓也能穿上棉布製成的衣服，這不能不說是一大進步。趙孟頫就曾經大聲疾呼：「我有大布衣，不憂天早霜」〔註40〕，這句話也說出了當時人們對取得這一進步而產生的喜悅心情。

由於布匹成爲人們衣著的原料，因此棉布也就成爲很重要的交易的商品。棉花各地都有買賣：「江南花囊頭大，而花更多。太倉上海高者六兩多衣。」「襄花去江陰常郡嘉興。北花去路上海松江各鎭。……黃花……所去者婁塘、硤石、江西一帶。」對於棉布而言，更是很重要的交易貨物：「至於布匹，眞正松江天下去得。……東重尤墩大布，……常熟稀鬆，小販刮裝之用。江陰厚實，當大一例通行。周莊蔣橋連華市名曰道地。」「大小尤墩身分緊而匹實，……劉家莊緊實，新村松隱略勝燒香山身材，三林塘身分闊，長勝似南祥（翔）珠涇差池不多。烏泥涇比江陰而較軟，章練塘次之，常熟而多漿，嘉興各行細者不及松江。……常州各行，闊者莫如溧水厚實，小者硬似，無錫各行，江陰鎖巷闊而匹實，次則蔣家橋長涇周莊則在其次。……常熟夏布雖出於太倉，晒白莫過於揚郡，揚州晒白硬而略縕。……無錫麻布，乃草不堪各處眞麻。……諸暨湖州又加細白，書坊小號漆器之材。」〔註41〕

流傳在上海一帶的兒歌：「黃婆婆，黃婆婆，教我紗，教我布，二只筒子兩匹布。」它集中地反映了黃道婆對棉紡織技術做出了這樣巨大貢獻，人們頌揚她，懷念她，修建「先棉祠」來紀念她，「木棉花，出松江，彈作絮，做衣裳。寒天製成新被新褥子，當中困個新娘子。手把彈椎弄弄即成胎，預兆十月懷胎養個好兒子。」〔註42〕所有這一切都表達了對這位紡織先驅者的感激和懷念。人們歌頌她，是表達對黃道婆的敬重，傳播她對棉紡織技術的追求和執著，和爲上海棉紡織事業奮鬥所表現出來的崇高精神。

〔註38〕〔宋〕王禹稱：《小畜集》卷八，《四部叢刊》本。

〔註39〕〔宋〕陸游：《劍南集》卷四八《雨寒戲作》，見《陸游集》第三冊，中華書局1976年版，第1194頁。

〔註40〕《元詩選》初集丙集《趙孟頫·題耕織圖二十四首奉懿旨撰·織》，第551頁。

〔註41〕周文煥：《新刻天下四民便覽萬寶全書》卷二十六《商旅門》。

〔註42〕胡祖得《滬諺外編》。

八仙傳說研究

一

民間津津樂道的以八仙爲主人公的口頭文學，常被歸入故事類，筆者以爲，將八仙軼聞趣事歸於故事類，恐有不妥，應該屬於傳說一類。所謂傳說，是指與客觀事物相聯繫的民間口頭創作。八仙傳說是一種人物傳說，是人們依據歷史上的人物和事跡進行演繹和創造的結果。

現在我們說的八仙是：李鐵拐、漢鍾離、呂洞賓、張果老、曹國舅、韓湘子、藍采和、何仙姑。其先後次序無一定，一般以得道時間的遲早爲根據的，然而這些又僅是民間傳說，故各個時代對比排列，亦有出入。明代王世貞《弇州山人四部續稿》卷一百七十一《題八仙像後》排八仙次序爲：「鍾離、李、呂、張、藍、韓、曹、何也。」清代趙翼《陔餘叢考》又云：「世俗相傳有所謂八仙者，曰漢鍾離、張果老、韓湘子、鐵拐李、曹國舅、呂洞賓，又女仙二人藍采和、何仙姑。」魯迅說：「傳言鐵拐（姓李名玄）得道，度鍾離權，權度呂洞賓，二人又度韓湘曹友，張果藍采和何仙姑則別成道，是爲八仙。」〔註1〕由此可見，傳說關於八仙的次序是很不一致的。

鐵拐李，據《潛確類書》云：「鐵拐姓李，質本魁梧。早歲聞道，修眞岩穴。一日將赴老君華山之約，囑其徒曰：『有魄在此，倘遊魂七日不返，若可化吾魄也。』徒以母疾迅歸，六日化之。至七日果歸，失魄無依，乃附一餓莩之屍而起，故形跛惡，非其質矣。」這一記載顯帶有民間傳說的痕跡，《東

〔註1〕魯迅《中國小說史略》第228頁，人民文學出版社1979年版。

遊記》第五、六回就是寫的這件事情，然而此段文字不足以用來考證鐵拐李的原形。

我覺得鐵拐李這一形象的原型最初是一種複合體，其組成部分有二：一是唐朝人李八百，一是北宋人劉跛子。趙翼《陔餘叢考》云：「鐵拐李史傳並無其人，惟《宋史》《陳從信傳》有李八百者，自言八百歲，從信事之甚謹，冀傳其術，竟無所得。又《魏漢津傳》自言師事唐人李八百，授以丹鼎之術，則宋時本有李八百者在人耳目間，然不言其跛拐也。」我疑李八百讀音與李鐵拐相近，後人以訛傳訛。再說，宋代關於李八百的傳說已是十分神奇，並在人們口頭中廣泛流傳。劉跛子是北宋大觀中人，宋惠洪《冷齋夜話》卷八記有劉跛子事二則，元趙道一《眞仙通鑒》卷五十有傳。惠洪與劉跛子爲同一時代的人，《冷齋夜話》中記載了他贈跛人詩，詩云：「相逢一拐大梁間，妙語時時見一斑；我欲從公蓬島去，爛銀堆裡見青山。」由此可見，劉跛子確有其人無疑。

到了元代，民間將李八百與劉跛子合璧了，並產生許多鐵拐李的傳說。正因如此，元人岳伯川曾利用了民間傳說創作了元曲《呂洞賓度鐵拐李岳》。此劇以爲鐵拐李本姓岳。《曲海總目提要》卷三說：「未審果是李岳否？伯川姓岳，或其宗人事，或藉以自喻，俱未可定。」不過，我認爲這正是出現鐵拐李人物形象之前，人們在試圖解釋他的家族、身世等有關問題而必然有的情形。但是，經過日月的流逝，民間講述者的創造，人們逐漸將李八百與劉跛子兩人合爲一個李鐵拐，並且將他倆的傳說慢慢附衍到李鐵拐一人身上來了。

鍾離權，在《宋史・陳搏傳》有記載，《全唐詩》中收有鍾離權詩。《全唐詩》卷三十一傳云其爲：咸陽人。遇老人授仙訣，又遇華陽眞人上仙王玄甫，傳道入崆峒山。自號雲房先生。後仙去。」到了宋代，已「不知何時人。而間出接物，自謂生於漢。」〔註2〕所謂生於漢代，顯得是無稽之談，一個人不能活上幾百年的。《金蓮正宗記》中的鍾離權傳據《廬山金泉觀記》，云其於後漢，「據要津，有功於國」，至唐文宗開成年間遊廬山遇呂洞賓，「授以天遁劍法。」很明顯，這是一種宣傳道教的需要。另外，在民間傳說中，也常常將鍾離權說成是漢代人，一方面與上述那種道教宣傳有關，一方面是將漢朝將軍鍾離昧相混了。楊愼《丹鉛錄》說：「仙家稱鍾離先生者，唐人鍾離權

〔註2〕見《宣和畫譜》卷十九。

也，與呂岩同時。韓間泉選唐詩絕句，卷末有鍾離一首，可證也。近世俗人稱漢鍾離蓋因杜子美元日詩有：『近聞韋氏妹，遠在漢鍾離』流傳之誤，遂附會以鍾離權爲漢將鍾離昧矣。」此言不無一定道理，但完全將鍾離權附會爲漢將鍾離權的原因，歸結爲杜甫的詩的誤傳，是不科學的。

我以爲鍾離權是唐朝方士，其自命爲漢代人，到了宋代則流傳成他作爲神仙形象的民間傳說了，這在宋代筆記和正史等典籍中均可以看到。

呂洞賓的傳說幾乎多如牛毛，至今民間盛傳不息。可是，關於呂洞賓其人，過去人們爭論頗多，其爲唐朝人大概不會相差太大。宋羅大經《鶴林玉露》卷一載：「世傳呂洞賓，唐進士也。詣京師應舉。」《集仙傳》載：「呂岩字洞賓，唐禮部侍郎渭之後。唐末舉進士不第。」宋鄭景璧《蒙齋筆談》載：「世傳神仙呂洞賓，名嚴，洞賓其字也。唐呂渭之後，五代間從鍾離權得道。」再說《全唐詩》卷三十一中收集了其寫的詩作，《東遊記》第二十三回和第三十一回也用了這些詩，依此材料，可以得知，民間相傳的呂洞賓其人的年代，不會毫無根據，何況宋唐兩朝也相去不遠。呂洞賓原非神仙，只是一個唐代活生生的凡人。到了宋朝，因道教的勃興，才把他作爲八仙之一了。

張果老也是一個唐朝人，其事跡載於正史及其他典籍，是個眞實的人物。據《唐語林》載：唐玄宗「好神仙，往往詔郡國徵奇異之士。有張果者，（武）則天時聞其名，不能致。上亟召之，乃與使俱來，其所爲，變怪不測。《舊唐書》卷八《玄宗本紀》云：「開元二十二年二月辛亥，初置十道採訪處置使，徵恆州張果先生，授銀青光祿大夫，號曰通玄先生。」新舊《唐書》將其列入方士傳中，可能依據了唐鄭處晦《明皇雜錄》等某些材料，加以增刪的。

曹國舅，名爲伯，是宋代人，爲慈聖光獻太后弟。清趙翼《陔餘叢考》卷三十四以爲此說不可靠：「按宋史慈聖光獻太后弟曹伯，年七十二卒，未嘗有成仙之事。此外別無國戚而學仙者。」其實，趙翼不知，現實生活的眞人眞事並非與傳說的完全一致。所謂曹國舅成仙，只是一種民間創作，與其眞人既有聯繫（如借其名）又無聯繫（如成仙之說）。曹國舅在八仙中是出現最晚的一個，材料亦最少。

韓湘子，字清夫，爲韓愈的族侄。唐段成式《酉陽雜俎》卷十九載：

> 韓愈侍郎有疏從子姪，自江淮來，年甚少，韓令學院中伴子弟，子弟悉爲凌辱。韓知之，遂爲街西假僧院令讀書。經旬，寺主綱復訴其狂率，韓遽令歸。且責曰：「市肆賤類，營衣食，尚有一

事長處。汝所爲如此，竟作何物？」姪拜謝，徐曰：「某有一藝，恨叔不知，……時冬初也，牡丹本紫，及花發，色白紅歷綠，每朵有一聯詩，字色紫分明，乃是韓出宮時詩一韻，曰：云橫秦嶺家何在，雪擁藍關馬不前」十四字，韓大驚異。姪且辭歸江淮，竟不願仕。

這一傳說在宋劉斧《青瑣高議》卷九，元趙道一《歷世眞仙體道通鑒》卷四十二均有同一事跡的不同記載，但兩書都說韓湘爲韓愈的侄子。據記載，韓愈家中確有牡丹，並寫過《戲題牡丹詩》，另，他確有一生活於江淮間的族侄。這一傳說產生的依據，在於唐代，牡丹開始種類繁多，講究了花朵顏色的變種，故才有了韓湘變花色的傳說。

藍采和，有人說他是個伶人，樂名叫藍采和，眞姓名爲許堅。〔註 3〕許堅爲南唐隱士，字介石，廬江人，其詩爲《全唐詩》所收。這種推斷對還是不對？我以爲沒有科學的依據，不能令人信服。南唐沈汾的《續仙傳》記載藍采和是最早的，宋陸游的《南唐書》、《太平廣記》卷二十二中有相似的文字，元趙道一《歷世眞仙體道通鑒》卷三十八亦與此基本相同。《續仙傳》說：「藍采和，不知何許人也。常衣破藍衫，六銙黑木腰帶，闊三寸餘。一腳著靴，一腳跣行。夏則衫內加絮。冬則臥於雪中，氣出如蒸。每行歌於城市乞索，持大拍板長三尺餘，常醉踏歌，老少皆隨看之。機捷諧謔，人問應聲答之，笑皆絕倒，似狂非狂，行則振靴。言：『踏歌踏歌藍采和，世界能幾何！紅顏一春樹，流年一擲梭，古人混混去不返，今人紛紛來更多。朝騎鸞鳳到碧落，暮見蒼田生白波。長得明暉在空際，金銀官闕高嵯峨！』歌辭極多，率皆仙意，人莫之測。但以錢與之，以長繩穿拖地行，或散失亦不回顧，或見貧人即與之。及與酒家，周遊天下。」這一段長長的文字，構畫出了藍采和的人物形象，直到今天民間傳說中還保持著他的原貌。

從以上記載，可以得知藍采和原來可能是一個行乞的道人，由於其玩世不恭，行爲怪僻，故引人傳說。藍采和爲何時代人？我認爲不會遲於南唐，因沈汾爲南唐人，他記載時已不知藍采和爲何許人，再說，南唐時間極短，故推知藍采和可能是唐朝人，其氣質豪爽諧謔，不拘節禮，更有盛唐時期人們所共有的特徵。元遺山詩《題藍采和像》云：「自驚白鬢先潘安，人笑藍衫似采和。」我們據此詩，可以知道藍采和決非其人姓藍，實因他常著藍衫，

〔註 3〕 見元曲《漢鍾離度脫藍和》。

故名；而采和恰是名，因爲詩中采和與潘安是相對仗的。這樣看來，藍采和應是唐代一位以行乞爲活的道人，他放蕩不羈的舉動出現在街頭巷尾，爲眾人所見，這樣，就爲其傳說打下了現實的基礎，他的基本形象也因此而形成。

何仙姑，據趙翼《陔餘叢考》卷三四云：「何仙姑者，劉貢父《詩語》謂永州人，《續通考》則謂廣東增成縣人，曾達臣《獨醒雜誌》謂宋仁宗時人，《續通考》則又謂唐武后時人，傳聞之訛，已多歧互。」這裡所說的關於何仙姑的情況有兩方面的混亂：一是何處人？二是何時人？要解決這個問題，可從最早的記載入手。

最早的記載是宋曾慥的《集仙傳》：

> 何仙姑，零陵市道女也。年十三時，隨女伴入山採藥茶，俄失伴，獨行迷路，見東峰下一人，修髯紺目，姑心異之，因極拜焉。髯出一桃賜之曰：「汝年幼，好果物；食此盡，他日當飛升，否則爲地仙矣。」姑僅食其半，因指路俾之歸家。姑出止一日，及歸，已逾月矣。所遭即純陽仙師也。自是不飢，洞知人事休咎，後屍解。

另一記載爲宋劉貢父《中山詩話》亦很早：

> 永州何仙姑不飲食，無泄漏，世傳其神異。

北宋魏泰《東軒筆錄》卷十四：

> 永州有何氏女，幼遭異人，與桃食之，遂不飢無漏。自是能逆知人禘福，鄉人神之，爲構樓以居。世謂之何仙姑。

永州即零陵。一般來說，宋人的筆記均將何仙姑說成是零陵（永州）人，大概不會錯的，關於何仙姑的產生從這些最早的記載來看，至少應是北宋初的人。《東軒筆錄》卷十四云：「王達爲湖北運使，巡至永州，召於舟中。留數日，是時魏綰知潭州，與達不叶。因奏達在永州取無夫婦人阿何於舟中止宿。」可見北宋士大夫信奉何仙姑，並與她相狎爲樂趣，由此足以證明，何仙姑爲北宋人無疑。何仙姑眞實名姓如何？據趙道一《眞仙通鑒後集》載：呂洞賓所度的仙姑姓趙名何，「趙仙姑名何，永州零陵人也。」如果趙道一不是亂說，那麼可見何仙姑亦爲眞人，只不過其眞實已不爲人所記憶了。

二

從以上這些論述來看，八仙的來源，基本可分爲這麼幾個方面：一是複合體，如鐵拐李；二是有一定史實的，如鍾離權、張果老、呂洞賓；三是歷史人物相關的，如韓湘子、曹國舅；四是下層一般人物，如藍采和、何仙姑。人物的時代，大約在唐宋兩個時期。

八仙傳說也許有人會以爲是神話，魯迅在《中國小說史略》中將《四遊記》（其中的《東遊記》即有八仙的傳說）歸在明之神魔小說，這樣使人感到與神話相關了。

何爲神話？鍾敬文先生主編的《民間文學概論》以爲神話：「產生於人類遠古時期」，其思想內容：一是「對自然現象的解釋」，二是「反映生產鬥爭和征服自然的願望」，三是「對社會生活的反映」。對照這些神話的基本特徵，可以看出八仙與此相差很遠。首先八仙傳說不是產生於人類遠古時期，而只是唐宋以後才出現的，馬克思在《政治經濟學批判導言》中說，「任何神話都是用想像和藉助想像以征服自然力，支配自然力，把自然力加以形象化」，這句話集中概括了神話的本質。在八仙傳說中，這方面的內容太少了，八仙與自然界鬥爭的傳說可稱作一例的如《八仙過海》，但其畢竟不能視爲與自然鬥爭的傳說，而是八仙渡海時故意與海龍王的一次惡鬥。八仙的目的不是改造山河，而是藉故與海龍王之間展開了激烈的爭鬥。目前所見的古今八仙傳說，絕大部分是仙神、仙人間的爭鬥和幫助，故難稱之爲神話。

八仙傳說按現代學術界有些觀點，可稱爲仙話，因爲它主要是以仙人爲主要描述對象的。

仙話的主要特徵以及它與神話的區別如下：

第一，仙話中的人物形象均與現實生活中正常的人無異，無論仙人的法術如何高超，如何不同凡響，但他的外形還是和人一樣。神話中的人物則不相同，一般來說，他們的人物形象更接近於動物。《山海經・西次三經》說，西王母是個「豹尾虎齒，善嘯，蓬發帶勝」的形象。《山海經・海外東經》將河神描述成了「八首八面，八足八尾，皆青黃」的獸形神。女媧在漢磚中所繪畫的形象是人身蛇尾，因該說這一形象較之西王母和河神多少有些接近人了，但依然帶有濃厚的動物的色彩。然而，八仙中的人物卻與人類屬同一形象。舉呂洞賓而言，宋人吳曾在《能改齋漫錄》卷十八收錄了岳州石刻《呂洞賓自傳》，其云：「吾乃京兆人。唐末，累舉進士不第，因遊華山，遇鍾離，傳授金丹大藥之方。復遇苦竹眞人，方能驅使鬼神，再遇鍾離，盡獲希夷之妙旨。……吾惟是風清月白，神仙會聚之時，常遊兩浙，汴京、譙郡。嘗著白衣襴角帶，右眼下有一痣，如人間使者箸頭大。世言吾賣墨，長劍取人頭，吾聞哂之。實有三劍：一斷煩惱，二斷貪嗔，三斷色慾，是吾之劍也。」從這段文字中，我們可以得知呂洞賓因遇鍾離、苦竹眞人，修煉成仙，但仍脫離不了凡塵間的各種影子，如呂洞賓穿的是白襴角帶，右眼下有一顆痣，並有好遊山水之嗜好。

第二，仙話的誇張性小，而神話的誇張性大。關於這一點，主要表現在仙人、神人力量的大小方面。在神話中，精衛填海，夸父逐日，愚公移山，女媧造人，倉頡造字等等，都反映了神話中的人物具有改天換地的超乎尋常的力量。而八仙傳說的人物所具有的本領雖是高超的，但其威力畢竟比神人小得多，僅局限於他可接觸的某一具體的事物，某些時候，他們的本領往往還會變成了凡人嘲弄的對象。例如，在浙江搜集的《難不到朱丹溪》說的是，名醫朱丹溪治病本領大，呂洞賓不服氣，欲比高低。一次遇一死者，朱丹溪借呂洞賓仙氣，救活了死者，而呂洞賓卻還不知道呢。〔註 4〕另外，神人的本領是天生的，彷彿一來到世上就有無窮的力量和高超的技藝。相反，仙人卻非如此，而是有一個發生、發展的成仙史。《列仙傳》上卷載：「赤松子者，神農時雨師也，服水玉，以教神農，能入火自燒。往往至崑崙山上，止西王母石室中，隨風雨上下。」從這一文字中，可以看出赤松子之所以能成爲神農雨師，往來於中農和崑崙山之間，與其「入火自燒」的成仙手段是分不開的。在八仙傳說中，許多人物也經歷了由凡人轉化成仙人的階段，如：「何仙姑者，廣州增城縣何素女也。生而頂上有六毫。唐武后時，住雲母溪，年十四五歲，時夢一神人云：『食雲母粉，當輕身不死。』黎明醒覺，乃自思曰：『神人之言豈欺我也。』於是日食雲母粉，果然身輕。其母因其時當及笄，欲議擇婿。姑堅執立誓不嫁，母竟不能屈。一日，於溪上遇鐵拐、采和，授以仙訣，常往來山谷，其行如飛，每日朝去暮回，持山果歸遺其母。母問其故，但云往名山仙境，與女仙論道耳。後漸長成，言論異常。」〔註 5〕關於何仙姑成仙的傳說，至今仍在人民群眾中流傳，新近搜集的《何秀姑成仙》〔註 6〕已有不同，更有現實生活的影子。傳說將何秀姑說成了童養媳，由於心善，被漢鍾離、呂洞賓等七個仙人點化成仙了。

第三，神話中的人物缺乏鮮明的性格特徵，而仙話中的人物就有了比較

〔註 4〕 見《八仙的故事》，浙江文藝出版社 1983 年版。
〔註 5〕 《四遊記》第 22～23 頁，上海古典文學出版社 1956 年版。
〔註 6〕 見《八仙的故事》第 24 頁，浙江文藝出版社 1983 年版。

吸引注目的性格特徵了，換言之，八仙的身上帶有許多人的氣質、生活和經歷，也就是說具有人性。傳說中的八仙並非道貌岸然，他們很愛賭氣，動不動要與別人打架，自己人中間亦常常鬧意見，並且更不服氣凡人比他們更行，他們還愛打抱不平，懲治欺壓百姓的壞人。這一類傳說在解放以後搜集到的八仙傳說中，爲數不算少，佔據了相當數量。八仙具有人性還有一個標誌，就是他們並非一生來就十全十美，而且還有過錯誤，然而這些錯誤並沒有成爲他們成仙的障礙，相反的，那些錯誤一經克服，他們依然被授仙訣，成仙而去。例如，《曹國舅悔罪升仙》的傳說就是說曹國舅四兄弟依仗官府勢力，結黨營私，搶劫殺人，無惡不作。後來，在打劫珠寶商一案被發現後，曹國舅良心發現，發誓出家修行，永不殺生害命，結果，他在二龍山潔身修行幾十年，忽一日得道，升仙飛上了天廷，成了八仙中的一員。〔註 7〕類似這樣的傳說，在神話中是很少見的。這也可算作一個區別。以此看來，仙話與神話有較大的差異，是無可置疑的了。

另外，我們知道，仙話比較接近於故事。而八仙傳說又是關於仙人傳說，這樣，我們再來看一看，傳說與故事之間關係。

八仙傳說是不是可以稱作爲故事（這裡是指狹義的民間文學的一種體裁）？我以爲這樣稱呼欠妥，其原因在於故事所反映的內容不一定與某種事物有關，只需要有故事有情節就可以了，而傳說必須要與某人某物某事相聯繫，否則就不成其爲傳說這一特定的藝術樣式了。

就八仙傳說來說，這是一種人物傳說，從嚴格意義上來講，應是關於仙人的傳說。雖然如此，它還屬於傳說的範疇。與故事相比，八仙傳說有如下三個特徵：

第一特徵爲八仙傳說基本上有現實生活的原形。然而，這些生活中的原形在八仙傳說中畢竟不是傳說的主要依據。重要的是，他們成仙後的形象給人們留下了深刻的印象，民間流傳的有關八仙傳說絕大多數還是他們成爲仙人，具有法術之後。因此可以說，八仙傳說是人們根據李鐵拐、漢鍾離、呂洞賓、張果老、曹國舅、韓湘子、藍采和、何仙姑這些「仙人」的形象加以創造的。正因爲他們有名有姓，而且宋以後各種有關記載神仙鬼怪的書，亦多亦少地出現他們的事跡、經歷等，所以稱之爲仙人傳說是無可非議的了。

第二個特徵是八仙傳說的形成經歷了一個從現實到幻想的過程。據前所

〔註 7〕 見呂洪傘選編《八仙的傳說》第 316～317 頁，湖南文藝出版社 1985 年版。

說，除李鐵拐爲複合體人物和藍采和、何仙姑爲下層百姓外，其他五人均有一定歷史史實爲根據的。即使李鐵拐、何仙姑、藍采和未有歷史記載，但他們畢竟是現實生活中活生生的人。這些人，最初未成仙前，他們的遭遇、經歷、愛好、特徵都是現實生活和現實人物的折射影子，如何仙姑當童養媳，曹國舅有恃無恐地欺壓百姓，呂洞賓好動氣，藍采和一副乞丐藝人的形象，這一切都來自於現實。沒有現實的生活和人物，八仙的出現是不可能的。他們成仙後，雖然帶有現實性，但是人們已經將他們幻想化了。在《趕羊堵甌江》〔註 8〕中，呂純陽一揮拂塵，把一大堆被他喝完了的酒壇子都變成了一隻隻白綿羊，準備用來堵甌江。誰知此招被挑柴的人識破，呂純陽慌忙逃走了。這一情節的出現顯然富有濃烈的幻想性的色彩，類似的幻想充斥絕大多數的八仙傳說，因而也增加了傳說的可靠性，也符合仙人的身份，具有較高的藝術感染力。

第三個特徵是神奇性。本來大凡傳說勢必有一定的傳奇性，但八仙傳說的傳奇性更勝一籌。因爲他們是仙者，故人們在創造故事時更憑藉高度的藝術想像，將其神奇化了。八仙傳說的神奇性主要表現在他們行爲的傳奇色彩相當濃烈。例如：漢鍾離遊七星岩，將一把沒有把的大葵扇甩上石壁，年代久了，那扇子變成了石頭。〔註 9〕何仙姑成仙前，煮麵條給扮作叫化子的呂洞賓等七個仙人吃，何仙姑的婆婆知道欲追回麵條，七個仙人照麵條的原來模樣，吐出來還給了那婆婆。〔註 10〕呂純陽得知獨頭大蒜能治發痧、中毒，十分驚異，負氣將仙草拋擲一空，誰知從此在蘭芎山上就長起各種各樣的草藥來了。〔註 11〕凡此種種八仙行爲帶有強烈的神奇性。然而這種神奇性是可信的，因爲它立足在人的社會生活的基礎之上。從這點而言，是與其他人物傳說有了很大的不同。八仙傳說的神奇性的產生是順理順章的，是根據人物特有的超人間的技能自然出現的，而一般人物傳說的神奇性多少帶有創作者的主觀願望，如按人物本身性格的發展是不會有很多神奇色彩的。在幻想性民間故事中，神奇亦不失一個特徵，但與八仙傳說還是有不同之處：幻想性民間故事的神奇一般表現爲主人公獲得某寶或得某神仙的指教，因而產生諸

〔註 8〕《八仙的故事》第 61 頁，浙江文藝出版社 1983 年版。
〔註 9〕《八仙的故事》第 36 頁，浙江文藝出版社 1983 年版。
〔註 10〕《八仙的故事》第 25 頁，浙江文藝出版社 1983 年版。
〔註 11〕《八仙的故事》第 67 頁，浙江文藝出版社 1983 年版。

如此類的神奇情節來。這是一個不同。第二個不同在於幻想性民間故事的神奇性只是一種輔助條件，而不是故事非具備不可的條件。因爲有些類型的故事不需要神奇性同樣可以吸引聽眾，同樣也能表現出主題。第三個不同，在於幻想民間故事的神奇色彩較之八仙傳說顯然要遜色一些。這主要指整體而言，是其特定的民間文學樣式所決定的。幻想性民間故事側重點在企望上。高爾基在《談談民間故事》時說：「在故事裡，人們坐著『飛毯』在空中飛行、穿著『飛靴』走路，用死法和活水向死人灑一下，就會使他復活，一夜之間會把宮殿築好。總之，故事在我們面前展開了對另一種生活的希望，在那種生活裡，有一種自由的、無畏的力量在活動著，幻想著更美好的生活。」〔註12〕而八仙傳說中的側重點在表現八仙的所作所爲，其中有好的行爲，也有壞的行爲；有表現他們勇敢，不畏強暴的，也有表現他們沮喪，無所事事的；如此等等，神奇在這些八仙的行爲裡，或被張揚，或被貶斥，或被歌頌，或被嘲弄。換句直接了當的話來說，作爲一種藝術手段的神奇，與八仙的超現實的仙人技能緊緊結合在一起了，從而成爲仙人行爲的一個組成部分，變成了八仙傳說的一個重要的特徵。

〔註12〕見《高爾基論文學》第495頁。